SCHONUNGSLOSE ZUFLUCHT

EINE TEUFLISCHE SCHATTENWOLF ROMANZE

ELLIS LEIGH

Kinship Press

Bearbeitet von Lisa Hollett, Silently Correcting Your Grammar, LLC
Umschlag von Kinship Press
Übersetzt von Stephan Saba

Kinship Press
9 S Elmhurst Rd, Suite 221
Prospect Heights, IL 60070
United States of America
+1 847-485-9272
ellis@ellisleigh.com

Siehst du, wie Nichtstun den trägen Körper verdirbt, wie Wasser, wenn es nicht sich bewegt, schlecht wird?

— OVID PONT

„Ein Winter ohne Schnee ist Scheiße. Genau wie diese sogenannte Mission." Levi nahm einen Schluck von seinem Bier und knallte dann die Flasche auf den Tisch. Die kalte Flüssigkeit löschte seinen Durst, aber nicht seinen Zorn. Die x-te Nacht in Folge ein gegnerisches Rudel von Gestaltwandlern zu beschatten, war ganz bestimmt nicht seine Vorstellung von einem gelungenen Abend.

Mammons Lachen trug auch nicht gerade zu seiner fröhlichen Stimmung bei. „Du bist so ungeduldig. Wie kann man bloß so alt geworden sein wie du, ohne den Reiz der Vorfreude zu kennen?"

Das sagte gerade der Richtige. Obwohl Levi seinem Rudelbruder entgegenhalten würde, dass er durchaus Geduld besaß, war er es leid, sich mit Mammons persönlicher Besessenheit herumzuschlagen. Er hatte es satt, immer am selben Ort zu bleiben, anstatt sich so auszutoben, wie er es wollte. Wonach er sich sehnte. Aber sie waren nun mal hier. Und Mammon passte auf. Und das langweilte Levi von Sekunde zu Sekunde mehr.

Außerdem war Levi nicht so naiv, Mammon seinen blöden Spruch mit der Vorfreude abzukaufen. Nicht, wenn man bedachte, wo sie sich befanden und was sie gerade taten. Selbst als er Levi über seine eigenen Probleme mit dem Warten und Nichtstun aufgezogen hatte, konnte der mächtige Gestaltwandler nicht anders, als seine Blicke über die Bar schweifen zu lassen, wahrscheinlich auf der Suche nach irgendeinem Anzeichen dafür, dass die Gruppe von Gestaltwandlern auf der anderen Seite des Raumes irgendwas im Schilde führte. Der Typ war ganz scharf auf das neuste Rudel in der Gegend.

Levi hingegen war eher auf eine der heißen Kellnerinnen scharf, die in der Kneipe herumliefen. „Da tut sich nichts, Mann. Sie sitzen einfach nur da und machen gar nichts, so wie jeden Freitagabend."

„Ach, leck mich doch, Junge." Mammon warf Levi einen warnenden Blick zu, bevor er sich wieder dem widmete, was er zuvor getan hatte: eine Gruppe von Gestaltwandlern beim Biertrinken anzustarren. Der Typ war besessen von der Truppe aus New York, seit sie zum ersten Mal in seiner Stadt aufgetaucht war. Zugegeben, ein ganzes Rudel riesiger, lauter, irischer und amerikanischer Gestaltwandler, die aus dem Nichts aufgetaucht waren und das gesamte illegale Geschäft in der Gegend an sich gerissen hatten, war nicht unbedingt etwas Alltägliches, indes unternahmen sie nichts, was die Welt der

Gestaltwandler gefährden könnte. Bisweilen nahmen sie ein paar Menschen aus. Es gab Schlimmeres.

„Du musst die Sache auf sich beruhen lassen." Normalerweise war Levi nicht so direkt, wenn es um … nun ja, alles ging, was ihm gegen den Strich ging. Aber ein Jahr lang an einem Ort festzusitzen, war etwa elf Monate zu lang – und er war es leid, Mammons Verschwörungstheorien nachzugeben.

„Dir schneidet man noch die Eier ab, Junge", stellte Thaus fest und überraschte damit wahrscheinlich beide Männer am Tisch, denn die beiden wirbelten herum und starrten ihn an. Thaus war größer als der Rest der Schattenwölfe und auch wehrhafter. In einem Rudel militärisch ausgebildeter Wolfgestaltwandler, die eher ihre Klauen als ihren Mund sprechen ließen, stach Thaus immer noch als stiller, nachdenklicher Typ hervor.

Natürlich waren die Schattenwölfe – eine Rasse von Wolfgestaltwandlern, die in der Bevölkerung schon lange als ausgestorben galt – nie dafür bekannt gewesen, besonders tiefsinnig zu sein. Die Legenden, die sich um sie rankten, handelten eher von Schlachten und Kriegen, von besiegten Feinden und geretteten Leben, wenn sie ihre Art verteidigten.

Aber Levi hatte schon vor langer Zeit festgestellt, dass Thaus mit seiner Persönlichkeit als Schattenwolf auf einem ganz anderen Niveau war. Der Gestaltwandler war einfach … ruhig. Es sei denn, er plapperte über militärische Strategien und Vorgehensweisen – dann konnte der Mistkerl stundenlang labern. Vielleicht war das aber auch nur Levis Wahrnehmung, die auf seiner eigenen Langeweile beruhte, als Thaus mit diesem Thema anfing. Er bezweifelte, dass der Gestaltwandler in seinem ganzen Leben so viele Worte verloren hatte, dass es für einige *Stunden* gereicht hätte.

Levi hingegen schwatzte ohne Unterlass. „Wenn meine Eier das Einzige sind, worüber du dir Gedanken machst, brauchst du ein bisschen mehr Action in deinem Leben."

Mammon stieß ein Lachen aus und Thaus zog eine Augenbraue hoch. Eine andere Reaktion hatte Levi nicht erwartet. Verdammt noch mal, die Langeweile brachte ihn um.

Als er sein Bier ausgetrunken hatte, spähte Levi erneut durch die Bar, allerdings nicht nach den anderen Gestaltwandlern wie Mammon. Nein, er war auf der Suche nach einem hübschen Hinterteil. Vorzugsweise das einer Gestaltwandlerin. Es juckte ihn, eine Wölfin mit in sein Hotel zu nehmen oder, noch besser, in eine dunkle Ecke des Clubs zu verschwinden und sie auf die Knie zu zwingen. Vielleicht ein wenig heimlicher Sex im Stehen auf dem Klo. Irgendwas. Fast ein Jahr lang saß er nun mit Mammon im verdammten Fort Worth fest, und ließ sich sein Sozialleben versauen, während sie dabei zusahen, wie ein Rudel Wolfgestaltwandler sich als nichts weiter als Kredithaie und Geldeintreiber verdingte. Er musste dringend hier raus – und dann herausfinden, wie er dieser Stadt entkommen konnte.

Eine Blondine auf der anderen Seite der Bar begegnete seinem umherschweifenden Blick und lächelte. Trotz des Abstands und der Leute, die zwischen ihnen standen, konnte er ihre menschliche Ausstrahlung spüren. Das war zwar nicht gerade sein Ding, aber er kam damit klar. Lange Beine, kurzer Rock, Haare, die über ihren flachen, aber nicht unattraktiven Hintern streiften. Ja, damit konnte er leben.

Er ließ sich tiefer in seinen Sitz sinken, spreizte seine Knie ein wenig und nickte ihr zur Begrüßung zu.

Mammon lachte wieder, dieses Arschloch. „Ist das alles, was du draufhast, Kleiner?"

„Ich bin nicht dein Kleiner, und meine Methode funktioniert einwandfrei, danke."

„Deine Methode?" Mammon schlug Thaus auf den Arm. „Hörst du mir überhaupt zu?"

„Ich gebe mir große Mühe, das nicht zu tun, nein." Thaus knurrte, als Mammon ihm erneut eine verpasste, und der größere Mann schwenkte von nachdenklich und gelangweilt zu stinksauer über. „Wenn du mir nochmal eine knallst, reiß ich dir den Arm ab."

Mammon lachte nur noch lauter. Das heißt, bis die Blondine vor ihnen auftauchte.

„Hi", begrüßte sie die Männer und lehnte sich neben Levi an die Tischkante. Großgewachsen, heiß und offensichtlich ein bisschen beschwipst, war sie genau das, was er für diesen Abend brauchte.

„Hey. Ich bin Levi."

Sie schaute sich am Tisch um. „Und wer sind deine Freunde?"

„Nicht so wichtig." Levi ergriff ihre Hand und strich mit den Fingern über ihren Handrücken. „Möchtest du tanzen?"

„Nein", erwiderte sie lächelnd und beugte sich zu ihm runter, um ihm ins Ohr zu flüstern – und zwar ziemlich laut: „Ich möchte hier raus."

Ihre Hand lag auf seinem Oberschenkel, und ihr Atem

strich über seinen Nacken. Wenn das kein Zeichen dafür war, dass sie an mehr als nur einem Drink und einer Runde auf der Tanzfläche interessiert war. Er schob ihre Hand etwas nach oben und grinste sie an.

„Ich denke, das lässt sich einrichten."

Aber ihr Blick war nicht mehr länger auf ihn gerichtet. Sie sah Thaus an. Und das war ein großer Fehler.

„Du kommst mir bekannt vor." Sie lehnte sich über den Tisch und streckte sich ihm praktisch entgegen, wobei sie Levis Oberschenkel nutzte, um sich abzustützen. „Kenne ich dich?"

Levi stöhnte auf, und Mammon auch. Thaus mag vieles gewesen sein – ein guter Anführer, ein großartiger Soldat und ein knallharter Waffenexperte, aber er war nicht gerade empfänglich für die Aufmerksamkeit von Menschen. Außerdem hatte er seine Wut nicht unter Kontrolle.

Thaus stieß sich vom Tisch ab und warf dabei seinen Stuhl um. Etwas, das die anderen Schattenwölfe kaum beunruhigte. Sie waren an ihn gewöhnt, andere natürlich nicht. Vor allem nicht Menschen. Das Mädchen sprang mit einem Schrei zurück und kippte fast um, als sie versuchte, vor dem zu flüchten, was sie wohl als Bedrohung ansah.

Aber das war dem aufgebrachten Gestaltwandler nicht genug. „Verpiss dich, verdammt noch mal."

Die Augen des Mädchens weiteten sich, und ihre Angst hing in der abgestandenen, klimatisierten Luft des Raumes. So deutlich, dass sogar Levi sie riechen konnte. „Tut mir leid. Ich wollte doch nur …"

„Du wolltest gar nichts. Und jetzt verschwinde."

Also verzog sie sich, wie Levi das erwartet hatte.

Niemand konnte es mit Thaus aufnehmen, wenn er einen seiner Wutausbrüche hatte. Niemand, außer vielleicht Levi selbst.

„Vielen Dank auch dafür, Arschloch." Levi lehnte sich zurück und funkelte die Barbesucher an, die das Trio anstarrten, aber ansonsten nicht auf Thaus' lächerliches Getue reagierten. Nicht, dass das Thaus etwas auszumachen schien.

Der größere Gestaltwandler rückte seinen Stuhl zurecht, ließ sich schwerfällig draufplumpsen und lehnte sich zu Levi. Er sah aus, als wäre er bereit gewesen, dem nächsten, der ihm in die Quere kam, die Scheiße aus dem Leib zu prügeln. „Hör zu, Kleiner. Wir alle haben uns deinen Scheiß schon viel zu lange gefallen lassen, aber ich habe die Schnauze voll."

„Die Schnauze voll von was?"

„Von dir. Dass ich dir jedes Mal den Arsch rette, wenn du eine Mission vermasselst, weil du nicht gut genug aufgepasst hast. Morgens die Stadt nach dir abzusuchen, wenn du wieder mal eine Muschi deinen Brüdern vorziehst."

„Thaus", begann Mammon, seine Stimme schwankte zwischen Besorgnis und Ruhe. Aber Levi brauchte keine Ruhe, und er hatte das Gefühl, Thaus auch nicht.

„Meinen Arsch retten? Wann hast du mir jemals den Arsch gerettet? Schließlich habe ich doch Mammon damals in Sri Lanka aus dem eingestürzten Gebäude gezogen. Und ich habe mich auch durch tausend Pfund Schutt gegraben, um zu Phego zu gelangen, nachdem du ihn in eine Höhle geschickt hast, ohne sie auf ihre Standfestigkeit hin zu untersuchen." Levi beugte sich nach vorn, sein Knurren unterstrich seine Worte. „Und ich war es auch, der den verdammten Werwolf erledigt hat, der dir fast den verdammten Arm abgerissen hat."

Mammon seufzte. „Leute, wir erregen Aufmerksamkeit."

Aber Thaus war zu sehr in Rage, um auf Mammons Warnung zu hören.

„Du hältst dich wohl für einen ganz abgebrühten Kerl, Kleiner? Glaubst, dass du eine Mission im Alleingang stemmen kannst? Denn von uns sieben bist du der Einzige, der das noch nicht geschafft hat, und zwar genau wegen dieser Scheiße. Du hast gerade einen verdammten Menschen herübergerufen, während wir ein Rudel Gestaltwandler beschatten." Thaus lehnte sich zurück, als sein Handy klingelte, und starrte Levi immer noch mit Verachtung an. „Hör auf, mit deinem Schwanz zu denken und krieg dich ein, bevor du noch jemanden umbringst."

„Geh an das verdammte Handy", forderte Mammon und blickte von einem Mann zum anderen. „Bevor ihr zwei das bisschen Tarnung auffliegen lasst, das wir hier noch haben."

„Ihr seid schon so weit in dieses Rudel hineingeraten, dass es überhaupt keine Tarnung mehr gibt." Levi griff nach seinem Bier und knurrte, bereit, mehr als nur mit Worten zu kämpfen, aber der warnende Blick seines Kameraden ließ ihn innehalten … und die Augen verdrehen. Aber das würde er nicht zugeben.

„Schieß los", sagte Thaus ins Handy. Der Club war zu laut, als dass Levi die Stimme am anderen Ende hätte hören können. Doch als Thaus aufstand und zur Tür ging, folgten ihm Levi und Mammon. Es schien, als ob sie die

Beschattung an den Nagel hängen würden war, um einen richtigen Job zu erledigen.

Jahrhunderte des Kampfes gegen jegliche Form von Übernatürlichem hatten Levi so einiges beigebracht, vor allem, dass er manchmal seinen Stolz zurückstecken und tun musste, was nötig war. In diesem Moment musste er Thaus folgen, um herauszufinden, worum es bei dem neuen Auftrag ging, denn seine steifen Schultern und das dringende Bedürfnis, einen ruhigen Ort aufzusuchen allein, konnten nicht von einer neuen Mission herrühren.

Als sie Thaus schließlich einholten, stand er auf dem Parkplatz und hörte aufmerksam zu. Er blickte auf, während die beiden näherkamen und murmelte das Wort *Dante*.

Dante war der Kumpel des Präsidenten und im Grunde ihr Boss. Er nahm die Anrufe von Rudeln entgegen, die Hilfe brauchten, verteilte Aufträge und sorgte dafür, dass die nordamerikanischen Wolfgestaltwandler unter Kontrolle und im Verborgenen blieben. Der Typ war wie Charlie in der Serie *Charlie's Angels*. Eine Stimme in der Leitung, die allen sagte, was sie zu tun hatten.

„Sind alle da?" Dantes ruhige Stimme kam durch den Lautsprecher des Geräts, seine sanfte Art zu sprechen, wurde durch die Winzigkeit der Mobilfunktechnologie etwas getrübt.

„Bestätigt." Thaus warf einen Blick von Mammon zu Levi, bevor er sich wieder dem Handy zuwandte. „Bitte wiederhole die Befehle."

„Wir haben einen Anruf von einem Rudel in Hope Ridge, North Carolina, erhalten, das im Westen des Bundesstaates liegt. Wie ihr vielleicht wisst, gibt es in dieser Gegend wegen der Appalachen viele menschliche Reisende. Das Rudel hat zwar geschäftlich mit den ortsansässigen Menschen zu tun, aber das eigentliche Gelände liegt tief genug im Wald, als dass menschliche Wanderer und Passanten dort vorbeikommen würden. Allerdings wurden vor Kurzem Geruchsspuren an den Außengrenzen ihres Gebiets entdeckt. Menschliche Geruchsspuren."

„Rund um sie herum?", fragte Mammon.

„Das glauben sie, aber angesichts des Geländes ist es schwer, das mit Sicherheit zu sagen. Sie brauchen Verstärkung, um die Sache zu untersuchen."

Thaus grummelte. „Warum werden wir wegen eines einfachen menschlichen Übergriffs auf das Territorium eines Rudels gerufen? Könnten das nicht die dort ansässige Gruppe der Wilden Rasse oder ein paar Putzer erledigen?"

Mammon nickte. Levi wäre das in jedem Fall egal gewesen. Die Wilde Rasse war der Motorradclub, mit dem der Präsident der nordamerikanischen Lykaner-Bruderschaft, Blasius Zenne, gegen Nomaden und Rudelwölfe vorging. Für gewöhnlich waren sie coole Typen – ein bisschen wie ein Rudel, ohne zuzugeben, dass sie ein Rudel waren – aber es fehlte ihnen die Ausbildung einer tatsächlichen Militäreinheit. Die Putzer waren deutlich strategischer und geschulter, aber sie neigten dazu, sich eher wie Polizisten zu verhalten … sofern die Polizei besonders gut darin war, Leichen zu verstecken und Tatorte zu säubern, um sicherzustellen, dass die Spurensicherung nie von der Beteiligung von Gestaltwandlern erfuhr.

Die Schattenwölfe waren da ganz anders und überdies

auf einem ganz anderen Niveau. Wenn Dante sie für diesen Job ausgewählt hatte, gab es auch einen triftigen Grund dafür.

Und Dante wartete nicht damit, ihnen diesen Grund zu nennen. „Das Rudel hat eine Omega."

Levis Brustkorb spannte sich an, als sich plötzlich alles zusammenfügte. Omegawölfinnen waren mächtige weibliche Gestaltwandler, die als wahrer Segen für ein Rudel galten. Sie waren selten und begehrt, manchmal so sehr, dass sie geradezu zu einer Besessenheit wurden. Erst im Jahr zuvor hatte seine Mannschaft gegen eine Gruppe von Gestaltwandlern gekämpft, die entschlossen waren, Omegas zu entführen und sie wie Nutztiere zu züchten. Diese kranken Mistkerle.

Aber auch aus persönlicher Sicht waren die Omegas für seine Brüder und ihn von großer Bedeutung. Das rein männliche Rudel glaubte, dass die Omegas Verwandte waren und die weibliche Seite der Schattenwölfe darstellten. Davon war nicht einmal in den Legenden die Rede. Die sieben verbliebenen Schattenwölfe auf der Welt bildeten Levis Rudel und arbeiteten eng mit den politischen Führern der Wolfgestaltwandler zusammen, um die Omegas zu schützen und die dunkleren übernatürlichen Formen zu bekämpfen, gegen die ein normaler Wolfgestaltwandler nicht ankam. Aber das Interesse der Omegawölfinnen stand in ihren Kämpfen immer an erster Stelle.

Wenn eine Omega in Schwierigkeiten war, wollte Levi helfen.

„Wie geht's jetzt weiter?", fragte Levi. Thaus hob eine Augenbraue, aber Levi starrte nur zurück. Normalerweise riss er sich nicht gerade um Zusatzarbeit, aber wenn es um Omegas ging, hatte er das Bedürfnis, sich ins Geschehen einzumischen. Mehr noch als bei jeder anderen Art von Mission.

„Ich brauche einen einzelnen Mann, der die Behauptungen des Rudels untersucht und die Omega in Sicherheit bringt", antwortete Dante ohne Umschweife. „Wenn wir mehr Männer brauchen, um die Bedrohung zu beseitigen, dann ist das eben so."

Mammon wischte sich mit dem Daumen über die Lippen und sah abgelenkt aus. „Ich könnte das …"

„Nein", unterbrach Levi ihn und erntete einen weiteren überraschten Blick von Thaus. „Ich schaffe das schon. Ich mache mich noch heute Abend auf den Weg."

Dante antwortete, bevor seine Brüder zu Wort kamen. „Sehr gut, Leviathan. Ich schicke dir die Koordinaten auf dein Handy. Beeil dich aber. Präsident Blasius will nicht, dass noch eine Omega in Gefahr gerät."

Das wollte Levi auch nicht. „Verstanden."

Dante hatte noch keine zwei Sekunden aufgelegt, als Mammon das Wort ergriff.

„Glaubst du wirklich, dass du das allein packst?"

Levi unterdrückte einen Seufzer. Das würde auf keinen Fall als reif und leistungsfähig angesehen werden, auch wenn der nervige alte Sack es verdient hätte, dass man ihn anseufzte. „Ich schaffe das schon."

Thaus sah ihn scharf an und suchte nach etwas, von dem Levi nicht sicher war, ob er es finden würde. Dennoch zuckte Levi nicht zurück und wandte seinen Blick nicht ab. Sollte der Mistkerl ihm doch ein Loch in den Bauch starren, er würde das schon hinkriegen.

Doch dann meldete sich Thaus zu Wort. „Wenn du Mist baust, sind wir alle dran."

Der ganze Druck ihrer Abstammung lastete auf ihm wie ein Felsbrocken. Schattenwölfe … die Besten ihrer Rasse, die Stärksten, die am besten Ausgebildeten. Militärisch, zielstrebig und gefährlich. Nur wenige wussten, dass es noch Schattenwölfe auf der Welt gab, und die wenigen, die Bescheid wussten, warteten nur darauf, die sagenumwobenen Bestien ein wenig zurechtzustutzen. Bei den meisten Missionen zog Levi es vor, im Team loszuziehen, um die Verantwortung nicht allein tragen zu müssen. Aber dieses Mal hatte er das Bedürfnis, allein zu gehen.

„Ich schaffe das schon." Levi starrte seinen Bruder an und wollte nicht nachgeben.

Thaus warf einen Blick auf Mammon und nickte dann kurz. „Dann mal los."

Ohne ein weiteres Wort machte er sich auf den Weg zu seinem Truck, doch Mammon wich nicht von seiner Seite.

„Ich schaffe das schon", wiederholte Levi im Gehen und ließ sich von dem besorgten Gesichtsausdruck seines Bruders nicht beirren.

„Aber dein Geruchssinn …"

Levi unterbrach diesen Satz mit einem Knurren. „Mein Geruchssinn funktioniert einwandfrei. Ich weiß, dass er nach der Vulkansache nicht so stark ist wie bei euch anderen, aber er ist immer noch besser als bei den meisten Gestaltwandlern. Ich bin nicht vollkommen wehrlos."

„Das weiß ich ja, es ist nur …" Mammon seufzte und fuhr sich mit einer Hand durch die Haare. „Es ist eine

Schwäche, und eine Schwäche im Kampf könnte zu einem Verlust führen, den sich keiner von uns leisten kann."

Levi hätte am liebsten die Augen verdreht, aber das ging nicht. Vor ein paar Jahrhunderten hatte er sich bei einem Einsatz in der Nähe eines aktiven Vulkans auf Hawaii Nase, Rachen und Lunge verbrannt. Er hatte sich zwar einigermaßen gut erholt, aber seine Brüder hatten ihn nie vergessen lassen, dass er nach diesem Tag nicht mehr ganz derselbe war. Irgendwie konnte er das ja verstehen – er wäre an diesem Tag fast draufgegangen. Aber seine Brüder waren im Laufe der Jahre jeweils hundertmal fast gestorben. Doch an niemandem zweifelten sie so sehr wie an Levi, und das trieb einen tiefen Keil in ihre Mannschaft. Zumindest für ihn.

„Wir reden hier von Menschen und einem Rudel Wandler, die Verstärkung brauchen", stellte Levi fest und versuchte, den anderen Wandler nicht anzuschnauzen. „Ich bin durchaus in der Lage, das zu erledigen."

Mammon nickte und sah immer noch unschlüssig aus. „Wie lautet dein Plan?"

„Die Omega schützen, die Geruchsspuren untersuchen, den Grad der Bedrohung bestimmen, wenn nötig, zusätzliche Unterstützung anfordern und die Ziele eliminieren."

Mammon nickte erneut und seufzte. „Also gut, Junge. Du übernimmst die Führung. Du beschützt sie um jeden Preis und dann haben wir gewonnen." Er wandte sich um, um zurück in die Bar zu gehen, bevor er noch einen letzten Spruch von sich gab. „Aber lass deinen Schwanz in der Hose. Das Letzte, was wir brauchen, ist ein angepisster

Alpha, der Dante anruft, weil du wieder mit einer Wölfin rumgemacht hast …"

„Das war nur ein einziges Mal", rief Levi, bevor er mit einem Tritt die Erde aufwirbelte. Das würden die Mistkerle wohl nie vergessen. Dann sprang er in seinen Truck und startete mit einem Knurren den bulligen Motor. Eine Omega steckte in Schwierigkeiten, also hieß es, die Zweifel und die endlosen Erinnerungen seiner Brüder beiseitezuschieben. Jetzt musste er seinen Arsch in Bewegung setzen.

2

Amy wischte sich die Hände an ihrer Schürze ab und warf einen letzten Blick durch das Restaurant. Die Stühle standen an ihrem Platz, die Tische waren sauber, die Salz- und Pfefferstreuer waren aufgefüllt und standen neben den Flaschen mit scharfer Soße und Pfefferessig, die Theke funkelte wie eine Kristallkugel und der Duft von frisch gebackenen Broten und Muffins lag in der Luft. Jawohl. Das Hope Springs Diner war bereit, aufzumachen.

„Warum kümmern Sie sich nicht noch um die Blumen und schließen dann die Türen auf, Miss Kelley?" Sie klopfte ihrer älteren Bedienung auf die Schulter und wandte sich um, um ihr jüngeres Personal zu begutachten. Viel jünger, vor allem für eine Gestaltwandlerin wie sie, die in Erdenjahren siebenundsechzig Jahre alt war. Nicht, dass irgendjemand davon gewusst hätte. Immerhin sah sie keinen Tag älter als fünfundzwanzig aus. Doch selbst wenn die Menschen sie für so jung hielten, waren die Frauen, die für sie arbeiteten, noch jünger.

Sandy war gerade mal zwanzig – neu in der Stadt und auf der Suche nach einer Möglichkeit, über die Runden zu kommen – während Yvonne erst siebzehn war. Sie wäre auf der High-School gewesen anstatt in der Frühschicht im Diner zu arbeiten, wenn ihr riesiger Babybauch ihr Leben nicht so aus der Bahn geworfen hätte,

„Meine Damen, bereit für den morgendlichen Ansturm?" Amy hätte diese Frage gar nicht stellen müssen, aber das Nicken der beiden jungen Frauen war trotzdem eine Erleichterung. „Gut. Die Sonderangebote hängen an der Tafel aus und die neuen Speisekarten liegen bei den anderen auf dem Stapel. Lächelt, seid freundlich und sagt mir Bescheid, wenn Mr. Klaus eine Bestellung aufgibt, damit ich sein Essen getrennt vom Rest zubereiten kann. Seit drei Monaten hat er keine allergischen Reaktionen mehr gezeigt. Das ist praktisch ein Rekord."

Sandy, die Stift und Notizblock bereithielt, vibrierte förmlich vor Vorfreude. Das Mädchen hatte unglaublich viel Energie, was ihr und Amy sehr zugutekam. „Schmorbraten-Sandwiches zum Lunch, richtig?"

„Genau." Das Grinsen auf den Gesichtern der jungen Frauen ließ ihr Herz höherschlagen und erfüllte sie mit einem Gefühl von Stolz. „Ich weiß. Ihr werdet heute richtig gutes Trinkgeld abstauben."

„Ich liebe den Bratentag", erklärte Yvonne mit einem Grinsen.

„Die Kunden auch." Sandy zwinkerte und machte sich auf den Weg zu ihrem Abschnitt, wo sie ein letztes Mal die Tische begutachtete. Sie war eine äußerst gewissenhafte

Angestellte. Sie achtete auch auf die kleinsten Einzelheiten. Amy hatte ein Riesenglück, dass sie sie bekommen hatte, bevor die anderen Unternehmen in der Gegend mitbekamen, was für ein Juwel sie war. Sandy sprang sogar für Miss Kelley ein und bat die ältere Frau, die Türen zu öffnen, während sie auf jedem Tisch eine einzelne Blume in einer Milchglasvase aufstellte.

Die Blumen auf die Tische zu stellen, war immer der letzte Schritt vor dem Öffnen der Türen und eine Tradition, auf die Amy einfach nicht verzichten wollte.

Als die letzte Blume an ihrem Platz war, verschwand Amy hinter der Theke in Richtung Herdplatte. Zeit, sich an die Arbeit zu machen. „Der Sheriff steht schon an der Tür und wartet auf Miss Kelley. Ich mach ihm schon mal die Eier fertig. Yvonne …"

„Ich weiß, ich weiß." Die jüngste Kellnerin verdrehte die Augen und zog einen Bleistift aus dem unordentlichen Knoten auf ihrem Kopf. „Er sitzt in meinem Abschnitt und wird mich endlos ausfragen. Sei nett. Lächle. Und sag ihm nicht, dass er sich verpissen soll."

„Ganz genau." Amy horchte auf, als sie endlich das Glöckchen über der Tür läuten hörte. Miss Kelley war vieles – liebenswert, nett und beliebt in der ganzen Stadt – aber schnell war sie nicht. Das war aber nicht weiter schlimm. Die Frau begrüßte jeden Kunden mit einem Lächeln und einer persönlichen Note, und die Kunden liebten sie dafür. Deshalb kamen sie noch lieber hierher.

„Guten Morgen, Sheriff Rodman. Willkommen in Hope Springs an diesem herrlichen Tag." Miss Kelleys sanfte, ruhige Stimme schwebte durch den Speisesaal und brachte Amy zum Grinsen. Diese Frau einzustellen, war die beste Entscheidung, die sie je getroffen hatte. „Ich habe gehört, dass Sie gestern Abend Besuch hatten. Ich bin überrascht, Sie so früh hier zu sehen."

Amy unterdrückte ein Glucksen und warf einen Blick zu Yvonne hinüber. Das junge Mädchen hatte die Schultern gehoben und ein Lächeln aufgesetzt. Sie war bereit für das, was auf sie zukommen würde. Aber Amy hatte das Gefühl, dass Miss Kelley dem Mädchen in die Quere kam.

„Oh, äh, ja." Die normalerweise dröhnende Stimme des Sheriffs wurde leiser, als er über seine Worte stolperte. „Ich hatte einen Gast zum Abendessen."

„Einen Gast zum Abendessen? Nennt man das heute so? Als ich jünger war, nannten wir so etwas *Gelegenheitslover*." Ihr Südstaatenakzent unterstrich die letzten beiden Worte, und Amy war sich sicher, dass das Absicht war. Sie musste sich ein Lachen verkneifen, als Miss Kelley den Sheriff in Yvonnes Bereich setzte. Sie erkannte ganz genau, was die ältere Dame vorhatte. Sogar Yvonne grinste.

„Bitte sehr, mein Lieber", sagte Miss Kelley und deutete auf den Lieblingstisch des Sheriffs. „Yvonne ist heute Ihre Kellnerin. Sie erinnern sich doch an Yvonne, oder? Ich kann nicht behaupten, dass sie viel über dieses ganze Thema über Gelegenheitslover wüsste. Sie ist mit dem Enkel meines Cousins zusammen, seit sie quasi noch Babys waren. Yvonne, wann ist Billy mit der Grundausbildung fertig?"

Yvonne stellte ein Glas Eiswasser vor dem Sheriff ab und schenkte dem abschätzigen alten Kauz ein Lächeln. „Einen Monat, zwei Wochen und vier Tage."

„Es muss schrecklich sein, so lange von deinem Liebsten getrennt zu sein, obwohl ich weiß, wie stolz du auf ihn bist, weil er sich entschieden hat, unser Land zu verteidigen."

„Ja, Ma'am. Das war schon sein Traum, seit er ein kleiner Junge war."

„Ich erinnere mich." Miss Kelley schüttelte den Kopf. „Und wann ist die Hochzeit?"

Yvonnes Hand glitt zu ihrem Bauch hinunter und ein Grinsen erhellte ihr Gesicht. „In einem Monat, zwei Wochen und *fünf* Tagen."

Der Sheriff runzelte die Stirn und blickte von Miss Kelley zu Yvonne und wieder zurück. Ja, da war was dran. Er konnte das arme Mädchen nicht über ihren Freund, ihr Baby und ihre Zukunftspläne ausquetschen, wenn er selbst gerade einen draufmachte. Nun, das konnte er, und das würde er auch wieder tun, aber vielleicht würde er an diesem Tag etwas nachsichtiger mit ihr sein.

Fast jeder in der Stadt verurteilte Yvonne dafür, dass sie schwanger geworden war, bevor sie verheiratet war, und genau ebendarum hatte Amy sie eingestellt. Yvonne und Billy haben sich mit dieser Babysache vielleicht ein wenig in die Nesseln gesetzt, aber sie waren vernünftige junge Leute, die noch einiges im Leben vor sich hatten. Das Mädchen brauchte jedoch Geld und bestimmte Fertigkeiten, wenn sie es außerhalb von Hope Ridge schaffen wollte. Deshalb hatte Amy ihr beigebracht zu kochen, und die Kleine machte sich richtig gut. Wenn sie über entsprechende Fertigkeiten in der Küche verfügte, konnte sie in einem Restaurant arbeiten, anstatt in einer Bar oder einem noch schlimmeren Laden. Die Kleine wollte nicht aufs College gehen, sie wollte nicht weit weg von dem Mann leben, den sie liebte, also musste sie überall dort einen Job finden können, wo seine Karriere sie hinführte. Nicht gerade Amys Vorstellung von einem glücklichen Leben, aber es war Yvonnes Leben und ihre Entscheidung. Amy war einfach froh, dass sie ihr auf ihrem Weg zur Seite stehen konnte.

Sie selbst hatte nicht vor, sich allzu weit von der kleinen Stadt, die sie ihr Zuhause nannte, wegzubewegen. In Hope Ridge war sie umgeben von üppiger Wildnis, zerklüftetem Gelände und der Schönheit der Natur auf Schritt und Tritt. Die Stadt lag in einem tiefen Tal, das am Fuße des Berges lag, in dem ihr Rudel lebte. Dieser Ort vereinte das Beste aus beiden Welten – die Gestaltwandler in den Hügeln und die Menschen unten im Tal. Einfach perfekt. Außerdem führte sie das Hope Springs Diner, das sie für nichts und niemanden aufgeben wollte. Basta.

Erneut klingelte das Glöckchen über der Tür und meldete einen weiteren Gast. Miss Kelley klopfte dem Sheriff auf die Schulter, bevor sie sich zur Tür wandte … aber nicht, ohne noch einen letzten Versuch zu starten. „Seien Sie lieber vorsichtig, Sheriff. Die arme Yvonne wird von der halben Stadt schief angeschaut, weil Billy und sie ein paar unbedachte Ausrutscher hingelegt haben. Ein Erwachsener – noch dazu ein gewählter Beamter – würde wahrscheinlich wesentlich größeren Ärger kriegen."

Der Sheriff hustete und wurde ziemlich rot im Gesicht. „Ich habe es Ihnen doch gesagt, Miss Kelley. Sie war nur ein Gast zum Abendessen."

Miss Kelley lächelte den Mann zuckersüß an. Ein sicheres Zeichen dafür, dass sie es darauf ankommen lassen wollte. „Nur ein Dieb ist schlimmer als ein Lügner, Sheriff. Ältere Damen können schlecht schlafen, wissen Sie, und Gäste zum Abendessen bleiben nicht bis nach drei Uhr morgens." Und damit schlenderte sie zur Tür. „Guten Morgen, Jackson und Tyler Sanders. Wie geht es denn eurer Momma? Ich habe gehört, dass sie neulich gestürzt ist."

Amy kicherte vor sich hin, während sie das Frühstück für den Sheriff anrichtete. Miss Kelley konnte sich zwar durchaus behaupten, aber man konnte ihr einfach nicht böse sein. Die Wahrheit tut schließlich weh und so.

„Bestellung fertig."

Yvonne eilte hinüber, um sich den Teller zu schnappen, bevor sich die Türen öffneten und die Fabrikarbeiter, die gerade Nachtschicht gehabt hatten, hereinspazierten.

„Es ist wohl Feierabend." Amy deutete mit einem Nicken in Richtung der Türen. „Zieht euch lieber warm an. Sieht so aus, als würde es eine Menge zu tun geben."

Langsam endete das Frühstück, und es wurde Zeit für das Mittagessen. Aber auch zwischen Frühstück und Mittag war der Laden gut besucht. Ein sicheres Zeichen dafür, dass Amy nach sechs Monaten unermüdlicher Schufterei irgendetwas richtiggemacht hat. Zum Glück, denn wenn sie in diesem Diner versagt hätte, hätte ihr Vater ihren Hintern sicher wieder auf den Berg geschleppt und sie dort weggesperrt.

„Viel los heute."

Amy schaute auf, als ein weiterer Neuankömmling in

23

der Stadt, ein Wolfgestaltwandler namens Zeke, auf einen der Hocker rutschte. Er aß jeden Tag allein an der Theke und hielt immer Small Talk mit ihr. Oder er versuchte es zumindest. Amy konnte sich noch immer keinen Reim auf ihn machen. Als einziger hier ansässiger Gestaltwandler, der nicht zu ihrem Rudel gehörte, war er etwas Besonderes. Aber besonders bedeutete nicht unbedingt besser, und ein nicht sesshafter Gestaltwandler in der Nähe von Menschen konnte leicht zu Problemen führen. Bisher schien er sich zwar gut unter die Menschen mischen zu können, aber wer wusste schon, wie lange das gut gehen würde.

„Heute ist Schmorbraten-Tag, ein beliebtes Gericht in der Gegend. Wie geht es Ihnen, Zeke?"

Sein Lächeln wurde breiter. „Alles in Ordnung, Miss. Danke, dass Sie fragen. Und wie geht es Ihnen an diesem strahlenden Wintertag?"

„Gut, gut." Amy warf einen Blick auf Yvonne und nickte ihr zu, um ihr zu bedeuten, dass sie sich um den Gast am Tresen kümmern sollte. „Yvonne nimmt Ihre Bestellung auf, Süßer. Ich muss nach hinten gehen und kochen, wenn wir den Ansturm überleben wollen."

Sein Lächeln schwand, aber darüber konnte sich Amy keine Gedanken machen. Sie musste noch mehr Kartoffelpüree zubereiten, und zwar schnell. Es schien, als wäre schon die halbe Stadt für ihre Schmorbratensandwiches gekommen, und trotzdem war jeder Tisch voll. Sie musste ihre Aushilfskellnerin, eine Gestaltwandlerin aus ihrem Rudel namens Gracie, herbeirufen. Die Frau tanzte praktisch durch Yvonnes Tische, während die andere Frau das Essen servierte.

Sandy lächelte immer noch und kümmerte sich gut um ihre Gäste, und Miss Kelley verwickelte die paar Leute, die noch warten mussten, in ein Gespräch, das sie alle zum Lachen brachte. Die Dinge liefen gut … für den Moment.

Die Frauen würden sich am Ende des Tages über ihr Trinkgeld freuen, daran hatte sie keinen Zweifel. Aber wenn sie wollte, dass die Gäste glücklich und zufrieden genug waren, um ein paar hart verdiente Dollar für ihre Angestellten hinzulegen, musste sie sicherstellen, dass sie das hatten, wofür sie gekommen waren. Das bedeutete, dass sie ihren Hintern in Bewegung setzen und das tun musste, was sie am besten konnte. Kochen.

Sobald Yvonne sich um den Gast am Tresen gekümmert hatte, schlüpfte Amy hinter der Theke hervor. Sie eilte durch die Schwingtür in die Küche, hielt aber kurz inne, als sie dort einen Kerl sah, der an ihrer Anrichte saß. Ein Typ, der dort nichts zu suchen hatte.

„Was zum Teufel treibst du da?"

Benjamin, der Zweitälteste in ihrer Familie, zuckte mit den Schultern und aß weiter das Schmorbratensandwich, das er sich offenbar selbst gemacht hatte. „Abel hat mich geschickt."

Natürlich hat er das. Wenn Amy noch lauter geknurrt hätte, hätten es die Gäste sicher gehört. „Richte unserem großen Bruder aus, dass es mir gut geht. Ich brauche keinen Babysitter."

Aber Benjamin störte sich nicht wirklich daran, dass Amy sich aufregte. „Sag es ihm doch selbst. Er ist gleich hier unten."

Der Seufzer, den Amy ausstieß, war laut und war mit mehr Knurren erfüllt, als sie zugeben mochte. Sie stapfte zum Herd und nahm sich den Topf mit den Kartoffeln, die sie in der letzten halben Stunde gekocht hatte. „Das wird langsam lächerlich."

„Sag es Dad", meinte Benjamin achselzuckend. Als ob das jemals helfen würde.

„Dad wird Abel nicht widersprechen." Sie schüttete die Kartoffeln in ein Sieb und ließ das dampfende Wasser in der Spüle abtropfen, bevor sie den leeren Topf zurück auf den Tresen knallte. „Bescheuert, überfürsorglich, ignorant, unreif…"

„Oh, ich weiß, dass du das bist, aber was bin dann ich?"

Amy wirbelte zur Hintertür herum, wo der fragliche Mann stand. Das hämische Grinsen in seinem Gesicht war auf sie gerichtet, was eindeutig ein schlechter Zug von ihm war. „Du hast gerade bewiesen, dass ich recht habe, du Blödmann."

„Verdammt", stellte Abel fest, während er Benjamin einen Fausthieb verpasste. „Da ist aber jemand gereizt heute."

Das ist untertrieben … und zudem nervig. „Ich schwöre bei Gott, wenn du nicht sofort aus meiner Küche verschwindest, stecke ich deinen Arsch in den Ofen."

Benjamin stopfte sich den letzten Bissen seines Sandwiches in den Mund und nickte seinem Bruder zu. „Ich haue jetzt lieber ab. Gebackener Abel hört sich nicht gerade verlockend an."

Abel schien sich nicht daran zu stören, dass ihr Bruder gleichzeitig sprach und kaute, obwohl Amy dabei ein wenig schlecht wurde. Verdammte Tiere, die ganze Bande.

„Läufst du oder fährst du?", fragte Abel den jüngeren Mann.

Ben deutete mit seinem Daumen auf die Hintertür. „Ich laufe. Ich versuche gar nicht erst, diese Todespiste hochzufahren, bevor der Frühling kommt."

„So schlimm ist es doch gar nicht", erklärten Amy und Abel gleichzeitig. Abel grinste, aber Amy ärgerte sich und verdrehte die Augen.

„Habt Spaß, ihr zwei. Und versucht, euch nicht gegenseitig umzubringen", bemerkte Benjamin mit einer hochgezogenen Augenbraue und einem wissenden Grinsen.

„Solange er mir nicht in die Quere kommt, muss er sich keine Sorgen machen", brummte Amy, während sie Sahne, Butter und Knoblauch zu den Kartoffeln gab. Benjamin ließ die schwere Metalltür hinter sich zuschlagen, als er den Raum verließ, was Amys Stimmung nicht gerade verbesserte. Konnte nicht wenigstens einer ihrer Brüder mal versuchen, nicht wie eine ganze Elefantenherde zu klingen, wenn sie in ihrem Geschäft waren?

„Verflucht noch mal, Ben."

„Ausdrucksweise, Schwesterherz." Abel schüttelte den Kopf und sah aus, als ob er sich ein Grinsen verkneifen wollte. Der Vollidiot.

Amy warf ihm ihren freundlichsten Blick zu und streckte ihm die Zunge heraus, als die Tür zum Essbereich aufflog.

„Oh, Entschuldigung." Yvonne ließ die Schwingtür gegen die Wand knallen und sah etwas verunsichert drein, als sie von Abel zu Amy und wieder zurückblickte. Das Mädchen neigte dazu, in der Nähe von Amys Brüdern ein wenig unbeholfen zu sein. Das war bei den meisten Frauen so. Die Männer ihrer Familie waren alle groß, muskulös und hatten blonde Locken und blaue Augen. Außerdem hatte Abel die süßesten Grübchen, die sie je gesehen hatte. Ja, Frauen liebten ihre Brüder. Nur schade, dass sie alle Idioten waren … meistens jedenfalls.

„Was kann ich für dich tun?", fragte Amy und versuchte zu lächeln, als das Mädchen errötete.

„Oh, äh … ich habe fast keine Kartoffeln mehr und Mr. Klaus kam gerade herein und fragte, ob wir Vollkornbrot hätten."

Amy ließ den Kopf sinken. „Er kann kein Vollkornbrot kriegen, weil er eine Glutenunverträglichkeit hat. Mein Gott, wird der Mann es jemals lernen?"

Abel nahm ihr die Schüssel mit den Kartoffeln aus der Hand. „Geh nur, ich mach das schon."

Aber Amy war nicht bereit, sich geschlagen zu geben. „Ich brauche keine …"

„Ich habe dich nicht gefragt, ob du Hilfe brauchst, und das nehme ich auch nicht an. Aber du musst verhindern, dass Mr. Klaus wegen seiner Allergien wieder im Krankenhaus landet. Er ist alt und stur und er hasst es, dass er letztes Jahr seine Ernährung so stark umstellen musste. Er verlässt sich darauf, dass du ihm hilfst. Mach nur. Ich schaffe das schon."

Amy seufzte und ließ die Schüssel los, weil sie wusste, dass er recht hatte. „Danke, Abel."

Er zuckte mit den Schultern und begann, die Kartoffeln zu stampfen. „Wir sind eine Familie. So sind wir nun mal. Aber erwarte nicht, dass ich gehe, bevor du die Tür nach dem letzten Kunden geschlossen hast. Ich bringe dich heute Abend nach Hause, Fräulein."

„Gut. Aber nur, wenn wir noch für ein Eis anhalten können. Du zahlst."

Abel grinste sie an und zwinkerte ihr zu, etwas, das eine Frau, die nicht mit ihm verwandt war, wahrscheinlich zum Schmelzen gebracht hätte. „Wer sonst?"

Amy küsste ihn auf die Wange, bevor sie zurück in den Gastraum ging, bereit, sich mit Mr. Klaus und seiner törichten Weigerung, auf seine Ärzte zu hören, auseinanderzusetzen. Ein weiterer Tag, ein weiteres Restaurant voller Gäste. Ein weiterer Traum wurde wahr.

3

HOPE RIDGE WAR DUNKEL UND FAST MENSCHENLEER, ALS Levi die Hauptstraße entlangfuhr. Alles war geschlossen – typisch für jede Kleinstadt. In Orten wie diesem hier klappen sich die Bürgersteige um fünf Uhr praktisch von selbst hoch.

Der Alpha des örtlichen Rudels erwartete ihn erst am Morgen. Als Levi klargeworden war, um wie viel Uhr er tatsächlich in der kleinen Stadt am Fuße eines Berges ankommen würde, hatte er den Alpha angerufen und versucht, ein abendliches Treffen zu vereinbaren. Versucht … und versagt. Der Mann hatte darauf bestanden, dass Tageslicht besser sei – irgendetwas mit Bergstraßen und Dunkelheit. Doch so sehr er auch mit der Arbeit beginnen wollte, Levi wollte sich nicht beklagen. Die Verzögerung verschaffte ihm einen Abend, um die schneebedeckten Wälder zu erkunden, worauf sich sein Wolf nach so langer Zeit in Texas wirklich freute.

Aber zuerst musste er etwas zu essen finden.

Er kam an einem Restaurant auf der Hauptstraße vorbei, aber das war eindeutig geschlossen. Er ging davon aus, dass es mehr als nur das eine Lokal geben musste, und fuhr die wenigen Straßen ab, die das „Stadtzentrum" ausmachten. Kein Glück. Alle Geschäfte waren geschlossen.

„Nicht einmal eine verdammte Bar, in der man ein Bier trinken könnte." Levi fuhr noch ein Stück weiter aus der Stadt hinaus. Geschäfte und Häuser gingen in Felder und Wälder über, die einer oder zwei Fabriken Platz machten. Dann ein Fernfahrerkneipe und …

Was sagt man den dazu?

Johnnie's Kneipe lag am Straßenrand, ein dunkles Gebäude mit fluoreszierenden Lichtern in den Fenstern, die eine ordentliche Auswahl an amerikanischen Bieren anpriesen. Es gab sogar ein Schild, das für die Burger dort warb.

„Endlich." Levi lenkte seinen Truck auf einen freien Parkplatz und stieg aus. Der Geruch von etwas Verbranntem lag in der Luft, so stark, dass er sogar in seiner menschlichen Gestalt davor zurückschreckte. Wahrscheinlich eine Art Verschmutzung durch die Produktionsanlagen, obwohl er sich nicht sicher sein konnte. Aber als er einen Schritt um seinen Truck herumging, nahm Levi auch den Geruch von Gestaltwandlern wahr. Wolfgestaltwandler, um genau zu sein. Das weckte sein Interesse. Wenn sich das örtliche Rudel hier aufhielt, konnte er vielleicht vor dem morgigen Treffen noch ein wenig Erkundungen anstellen.

Als Levi sich der Bar näherte, verwandelte sich seine

Erleichterung darüber, ein offenes Lokal vorzufinden, eher in Abscheu. Der Parkplatz war mit Müll und Glasscherben übersät, zumindest an den Stellen, die nicht von Furchen und Rissen durchzogen waren. Die Fenster waren verdunkelt, die Farbe blätterte von den Wänden ab und die Tür war halb aus den Angeln gehoben. Dieser Laden war eine absolute Bruchbude. Das Innere des Gebäudes war nicht viel besser als das Äußere – eine verbeulte Bar, kaputte Tische und abgenutzte Stühle in einem einzigen Raum. Nicht einmal ein Billardtisch oder eine Dartscheibe waren zu sehen. Normalerweise brauchte Levi nicht viel an Einrichtung, aber Johnnie's Kneipe setzte dem Ganzen die Krone auf.

„Was kann ich dir bringen?", fragte der alte Mann hinter der Theke und machte sich nicht einmal die Mühe, zu dem Neuankömmling aufzusehen.

„Einen Burger und ein Bier."

„Normales oder bleifreies?"

Levi antwortete zunächst nicht, erst als der Mann auf die Zapfhähne vor ihm deutete. Zwei Arten von Bier. Dieselbe Marke, eine kalorienärmere Version. Anscheinend haben die Leuchtreklamen in den Fenstern ein wenig geflunkert.

„Normal".

Der Mann nickte, als Levi Platz nahm. Dann stellte der Barkeeper ihm ein Bier hin, bevor er nach hinten ging. Levi vermutete, dass er wahrscheinlich auf dem Weg zu einer Mikrowelle war, um irgendwas zu kochen, das entfernt an Fleisch erinnern würde. Falls er Glück hatte.

„Neu in der Stadt, wie ich sehe."

Der Geruch eines Gestaltwandlers schlug ihm

entgegen, kurz bevor ein Typ den Platz neben ihm einnahm. Groß, aber drahtig, sah der Fremde aus wie ein Nomade. Ein Schurke, wenn man so will. Ein einsamer Wolf ohne ein Rudel oder einen Ort, den er sein Zuhause nennen könnte. Levi mochte echte Nomaden nicht besonders – irgendetwas daran, dass sie nicht in einem festen Rudel lebten, brachte sie durcheinander. Er neigte zwar selbst dazu, ein Nomadenleben zu führen, indem er von Ort zu Ort und von Stadt zu Stadt zog, immer auf Achse, aber er hatte ein Rudel. Er hatte die anderen Schattenwölfe. Er war gefestigt. Richtige Nomaden hatten nichts von alledem – aber der Typ wirkte ziemlich harmlos.

„Bin nur auf der Durchreise." Levi nahm einen Schluck von seinem Bier und hätte fast gezischt angesichts des warmen Gesöffs. „Scheiße."

Der Typ gluckste. „Ja, ich hätte dich warnen sollen. Das mit dem kalten Bier ist ein Trugschluss." Er schüttelte sein Glas, das mit Bier … und Eis gefüllt war.

Levi schob sein Bier beiseite. Kein Bier war immer noch besser als Bier auf Eis. „Gehörst du zum Rudel hier?"

„Nein." Der Typ schüttelte den Kopf und grinste düster. „Ich bin wirklich nicht scharf auf Großveranstaltungen."

Levi brummte. Er hatte recht gehabt – ein Nomade. Er konnte nicht widerstehen und holte sein Handy aus der Tasche. Wenn er es richtig hielt und den richtigen Winkel wählte, konnte er eine ziemlich gute Profilaufnahme machen. Er brauchte ein Bild für den Fall, dass der Kerl jemals im Mittelpunkt einer Mission stehen würde.

Nomaden neigen dazu, mit der Zeit die Kontrolle über ihre menschliche Seite zu verlieren. Die Schattenwölfe hatten das immer wieder gesehen, aber sie schritten nur ein, wenn der Nomade eine Bedrohung für ihre Welt darstellte. Aber soweit er sehen konnte, war dieser Typ keine Bedrohung – zumindest noch nicht, aber er war lieber vorbereitet.

Während er mit seinem Handy herumfummelte, als würde er jemandem eine SMS schreiben, gelang es Levi, gut fünf Fotos von dem Nomaden aus verschiedenen Blickwinkeln zu schießen. Seine Leute würden sich freuen. Er war der Fotograf der Gruppe, seit er vor mehr als einem Jahrhundert zwei Kisten zusammengesteckt und mit Quecksilberdampf Bilder entwickelt hatte. Er hatte eine ganze Sammlung von Bildern der Gestaltwandler, die er im Laufe der Zeit getroffen hatte. Rudelführer, Ortsvorsteher, wichtige Männer und Frauen, die die Politik und den Lebensstil der Wolfgestaltwandler geprägt haben. Das Fotografieren hatte für ihn als Hobby begonnen. Aber in den vergangenen Jahrzehnten waren seine Fotos für die Schattenwölfe immer wichtiger geworden, und so kümmerte er sich hauptsächlich um Nomaden. Diese Mistkerle waren gefährlich, und ein Bild von einem Verdächtigen zu haben, half seinem Kollegen Bez, sie aufzuspüren.

Nachdem er genügend Fotos geschossen hatte, wollte Levi gerade einen Zwanziger auf den Tresen werfen und zu seinem Wagen zurückgehen, als eine hübsche Frau mit einem breiten Lächeln auf ihn zukam und sich an seine Seite drückte. Dem Geruch nach zu urteilen war sie eindeutig ein Mensch.

„Hast du den Burger bestellt, Süßer?"

Die hier war schon eher nach seinem Geschmack.

Schöne Kurven, ein hübsches Gesicht und ein Blick in ihren Augen, der ihm verriet, dass sie Appetit hatte. Außerdem brachte sie ihm was zu essen. Ein Volltreffer. „In der Tat. Bekomme ich ein Stück von dir als Beilage?"

Ihr Kichern zerrte an seinen Nerven, aber er lächelte es weg. Ein voller Bauch und ein bisschen Spaß mit einer hübschen Frau waren eine tolle Möglichkeit, um sich vor seinem morgigen Einsatz zu entspannen.

Die Kellnerin stellte einen vollen Teller vor ihm ab und rieb dabei ihre üppige Brust an seinem Arm. „Ich bin Ashley und ich bin immer für dich da, wenn du irgendwas brauchst."

Ja, er brauchte wirklich etwas. „Ich bin Levi. Freut mich, dich kennenzulernen."

Sie warf ihm einen scharfen Blick zu, bevor sie sein Handgelenk drückte. „Komm doch zu mir, sobald du fertig bist."

Jackpot. „Klar doch, Ashley."

Sein Gestaltwandlerfreund auf dem Hocker gluckste leise, aber Levi beachtete ihn nicht. Er hatte Essen, schlechtes Bier und die Aussicht auf eine Muschi. Was konnte er sich mehr wünschen? Beinahe hüpfte er unruhig in seinem Sitz und nahm einen großen Bissen von seinem Burger.

Und bereute es sofort.

Der Typ neben ihm lachte lauthals. „Ich hätte dir auch sagen können, dass das eine schlechte Idee ist."

Levi spuckte den Bissen, der mit Sicherheit kein Essen war, in eine Serviette. „Burger und Pizza sind wie Sex – selbst wenn sie schlecht sind, sind sie gut. Wie kann etwas, das gut sein sollte, so verdammt beschissen sein?"

„Der Barbesitzer kann nicht kochen, aber er hält sich für einen zweiten Steffen Henssler. Doch das Diner in der Stadt? Der reinste Himmel." Seine Augen bekamen einen verträumten Ausdruck und er schüttelte den Kopf. „Mann, das beste Essen, das ich je probiert habe."

Levi blickte finster auf das Ding, das eigentlich ein Burger sein sollte. „Es sah geschlossen aus, als ich vorbeigefahren bin."

„Ja, nur Frühstück und Mittagessen."

„Das war ja klar." Levi schob das Gericht von sich und starrte auf sein warmes, pisseähnliches Bier. Der Abend hatte sich mit einem Schluck und einem Bissen von geschmacklos zu grauenvoll entwickelt; nicht einmal das Versprechen auf ein bisschen Aufmerksamkeit von Ashley konnte ihn da noch retten. Er war durch. Lieber würde er auf vier Beinen auf die Jagd gehen und sich unter der Dusche einen runterholen, als diesen Fraß hinunterzuwürgen, nur um in das Höschen einer Tussi reinzukommen.

„Machst du dich vom Acker?", fragte der Gestaltwandler neben ihm, als Levi aufstand.

Er hielt dem Mann die Hand hin. „Auf jeden Fall. Ich jage lieber ein paar Kaninchen, als diesen Mist zu ertragen."

„Davon gibt es hier oben in den Hügeln genug." Der Mann schüttelte seine Hand und ließ seinen Blick über die Bar schweifen. Bevor er sie losließ, beugte er sich vor und senkte seine Stimme. „Pass auf, wenn du hier rausgehst, ja?"

Na toll. Genau das, was Levi jetzt gebrauchen konnte

... eine rätselhafte Warnung von einem Nomaden. „Ja. Klar. Du auch. Ich wünsche dir eine gute Nacht."

Der Gestaltwandler wandte sich wieder seinem Bier zu und nickte, aber er sagte nichts weiter. Ohne weiter darüber nachzudenken, verließ Levi das Lokal und schritt durch die Tür in die übel riechende Luft hinaus. Vielleicht stammte der Gestank gar nicht von den Fabriken, wie er ursprünglich gedacht hatte. Vielleicht lag es an den Kochversuchen des Besitzers. Das war ihm jetzt klar, denn sein Mund schmeckte nach dem Biss in den Nicht-Burger genauso übel wie die Luft.

„Hey, Süßer", rief Ashley, die wie eine Traumfrau aus einer seiner Fantasien ... oder Albträume aussah. Beides war denkbar. „Meinst du, du kannst mir mal zur Hand gehen?"

Levi seufzte. Sein Truck stand genau dort, nur ein paar Autos weiter. Das Letzte, was er wollte, war, ihr eine Starthilfe für ihre leere Batterie zu geben oder etwas an ihrem Auto zu reparieren. Aber er war ein Gentleman und war darauf getrimmt worden, hilfsbereit zu sein und mit anderen zusammenzuarbeiten. Ashley schien niemanden zu haben, und wer wusste schon, was mit ihr passieren würde, wenn er weggehen würde.

„Klar. Natürlich." Levi stapfte über den kaputten Asphalt des Parkplatzes und hoffte, dass es schnell gehen würde, wenn sie Hilfe brauchte. Er war nicht mehr in der Stimmung für irgendetwas, das sie ihm anbieten konnte.

Ashley stand zwischen einem Auto und einem größeren Truck und wirkte nervös und fast schüchtern. Das ließ Levis Nackenhaare hochschnellen. Die Tussi hatte ihn mit ihren Blicken ausgezogen. Schüchtern war die sicher nicht.

„Was gibt's, Ashley?"

Sie zuckte mit den Schultern. „Soll ich dir einen blasen?"

Normalerweise würde Levi das wohl als die dümmste Frage aller Zeiten bezeichnen. Lippen auf Schwanz bedeutete eindeutig ein Ja. Aber so, wie sie da zwischen den Fahrzeugen stand, wie sie sich verhielt und die Tatsache, dass er nichts riechen konnte, außer dem Gestank von verbranntem Essen in der Luft … all das ließ ihn aufhorchen. „Nein, das glaube ich nicht."

Ihr Gesicht verfinsterte sich und sie blickte für den Bruchteil einer Sekunde in Richtung des Trucks. Verstanden … die Bedrohung würde von dort kommen. Levi wich zurück und machte Platz, um nicht von der Seite oder von hinten überrascht zu werden.

„Komm schon", begann Ashley und wirkte fast schon besessen. „Ich berechne dir nicht mal was."

Oh, verdammt. Levi seufzte und fuhr mit den Fingern über den Griff des Messers, das er immer bei sich trug, um sicherzugehen, dass es auch da war. Das hier würde auf jeden Fall unschön werden. „Ich interessiere mich nicht dafür, was du da vertickst, Ashley. Und wenn dein Macker hier irgendwo lauert und darauf wartet, mich zu vermöbeln, weil ich dich abblitzen habe lassen, sollte er sich lieber gleich zu erkennen geben. Ich warte hier nicht die ganze Nacht."

Ihr Gesicht wurde blass, zu blass, und sie warf wieder einen Blick auf den Truck. Levi verdrehte die Augen und machte sich auf den Weg zu seinem eigenen Truck. Er machte einen großen Bogen um die Heckklappe des Trucks, bei dem er einen Mann auf der Lauer vermutete. Ashley war kein echter Profi; sie hatte wahrscheinlich noch nie irgendeine sexuelle Handlung mit einem vermeintlichen Kunden vollzogen. Sie war eine Marionette in einem größeren Komplott. Besoffenen einen Blowjob auf dem Parkplatz anbieten? Deren Hosen würden schneller auf dem Asphalt landen als eine Zigarettenkippe. Und dann schlug der Kerl zu, verprügelte die Freier und klaute ihnen vielleicht die Brieftasche. Ein bisschen Geld für praktisch keine Arbeit.

Aber Levi war nicht bereit, das nächste Opfer zu werden.

„Schönen Abend noch, Ashley."

„Warte!", kreischte sie und blieb hinter der Ladefläche des Trucks stehen, winkte aber wild. „Ich kann dir geben, was du brauchst, Süßer. Ich mache alles."

Levi schüttelte den Kopf und ging weiter. Was er brauchte? Ein gutes Essen und ein noch besseres Bett, gefolgt von einem ordentlichen Lauf als Wolf. Er bezweifelte, dass er das alles auf dem Parkplatz einer Spelunke wie dieser bekommen würde.

„Kein Interesse."

Das Geräusch einer sich hinter ihm öffnenden Autotür reichte aus, um Levi kurz innehalten zu lassen. *Und schon geht es los …*

„Die Dame bietet dir ihre Ware an."

Levi machte sich nicht mal die Mühe, sich umzudrehen. Noch nicht. „Ich sagte, ich bin nicht interessiert."

Das Klicken einer gespannten Waffe änderte jedoch seine Meinung. *Dieser Wichser ...*

Levi wirbelte herum und ließ seine Hand dorthin gleiten, wo sein Messer hing, bereit, es im nächsten Moment zu ziehen. Phego hatte jedes Paar von Levis Cargohosen so angepasst, dass er sein Kampfmesser tragen konnte, ohne dass andere es sahen. Eine schwierige Aufgabe, angesichts der Größe des Dings.

„Ich glaube, du solltest mir mal deine Geldbörse zuwerfen", forderte der Kerl mit einem breiten Grinsen in seiner hässlichen Visage. Als ob er schon gewonnen hätte. Als ob Levi eine Art ängstliches Häschen wäre, weil Grinsekatze da drüben eine Pistole laden konnte. Um einen Gestaltwandler auszuschalten, braucht man einen präzisen Kopfschuss, und Levi war zu schnell und zu beweglich, um jemandem die Gelegenheit dazu zu geben.

Der Typ hatte seine Beute völlig falsch eingeschätzt.

„Ich denke, du solltest deine letzte Gelegenheit nutzen und einfach verduften."

Das Grinsen des Mannes verblasste, aber er ließ die Waffe nicht sinken. „Was hast du gesagt?"

Levi zog sein Jagdmesser aus dem Holster und umfasste locker den Griff. Sein SOG SEAL Knife 2000, das von der Spitze bis zum Knauf über dreißig Zentimeter lang war, war seine liebste Waffe. Scharf, tödlich und gut ausbalanciert war es für den Kampf in unmittelbarer Nähe gemacht. Manche Männer bevorzugten Pistolen, andere Sprengstoff. Levi mochte Klingen. Er kämpfte gerne aus nächster Nähe und ganz auf Tuchfühlung. Und in diesem Moment gefiel ihm der Gedanke, diesen Wichser zu Fall zu bringen. Mit oder ohne Waffe.

Der Kerl machte eine weitere Fehleinschätzung, als er das Messer sah, und lachte lieber, als wegzulaufen. „Warte. Du bringst wirklich ein Messer zu einer Schießerei mit? Das ist echt krass, Mann."

Levi lächelte nur und wartete. Er war bereit.

Als Levi nicht antwortete und den Mann stattdessen mit einem raubtierhaften Blick fixierte, wurde der Mann unruhig. Er fuchtelte noch mehr herum, ließ die Hand mit der Waffe sinken und riss sie wieder hoch. Er trat von einem Fuß auf den anderen. Er hatte keine Ahnung, wie er mit einem Mann wie Levi umgehen sollte, was eine ziemlich normale Reaktion war. Die wenigsten menschlichen Männer wüssten, wie sie mit einem Wolfgestaltwandler, geschweige denn mit einem Schattenwolf, kämpfen sollten.

Aber dämliche Leute treffen dämliche Entscheidungen. Der Kerl muss mit seiner Geduld am Ende gewesen sein, denn er starrte Levi an und hob erneut die Waffe, als wolle er ihn abknallen. Levi schüttelte den Kopf und stürzte sich mit einem gewaltigen Satz auf ihn. Das brachte seinen Gegner aus dem Gleichgewicht, sodass er seinen Arm sinken ließ. Der, mit dem er die Knarre hielt. Schon wieder.

Dieser Typ hatte tatsächlich keine Ahnung, wie man richtig kämpft.

Ohne darauf zu warten, dass der Kerl den ersten Schritt machen würde, schlitzte Levi seinen Arm mit einem grausamen Schwung nach unten auf. Ein Schnitt, und schon floss das Blut. Zwei, und die Waffe knallte auf den Asphalt. Damit war Levis Ziel leicht angreifbar, um ihm den Arsch aufzureißen, aber der Typ ging nicht so leicht zu Boden. Er schlug hart mit der Rechten zu und verfehlte nur, weil Levi schneller war. Und das war auch gut so. Denn diese Fäuste waren groß für einen Menschen.

Levi stieß zu, wich aus und drehte sich, um den Schlägen des Kerls aus dem Weg zu gehen. Der Hüne setzte nach, geriet aus dem Gleichgewicht, versuchte aber, sich zu wehren. Beide Männer rangen darum, die Oberhand zu behalten. Aber Levi gelang das insgesamt besser.

Der Kampf hätte nicht so lange gedauert, wenn Levi die Waffe nicht ständig im Blick gehabt hätte. Er hatte keine Ahnung, wohin Ashley gegangen war, und das Letzte, was er brauchte, war, dass ein angepisster Profi ihm in den Rücken schoss. Natürlich würde er wieder genesen, aber das wäre ein bisschen schwierig zu erklären. Also hieb und schnitt er weiter und versetzte dem anderen Kerl immer wieder oberflächliche Stiche in Brust und Arme. Er würde den Kerl nicht umbringen – zumindest noch nicht –, aber er würde ihm mit Sicherheit eine Lektion erteilen.

Bei einem besonders tiefen Stich – direkt in den Bizeps seines Gegners – hörte Levi, wie eine weitere Person hinter ihm auftauchte.

„Ich dachte, ich hätte dir gesagt, du sollst aufpassen."

Der Mann von der Theke packte den großen, dummen und hässlichen Kerl und verdrehte seinen Arm hinter seinem Rücken. Levi nutzte die Gelegenheit und rammte dem Mann den Schaft seines Messers auf die Nase, sodass er in die Knie ging. Ein zweiter Schlag, und der Mann sackte auf den Asphalt. Endlich war er bewusstlos.

„Jackpot", knurrte Levi. Sein Gestaltwandlerfreund

warf den Mann in die Lücke zwischen zwei Autos und beugte sich dann hinunter, um sich die Waffe zu schnappen. Levi hielt einen Moment inne, eine einzige Sekunde, in der er sein Messer etwas fester umklammerte und sich auf einen zweiten Kampf vorbereitete, aber das hatte der Typ nicht im Sinn. Er nahm die Kugeln raus und steckte sie ein, bevor er die Waffe in seinen Hosenbund schob. Kluger Mann.

„Na, das hat Spaß gemacht", stellte der Typ fest und atmete nicht einmal schwer. „Wo hast du eigentlich gelernt, so mit einem Messer zu kämpfen?"

Levi wischte sein SOG an seiner Hose ab und schob es zurück in das Holster, bevor er ihm die einfachste und aufrichtigste Antwort gab. „Krieg."

Das erregte natürlich die Aufmerksamkeit des Mannes. „Rudel oder Militär?"

„Militär. Und du?"

„Rudelkriege." Der Typ zuckte mit den Schultern, als ob das keine große Sache wäre. Levi hatte im Laufe der Jahre viele Rudelkriege gesehen und war sogar geschickt worden, um ein paar zu verhindern. Die waren brutal, tödlich und geradezu grausam. Wenn dieser Typ einen Rudelkrieg überlebt hatte, war er ein Waffenbruder. Basta.

Levi streckte seine Hand aus. „Ich bin Levi. Und ich bin verdammt froh, dass ich dich heute Abend getroffen habe."

Der Kerl schaute auf die ausgestreckte Hand, dann nickte er kurz. Er packte ihn am Ellbogen und Levi tat es ihm gleich. Die beiden hielten sich für einen Moment in gegenseitigem Respekt und der traditionellen Begrüßung der Wandler fest.

„Ich bin Zeke. Freut mich, dich kennenzulernen, Levi."

Die beiden hielten noch ein paar Sekunden lang den Arm des anderen fest, dann war der Moment vorbei. Levi sah sich auf dem Parkplatz nach Spuren ihres Kampfes um, die jemanden zu ihm führen könnten. Überraschenderweise war Ashley verschwunden und der riesige Kerl lag immer noch mit dem Gesicht nach unten auf dem Beton. Ansonsten gab es keine Anzeichen für einen Kampf. Sein Job hier war erledigt.

„Also, das Diner, was?" Levi machte sich auf den Weg zu seinem Truck, Zeke lief neben ihm her.

„Ja. Auf jeden Fall", bestätigte Zeke mit einem Nicken. „In Hope Springs gibt es leckeres Essen und nette Leute. Es ist nicht zu übertreffen."

„In Hope Ridge scheint die Hoffnung ewig zu leben. Ich muss das morgen mal ausprobieren." Levi hielt an seinem Truck an, bereit zum Aufbruch, aber er wurde immer neugieriger auf diesen Nomaden. „Hast du vor, dich dem örtlichen Rudel anzuschließen?"

Zekes leises Knurren sagte genauso viel wie seine Worte. „Ich bin kein Rudelhund."

Levi war über diese Antwort keineswegs überrascht – die meisten Nomaden sahen sich als absolut frei an und waren nicht bereit, sich wieder unter die Herrschaft eines anderen Rudels zu begeben. Aber die Tatsache, dass Zeke anscheinend schon lange genug an diesem Ort war, um so viel zu wissen wie er, obwohl es in der Nähe ein Rudel gab, ergab keinen Sinn. Ein einzelner Nomade würde – könnte – es nicht mit einem Rudel aufnehmen. Diese Rechnung würde niemals aufgehen.

Levi schloss den Truck auf, stieg aber nicht ein, sondern lehnte sich an die Tür. „Du bist also nicht daran interessiert, dich dem Rudel anzuschließen, aber du bist schon lange genug in der Stadt, um ein paar Dinge über den Ort zu wissen. Warum hängst du hier rum?"

Zeke zuckte mit den Schultern und sah weg. „Ich schätze, meine Gefährtin ist hier irgendwo."

Verdammt, mit dieser Antwort hatte er nicht gerechnet. „Ah, dann bleibst du."

„So sieht's aus." Zeke drehte sich um und seine Augen waren von einer Entschlossenheit erfüllt, die Levi selten gesehen hatte. „Ich bleibe … für sie."

Auf eine solch ausgeprägte Sehnsucht, einen solchen Einsatz, war Levi fast neidisch. Er hatte nie wirklich über eine Gefährtin oder eine Paarung nachgedacht. Seine Schattenwolf-Brüder hatten in den Jahrtausenden, die sie nun schon lebten, alle allein gelebt und keiner von ihnen hatte seine Seelengefährtin gefunden. Bis Dire Bez auf eine Mission aufgebrochen war, um eine entführte Omegawölfin zu retten, und die ganze Welt aufgrund einer einzigen Verbindung aus den Fugen geraten ist.

Seit Bez seine Seelengefährtin Sariel mit nach Hause gebracht hatte, fragte sich Levi, wie diese Verbindung wohl wäre. Er hat sich nicht wirklich danach gesehnt, aber er war irgendwie … neugierig darauf. Vielleicht sogar mehr als neugierig. Aber es hatte tausend Jahre gedauert, bis ein Schattenwolf seine Gefährtin gefunden hatte. Levi bezweifelte, dass er zweimal vom Blitz getroffen werden würde. Außerdem bedeutete eine Gefährtin, an Ort und Stelle zu bleiben. Und er war auf keinen Fall dazu bereit, irgendwelche Wurzeln zu schlagen.

„Na dann viel Glück, Mann." Levi stieß sich vom Truck ab und öffnete die Tür, wobei sich ein unangenehmes, fast trauriges Gefühl in seinem Bauch breitmachte. „Ich hoffe wirklich, dass du sie findest."

Zeke legte den Kopf schief und sah Levi mit einem seltsamen Gesichtsausdruck an. Als ob er gespürt hätte, dass irgendwas an ihm anders war. Levi war das gewohnt, denn es war tatsächlich etwas anders. Nicht, dass Zeke gewusst hätte, dass er gerade eine Legende der Rasse vor sich hatte.

Schließlich nickte Zeke Levi zu. „Ja, danke. Darauf habe ich schon lange warten müssen."

„Darauf wette ich." Levi stieg in den Truck. „Vielleicht sehen wir uns ja mal, wenn ich in der Stadt bin."

„Solange du dich nicht wieder auf Parkplätzen prügelst." Zeke lachte und trat vom Truck zurück. „Und schau mal im Diner vorbei, bevor du abhaust. Ich garantiere dir, es ist fantastisch."

„Klar doch."

Und dann war Zeke weg und in der Dunkelheit hinter der Bar verschwunden. Wahrscheinlich wollte er in seiner Wolfsgestalt Träumen nachjagen. Etwas, das Levi plötzlich auch gerne tun würde.

Stattdessen startete er den Truck und legte den Gang ein. Auf keinen Fall. Er würde nicht auf etwas hoffen, das niemals passieren würde, selbst in *Hope Ridge*, wo die Hoffnung sogar am Ortsschild stand. Die Enttäuschung, die sich einstellte, wenn man sich an die Hoffnung klammerte und sie schließlich aufgab, konnte seelisch zermürbend sein.

Das hatte Levi nicht im Sinn.

Mit kaum mehr als einer Ahnung und einem Gefühl für die richtige Richtung verließ er den Ort und entfernte sich von der Stadt, obwohl der Drang umzukehren stark war. Scheiß auf diesen Ort der Hoffnung. Er würde sich für die Nacht in hellere Lichter und größere Städte begeben. Er könnte morgen immer noch zu seinem Treffen mit dem Alpha zurückfahren. Kein Diner war es wert, in die Falle zu tappen, sich nach etwas zu sehnen, das man nie bekommen würde.

4

„LASS SIE NICHT AN DICH RAN. GIB NICHT NACH." AMY wiederholte dieses Mantra immer wieder, als sie die Privatstraße hinauffuhr, die zum Grundstück ihrer Familie führte. Mit einer Hand umklammerte sie das Lenkrad ihres Jeeps, als sie durch den schmalen Pfad zwischen den Bäumen raste. Die meisten Menschen würden nicht einmal daran denken, dieses zerfurchte, tückische Gelände zu befahren, aber Amy tat das oft genug, um jede Kurve und jedes Loch zu kennen. Zu oft, wie sie fand.

Sie flog förmlich über die Schotterpisten durch den Wald, überwand jede Unebenheit und wollte dieses Treffen schnell hinter sich bringen. Warum ihre Familie sie alle paar Tage um Hilfe bitten musste, war ihr ein Rätsel. Sie hatte ein Geschäft in der Stadt und ein Leben abseits des Rudels, das sie genoss. Außerdem hatte sie zwölf stramme ältere Brüder, die mit so gut wie allem fertig wurden. Und obwohl sie oft vorgaben, dass sie unbedingt auf dem Gelände des Rudels bleiben *musste*, weil sie *die Einzige* war, die das bewerkstelligen konnte, was auch immer sie von ihr wollten, wusste sie, dass sie nur blufften. Sie wollten, dass sie wieder bei ihren Eltern einzog, damit sie sie unter ihrer Knute halten konnten.

Dämliche, arrogante, bedürftige Neandertaler.

Als Amy das schneebedeckte Feld erreichte, das an das Gebiet des Rudels grenzte, konnte sie sich ein Lächeln nicht verkneifen. Die Berge waren so schön hier oben, selbst in einem harten, kalten Winter. Diese Aussicht vermisste sie jetzt, wo sie in der Stadt lebte. Aber während die Landschaft atemberaubend war, konnte das Rudel selbst für Amy erdrückend sein. Als jüngstes Kind des Rudelalphas und einzige Tochter von dreizehn Kindern wurde sie nicht gerade als Erwachsene angesehen. Genauer gesagt, niemals.

„Armaita." Die Stimmen der Kinder des Rudels erreichten sie gerade, als sie neben dem Truck des Rudels parkte. Sie grinste, als sie aus ihrem Jeep stieg und ihre Stiefel durch den halb gefrorenen Schnee knirschten. Es machte ihr nicht einmal etwas aus, dass sie ihren vollen Namen benutzten, anstatt des gesellschaftsfähigeren Spitznamens, den sie sich selbst gegeben hatte. Sie waren zu niedlich, als dass sie sie für so etwas Dummes getadelt hätte.

„Was macht ihr Kleinen denn hier draußen? Es ist eiskalt."

Der älteste Junge der Gruppe, ein dunkelhaariger Zwölfjähriger, der zu ihrem Cousin gehört, schnaubte. „So kalt ist es doch gar nicht. Außerdem ist der Schnee gefroren. Wir spielen Brich das Eis nicht."

Ah, das Geschicklichkeitsspiel, das sie jahrelang gegen ihre Brüder gespielt hatte. Sie gewann meistens, auch weil sie so klein und schmächtig war. Sie genoss es, die Enttäuschung in den Gesichtern ihrer Brüder zu sehen, wenn der Schnee unter ihren Füßen knackte. Das war wie eine Retourkutsche dafür, dass sie sonst immer so groß und sportlich waren.

„Geht nicht zu weit weg, nur für den Fall. Und kommt rein, wenn euch kalt wird."

„Das werden wir." Die Kinder rannten über die verschneite Wiese, lachten und heulten einander an. Amy sah ihnen hinterher und spürte einen Stich in ihrem Herzen. Sie waren schon so groß. Auch wenn sie so oft zum Rudel fahren musste, bekam sie die Kleinen nicht oft genug zu Gesicht.

Doch dann trat Abel, ihr ältester Bruder und mutmaßlicher Drahtzieher hinter der Heimholung von Armaita, vor das Gebäude des Rudels und das wehmütige, traurige Gefühl war schneller dahin als Schnee an einem warmen Tag.

„Wurde auch Zeit, dass du kommst", meinte er, verschränkte die Arme und starrte sie mit einem wissenden Blick an.

„Ich hatte ein paar Nachzügler im Restaurant, und die Straße ist eine einzige Rutschpartie. An einer Stelle musste ich sogar abbremsen."

„Angsthase." Abel drehte sich um und ging ohne ein weiteres Wort hinein, woraufhin Amy mit den Zähnen knirschte. Sie liebte ihre Brüder – alle zwölf – aber es gab

Zeiten, in denen die Männer sie verrückt machten. Und zwar ziemlich oft. Etwa … neunzig Prozent eines jeden Tages. Kein Wunder, dass keiner der Zwölf jemals eine Partnerin gefunden hatte. Was für ein Schicksal würde eine Frau an einen Mann binden, der nicht über ihr fehlendes Y-Chromosom hinwegsehen konnte oder wollte, um ihren Wert anzuerkennen?

Lass sie nicht an dich ran. Gib nicht nach. Amy folgte Abel nach drinnen und ihre innere Stimme flüsterte das Mantra in ihrem Kopf. Sie neigte dazu, sich unter der unerbittlichen Macht und dem Verhalten ihrer vielen Brüder selbst zu vergessen, besonders, wenn sich ihr Vater, der Alpha, einmischte. Aber bei diesen Rudeltreffen gab es jemanden, der noch mehr Ärger machte, jemand, der noch viel schlimmer war als ihre Brüder, wenn es um Bewertungen ging.

„Die verlorene Tochter ist zurückgekehrt."

Amy beachtete den Beta des Rudels, einen Cousin namens Roman, nicht. Leider ließ sich der Beta nicht so leicht übergehen.

„Ich schlage vor, du begrüßt mich, Armaita. Zwing mich nicht, deinem Vater von all den Indiskretionen in deinem Restaurant zu erzählen."

Amy schloss die Augen und holte tief Luft, bevor sie ihr schönstes Lächeln aufsetzte. „Ich ziehe Amy vor, und es ist schön, dich zu sehen, Beta Roman. Wie läuft die Suche nach einer Partnerin?"

Romans falsches Lächeln wurde bösartig und seine Augen verfinsterten sich. „Du weißt ganz genau, dass dein Vater das auf Eis gelegt hat."

„Hm." Sie tippte sich mit dem Finger an die Lippen und

runzelte die Stirn. „Ich dachte, dein Alpha hat die Sache auf Eis gelegt."

„Das ist doch dasselbe."

Abel drängte sich an Amy vorbei und sprach ihren Cousin an ihrer Stelle an. „Ihn als *ihren Vater* und nicht als *unseren Alpha* zu bezeichnen, zeugt nicht gerade von Respekt, Roman."

Roman runzelte die Stirn, nickte aber, um Zustimmung zu bekunden. „Du hast recht. Ich entschuldige mich bei Alpha Bell."

Amy stieß Abel gegen die Schulter, als ihr Cousin davonstürmte. „Ich hätte das schon hinbekommen."

Abel zuckte mit den Schultern und führte sie zu ihrer Familie. „Hättest du, aber warum? Ich halte dir den Rücken frei."

„Ich brauche niemanden, der mir den Rücken freihält. Meinem Rücken geht es gut, danke."

„Hast du dir den Rücken verletzt?" Ihre Mutter stand auf und eilte hinüber, um ihre einzige Tochter zu stupsen und zu umarmen. „Das viele Stehen. Du solltest wirklich mehr deine Füße hochlegen."

„Ich komme schon klar, Mom." Amy blickte ihren Bruder an, der lachte und winkte, als er wieder durch den Raum verschwand. Im Gemeinschaftshaus hatte sich eine große Menge versammelt, und es sah so aus, als würde ihr ganzes Rudel den normalerweise leeren Raum ausfüllen. „Was ist denn hier los? Warum hat Dad nach allen gerufen?"

Bevor ihre Mutter antworten konnte, trat ihr Vater auf das Podium an der Rückwand. Er war groß und stark, stand kerzengerade da und hatte wildes, helles Haar, das sich in alle Richtungen ringelte. Er sah aus wie der junge Robert Redford und ließ die Frauen immer noch in Ohnmacht fallen, wenn er vorbeiging. Nicht, dass ihm das jemals aufgefallen wäre. Er war ihrer Mutter treu ergeben, ein wirklich guter Mann, der ihr Rudel jahrzehntelang angeführt hatte. Sie waren vielleicht nicht groß oder mächtig in der Welt der Wandler, aber sie waren eine eingeschworene Gruppe. Und sie hatten alles, was sie brauchten, in ihrem kleinen Bergdorf. Außer Amy – die hatte immer schon mehr wollen, als ihr Rudel ihr bieten konnte, also war sie in die kleine Stadt ein paar Kilometer weitergezogen und hatte dort einen Laden eröffnet. Ein Haus gekauft. Ein Leben außerhalb ihres Rudels begonnen.

Sehr zum Missfallen ihrer Familie.

„Wie die meisten von euch wissen" – der Blick ihres Dads fiel für einen kurzen Moment auf Amy, bevor er sich wieder der Menge zuwandte – „sind Abel und Roman letzte Woche auf die Fährte von Menschen gestoßen. Nach eingehender Untersuchung haben wir festgestellt, dass es sich bei der Fährte nicht um einen der Menschen handelt, die auf dem Berg bekannt sind. Es ist eine sich wiederholende Spur, die über mehrere Tage hinweg hinterlassen wurde, und sie führt rund um unser Gebiet."

Die Menge wurde ganz still und die Spannung im Raum stieg.

„Um das Rudel zu schützen" – wieder huschte sein Blick zu Amy – „haben wir beschlossen, den Präsidenten der NVLB, Blasius Zenne, um Hilfe zu bitten."

Dieses Mal brandete im Saal ein Riesenlärm auf. Noch nie zuvor hatten sie den Anführer der Wolfgestaltwandler um Schutz bitten müssen. Die Nationale Vereinigung der Lykanischen Bruderschaft war keine gewöhnliche Gruppe und ihre Beschützer waren auch keine Aushängeschilder. Sie waren Soldaten, Krieger, und sie vernichteten jeden Feind, der sich ihnen in den Weg stellte. Zumindest hatte man das Amy immer gesagt. Wenn ihr Vater sie um Hilfe gebeten hatte, musste die Gefahr sehr groß sein.

„Was hat das zu bedeuten?", rief jemand aus der Menge über die unübersichtlichen Diskussionen hinweg. Ihr Vater hob die Hände und wartete, bis sich alle beruhigt hatten, bevor er das Wort ergriff.

„Das bedeutet, dass wir so weitermachen wie bisher, aber mit erhöhter Wachsamkeit. Eine kleine Patrouille bewacht die Grenzen, bis die Bedrohung eingedämmt ist. Kinder sollten immer in Begleitung eines Erwachsenen bleiben, ohne Ausnahme." Zum dritten Mal begegnete er Amys Blick, hielt ihn aber fest. Ein sicheres Zeichen dafür, dass ihr das, was jetzt kommen würde, nicht gefallen würde. „Und unsere Omega muss nach Hause kommen, wo wir ein Auge auf sie haben können."

Amy wurde schlagartig schlecht und ihr Gesicht brannte, als sich ihr ganzes Rudel nach ihr umdrehte. Das war doch Schwachsinn. Auf keinen Fall konnte ein Mensch eine ernsthafte Bedrohung für sie sein, und außerdem musste sie ein Geschäft führen. Ein Geschäft, das fast eine Stunde von ihrem Rudel entfernt auf den langen und kurvenreichen Bergstraßen lag. Diese Bedrohung hatte überhaupt nichts mit ihr zu tun.

Sie wartete, bis sich die Gruppe zerstreut hatte, bevor sie sich durch die Umstehenden zu ihrem Vater durchschlug. Er hatte sie schon längst erspäht, doch er schenkte ihr keine Beachtung. Er war zu sehr damit beschäftigt, sich mit Roman zu unterhalten, und zu sehr daran interessiert, was sein Beta zu sagen hatte, um sich seiner einzigen Tochter zu nähern.

Nur, dass sie sich heute nicht abwimmeln lassen wollte.

„Ich komme nicht zurück." Sie verschränkte ihre Arme vor der Brust, als sie ihn erreichte. „Diese Bedrohung lauert nicht vor meiner Tür, sondern vor eurer. Ich bleibe in der Stadt."

Roman knurrte. „Dein Vater hat eine Anordnung erlassen …"

Amy knurrte warnend: „Das ist eine Sache zwischen meinem Alpha und mir, Roman. Ich würde es begrüßen, wenn du dich um deine eigenen Angelegenheiten kümmern würdest."

Aber Roman dachte eher mit seinem … na ja, nichts. Er dachte nicht nach. Stattdessen trat er näher und ballte seine Hände zu Fäusten. Drohte ihr. Ein kurzes Schnippen ihres Vaters ließ ihn jedoch wieder aufhorchen. So ein Idiot.

„Das reicht, Roman." Ihr Dad hielt ihren Blick fest, während er seinem Beta zu verstehen gab, sie in Ruhe zu lassen. Amy erwiderte den Blick, Roman längst vergessen, und hatte keine Angst vor dem großen, bösen Wolf vor ihr. Nicht einmal, als er sich zu ihr beugte und ihr ins Ohr knurrte: „Willst du mich etwa vor meinem Rudel herausfordern?"

„Nein, ich will mein Leben ohne deine Einmischung leben."

Ihr Dad seufzte. „Kind, ich mische mich doch nicht ein."

„Und ich bin kein Kind."

„Beweise es." Abel hatte sich zu ihrem Vater gesellt und die beiden Männer versuchten ihr Bestes, um sie zum Einlenken zu bewegen. „Sei eine reife, verantwortungsbewusste Frau und bring dich in Sicherheit, bis die Gefahr vorüber ist."

„Und weiter? Soll ich mein Geschäft aufgeben? Es gibt niemanden, der es leiten kann, wenn ich nicht da bin."

Abel schnaubte. „Dein Geschäft ist ein Hirngespinst. Glaubst du wirklich, dass du es weiterführen kannst, sobald dein Gefährte dich gefunden hat? Wenn du erst mal ein oder zwei Welpen hast, um die du dich kümmern musst?"

Amy hielt ihren Rücken noch gerader, ihr Gesicht wurde noch heißer. Ihre Worte wurden schärfer. „Mein Gefährte wird meine Unabhängigkeit ebenso akzeptieren wie mein Bedürfnis, mit den Leuten in Kontakt zu bleiben. Wenn nicht, kann er seinen hübschen Arsch dorthin zurückbewegen, wo er hergekommen ist."

„Kinder, bitte." Ihr Vater seufzte und strich sich mit einer Hand über seinen struppigen Bart. „Armaita, mir wäre es lieber, wenn du vorerst zum Rudel zurückkehren würdest. Ich habe nicht die Mittel, um dein Haus bewachen zu lassen."

„Ich brauche doch gar keine Wachen." Sie hob ihre Hand, als beide Männer knurrten. „Die Geruchsspur führt um das Rudel herum, was bedeutet, dass ich in der Stadt sicherer bin als hier. Wenn ich irgendetwas rieche oder sehe, das mir Sorgen macht, komme ich zurück."

„Das ist gar nicht gut …", begann Abel, aber eine Hand seines Vaters auf seiner Brust unterbrach ihn.

„Wir können dich dort nicht beschützen, Liebling. Selbst wenn wir als Wölfe laufen würden, bräuchten wir eine gute halbe Stunde, um zu dir zu gelangen, wenn du uns brauchst."

„Ich weiß, aber der Sheriff ist in der Stadt, wenn es schneller gehen soll."

Abel schnaubte. „Ein menschlicher Sheriff."

Hätte ihr Vater sie nicht dafür getadelt, hätte sie die Augen verdreht. „Ja, ein menschlicher Sheriff, der sich um ein menschliches Problem kümmert. Was soll daran so schlimm sein?"

Abel schüttelte den Kopf und wandte sich an ihren Vater. „Sie ist dein Kind."

„Ja, das ist sie." Ihr Vater schenkte ihr ein trauriges Lächeln und strich ihr mit dem Finger über die Wange. „Sie ist mein Kind, meine Jüngste und diejenige, die mir von euch dreizehn am ähnlichsten ist." Dann beugte er sich näher zu ihr und flüsterte ihr ins Ohr: „Und vielleicht sogar die Liebste von allen."

Amy grinste. Sie war schon immer Daddys kleines Mädchen gewesen, aber sie war erwachsen geworden. Sie brauchte ihren Freiraum, damit sie mehr sein konnte als bloß sein Baby. „Ich verspreche, mich jeden Tag zu melden und auf der Hut zu sein. Aber ich will mein Geschäft nicht aufgeben, um mich zu verstecken. Das kann ich nicht."

Ihr Vater seufzte, nickte aber einmal. „Gut. Aber wenn du nichts von dir hören lässt, komme ich vorbei und trage dich persönlich nach Hause."

„Gut." Amy sprang auf und küsste ihn auf die Wange. „Und wenn ich nichts von *euch* höre, komme ich hier hoch. Mit gezogenen Waffen."

„Dieser Anblick ist unbezahlbar." Daraufhin tätschelte er ihren Kopf, ging zu ihrer Mutter und ließ seine Tochter zurück. Bedauerlicherweise mit ihrem verärgerten Bruder an ihrer Seite.

„Das ist doch bescheuert."

Amy schnaubte. „Ich weiß, dass du das bist, aber was bin dann ich?"

Abel legte ihr einen Arm um die Schultern und zwang sie in eine Art Schwitzkasten. „Eines Tages wirst du wieder mit uns auf dem Berg sein."

Amy befreite sich aus seinem Griff und richtete ihr Haar. „Das bezweifle ich."

Nachdem sie sich ein letztes Mal von ihren Freunden und ihrer Familie verabschiedet hatte, begleitete Abel sie zu ihrem Jeep. „Schaffst du es, den Hügel runterzufahren?"

„Natürlich." Amy zog die Tür auf, aber Abel legte seine Hand dagegen. Er verhinderte, dass sie einsteigen konnte.

„Du weißt, dass das eine schlechte Idee ist."

Amy durchschaute diese harte Haltung. Das hatte sie schon immer. Er machte sich Sorgen um sie, was sie ja verstehen konnte. Aber sie konnte nicht zulassen, dass *seine* Sorgen *ihr* Leben beherrschten.

„Du weißt, dass ich das brauche", erklärte sie und reckte ihr Kinn in die Höhe. „Ich brauche meine Unabhängigkeit vom Rudel, sonst werde ich noch verrückt."

Abel blickte sie einen langen Moment lang an, bevor er ihre Autotür ganz aufzog. „Ich weiß, deshalb lasse ich dich auch gehen, anstatt dich zu fesseln und irgendwo in einen Schrank zu werfen. Aber das heißt nicht, dass ich das gut finden muss."

„Ich weiß." Amy konnte seinem Charme nicht widerstehen, auch wenn er ihr mit einer Entführung gedroht hatte. Sie stürzte sich auf ihn, schlang ihre Arme um seinen Hals und drückte ihn fest an sich. „Wir sehen uns bald wieder."

Seine Hand landete auf ihrem Rücken, und er seufzte niedergeschlagen. „Das will ich auch hoffen."

5

DIE SOGENANNTE STRAẞE, DIE ZU DEM LAND FÜHRTE, DAS dem Rudel gehörte, war eine schneebedeckte, mit Schlaglöchern übersäte Trümmerlandschaft, die unter keinen Umständen als Straße bezeichnet werden durfte.

„Verdammter Wichser." Levi packte das Lenkrad fester, als er wieder einmal spürte, wie die Reifen in einer Spurrille wegrutschten. Oder vielleicht in einem Schlagloch. Oder einem Tor zur Hölle. Wie zum Teufel konnten diese Leute nur auf so was fahren?

Nach weiteren zwanzig quälenden Minuten, in denen er versuchte, seinen Suburban durch Bäume zu navigieren, die viel zu nah an der Stelle wuchsen, wo sein Truck durchmusste, gelang es ihm, aus dem Todeswald herauszufahren und auf etwas zu gelangen, das wie ein Feld aussah. Mit Eis überzogen, versteht sich.

„Na wunderbar." Er biss die Zähne zusammen und fuhr mit einer Geschwindigkeit, die kaum über der einer

Schildkröte lag, weiter. Sein Truck rutschte immer noch und schlitterte dahin, an einer Stelle geriet er sogar ins Schleudern. Nach langem Gefluche, Gezerre und heftigen Wutausbrüchen gelang es ihm schließlich, einigermaßen nah an die anderen Autos heranzurutschen, die auf dem Eis parkten. Nicht nah genug, als dass man davon sprechen hätte können, er hätte eingeparkt, aber immerhin so nah, dass er keinen verdammten Zentimeter mehr weiterfahren würde.

Als sein Truck zum Stillstand kam, stellte er den Wagen auf Parken und stieß den Atem aus, den er in den vergangenen zwei Stunden angehalten hatte. Oder zumindest fühlte sich das so an. Verdammt noch mal, irgendwann musste er den Berg auch wieder runterfahren. Es sei denn, er fand eine Möglichkeit, einen aus dem Rudel zu überreden, das für ihn zu tun, ohne dass er wie ein Vollidiot dastand.

Das könnte es wirklich wert sein. Schließlich würde er diese Leute ohnehin nie wiedersehen.

Als er wieder zu Atem gekommen war und nicht mehr länger denjenigen windelweich prügeln wollte, der diese angebliche Straße entworfen hatte, sprang er aus seinem Truck und war bereit, Präsident Blasius Zenne, die Nordamerikanische Lykaner-Bruderschaft und den Rest seines Rudels zu vertreten, indem er diesem Rudel seinen Schutz zukommen ließ. Noch kam er sich nicht sonderlich professionell vor. Da half es auch nicht, dass eine Handvoll Kinder auf der Veranda eines Gemeinschaftsgebäudes stand und ihn beobachtete und auslachte.

„Wo finde ich euren Alpha?"

Die Kinder lachten und deuteten hinter sich, bevor sie ins Haus rannten.

Levi stieß ein Schnauben aus und versuchte, in Richtung des Gebäudes zu eilen, wobei seine Stiefel auf dem harten, eisigen Schnee ein wenig ausrutschten. „Das nächste Mal, wenn ich im Winter in Texas bin, halte ich meine Klappe und wünsche mir keinen Schnee."

„Aber wie kann man ohne Schnee überhaupt erkennen, dass der Winter da ist?"

Levi sah zu dem groß gewachsenen, blonden Gestaltwandler auf der Veranda auf. Der Mann blickte mit einem Lächeln auf ihn herab, was Levi nicht gerade entspannter machte.

„Anhand des Kalenders."

Der Mann lachte und zuckte mit den Schultern. „Auch wieder wahr. Ich bin Abel. Ich nehme an, du bist von der NVLB."

„Ganz recht. Ich bin wegen eures menschlichen Problems hier." Levi wäre fast vor der Treppe auf die Schnauze gefallen, aber er hielt sich am Geländer fest. Was zum Teufel … war hier alles aus Eis?

„Du arbeitest für Blasius Zenne?" Abel sah ihn von oben bis unten an und schien nicht überzeugt zu sein. Levi war ein Kämpfer und kein Schlittschuhläufer, verdammt noch mal.

„Ich bin ein Putzer, also ja, ich arbeite für Präsident Blasius Zenne."

Das mit dem Putzer war eine kleine Lüge, aber die konnte man ihm durchgehen lassen. Er konnte den Leuten ja nicht erzählen, dass er ein Schattenwolf war. Außerdem hatte Blasius eine spezielle Truppe von Soldaten geschaffen, die er Putzer nannte und die von den Schattenwölfen angeführt wurde, um ihre Abstammung zu verbergen. Die meisten Rudel wussten von den Putzern, und wenn nicht, dann wussten es andere Rudel, an die sie sich wenden konnten, um nachzufragen. Sie waren die Soldaten der NVLB, und indem er sich selbst als einen von ihnen bezeichnet hatte, hatte Levi gerade deutlich gemacht, dass mit ihm nicht zu spaßen war. Wenn er jetzt nur noch festen Boden unter den Füßen hätte, um aufrecht stehen zu können, würde er vielleicht sogar so aussehen wie einer von ihnen.

Zum Glück stellte Abel keine weiteren Fragen. Er nickte nur und öffnete die Tür, um Levi hereinzubitten.

Seine Vermutung war richtig gewesen – es handelte sich um ein Gemeinschaftsgebäude mit nur einem Raum. Die meisten Rudel nutzten so ein Gebäude für Versammlungen und Feiern, aber einige verwendeten es auch als Schulhaus oder Ausbildungszentrum. Diesem Rudel, in dem viele kleine Kinder herumliefen, diente es wahrscheinlich als Schule, wenn es nicht für Versammlungen gebraucht wurde.

Abel schloss die Tür hinter ihnen und trat ein. Auf der Rückseite öffnete sich eine weitere Tür und männliche Gestaltwandler strömten hinein. Sechs, acht, zehn mindestens. Alle blond, alle groß gewachsen und kräftig. Alle viel zu alt, um Jugendliche zu sein. Der Anblick kam Levi seltsam vor. Die meisten Rudelalphas setzten ihre erwachsenen Männer vor die Tür, um zu verhindern, dass die Jüngeren ihnen die Stellung streitig machen. In diesem Rudel war das nicht der Fall, und diese Tatsache würde Levis Job wahrscheinlich sehr erleichtern.

Oder seine Fähigkeit, zu beweisen, wer er war, viel, viel schwieriger.

„Du musst von der NVLB sein." Ein Mann, der etwas älter aussah als die anderen, trat vor. Sein struppiger Bart und sein lockiges Haar ließen ihn wie einen gealterten Hippie-Surfer aussehen. Die Art und Weise, wie er sich mit selbstbewussten Schritten näherte und seinen Blick fest auf Levi richtete, ließ keinen Zweifel daran, dass er der Alpha war.

„Ich bin Putzer Levi. Präsident Blasius Zenne hat mich geschickt, um euch bei eurem menschlichen Problem zu helfen."

„Hast du ein Team da draußen?"

„Nein. Ich bin allein." Levi musste über den zweifelnden Gesichtsausdruck des Mannes fast schmunzeln. „Ich bin durchaus imstande, zu helfen, aber falls die Bedrohung größer sein sollte, als wir denken, ziehen wir meine Leute hinzu."

„Nun, ich denke, das muss reichen", erwiderte der Alpha mit einem Seufzer, der Levi fast dazu gebracht hätte, zu knurren. „Ich bin Alpha Zuriel Bell. Darf ich dir meine Söhne vorstellen?"

Der Mann drehte sich um und deutete mit einem Nicken auf die anderen Typen. Sie stellten sich alle der Größe nach auf, wobei Abel als der Größte an der Spitze stand. Levi betrachtete die Reihe der Männer noch einmal und erkannte die Ähnlichkeiten. Das mit den Söhnen leuchtete ein, aber meine Güte, was für eine riesige Familie.

„Das sind Abel, Benjamin, Kaleb, Darkon, Elieser, Felix, Garab, Huram, Israel, Jeremia, Kenan und Lukas.

Und dieser Kerl am Ende ist mein Beta, mein Neffe Roman."

Levi musste fast lachen. „Biblische Namen für deine Kinder und ein römischer Name für deinen Neffen. Was für ein interessanter Gegensatz."

„Mein Bruder hält sich für einen Witzbold." Alpha Zuriel setzte sich an die Spitze der Reihe, er war der größte und stärkste unter den Männern im Raum. Mit Ausnahme von Levi. „Da wir so nah an einem Reiseziel der Menschen liegen, sind wir es gewohnt, ihnen in den Wäldern oder gelegentlich auf unserem Grundstück zu begegnen. Aber das hier ist anders."

Direkt zur Sache … Levi schätzte das. „Ich habe gehört, dass ihr eine Fährte aufgenommen habt."

Zuriel nickte kurz. „In der Tat, und sie führt um das Gebiet unseres Rudels herum."

„Vollständig?" Eingekreist … wie umzingelt. Wie in einem Netz. Verdammt!

Alpha Zuriel senkte die Augenbrauen und sein Blick wurde ernst. „So vollständig wie nur möglich, ohne dabei in die Schlucht am südlichen Rand zu stürzen, ja."

Umzingelt zu sein, bedeutete nichts Gutes. Auch wenn Menschen nicht wirklich in der Lage waren, auf dem gleichen Niveau wie das Rudel zu kämpfen, konnten sie dennoch eine Gefahr darstellen. Gestaltwandler waren nicht leicht umzubringen – nur massiver Blutverlust oder ein Schuss direkt in den Kopf würden das bewirken. Aber sie konnten gefangen genommen werden, man konnte mit ihnen herumexperimentieren und sie der Welt als etwas präsentieren, das es tatsächlich gab. Und das war das Letzte, was die NVLB jemals wollte.

Levi musste sofort herausfinden, warum die Menschen sich auf diesem eisigen Berg herumtrieben. Und warum sie das Rudel umzingelt hatten.

Levi musste die offensichtliche Frage stellen. „Könnte es sich um Wanderer handeln?"

Alpha Zuriel schnaubte. „Unwahrscheinlich."

„Unmöglich", fügte Abel hinzu. „Wanderer würden uns nicht mehrmals umkreisen oder langsam vorrücken."

„Vorrücken?"

Abel warf einen Blick auf seinen Vater. „Sie kommen immer näher."

Levis Gedanken kreisten um Strategien und Angriffsmöglichkeiten. Wenn diese Menschen in der Nähe waren, musste es einen Grund dafür geben. Agenten der Regierung, die wussten, was sich in diesen Wäldern befand, Jäger, die es nicht wussten, oder perverse Arschlöcher, die davon ausgingen, dass es sich bei der Gruppe mitten im Wald um Menschen und damit um leichte Beute handelte – alles Möglichkeiten.

Alles Dinge, auf die er vorbereitet war. „Ich würde mir gerne selbst ein Bild davonmachen."

Abel nickte. „Ich bringe dich hin."

Levi folgte ihm durch die Hintertür und auf eine Veranda. Die Tür, die nach draußen führte, war an einem Scharnier befestigt, sodass sie mit einem Ruck von beiden Seiten geöffnet werden konnte, und an der Wand, die nach draußen führte, standen Körbe mit Umhängen. Levi hatte solche Einrichtungen schon mal gesehen.

„Platz zum Verwandeln?"

Abel lächelte ihn an. „Das mussten wir einrichten, als sich ein paar unserer Cousins mit Menschen zusammengetan haben. Diese Frauen sind wirklich ziemlich schüchtern, was Nacktheit angeht."

Levi schmunzelte. In einer Welt, in der die Kleidung beim Verwandeln nicht anbleibt, gehört Nacktheit zum Leben dazu. „Was ist mit dir? Bist du auch schon von Amor eingefangen worden?"

Abels Lächeln verblasste. „Nein. Keiner von meinen Geschwistern oder ich haben unsere Gefährten gefunden."

Oh. Levi zog sich schweigend aus, legte seine Kleidung zusammen und verstaute sie auf einer Bank an der Rückwand. Zwölf Söhne und keine Gefährtinnen. Das war zwar nicht ungewöhnlich, aber zumindest einer von ihnen hätte schon seinen Gefährten ausfindig gemacht haben sollen. Falls sie denn jemals den Berg verlassen würden.

„Was ist mit eurer Rudelomega?", fragte Levi, als er sich anschickte, sich zu wandeln.

Abel schüttelte den Kopf. „Wir statten ihr auf dem Rückweg einen Besuch ab."

„Sie lebt am Rande des Rudels?"

„Nicht ganz." Abel wandelte sich und stand im Handumdrehen auf vier Beinen. Levi folgte ihm und schüttelte sein Fell aus, bevor er mit dem anderen Wolf durch die Tür und über den Schnee hetzte.

Das Land schlängelte sich durch Wälder und an Flüssen vorbei. Felsen und Bäume durchbrachen die weiße Decke und verliehen der Landschaft Schatten und Tiefe. Der eisige Boden war auf vier Beinen leichter zu bewältigen. Levis Pfoten spreizten sich bei jedem Schritt, seine Krallen durchbrachen die harte Oberfläche und gaben ihm bei jedem Schritt Halt. Er atmete die kalte Luft gierig ein. Genau das hatte ihm gefehlt – die Kälte, der

Schnee und das Gefühl des Winters in seinen Lungen. Wärme in den Sommermonaten war in Ordnung, aber es war doch der Winter, der für Wölfe in ihren schweren Pelzmänteln gemacht war.

Sie liefen den ganzen Tag herum, schnüffelten und suchten nach Anzeichen von Menschen. Und sie fanden viele. Stundenlang erkundeten sie die Wildnis rund um das Rudel, Abel führte Levi durch Wälder und über Hügel. Der kürzere Tag machte ihnen zu schaffen, denn die Dunkelheit kroch viel früher über das Land, als sie beide wahrscheinlich wollten. Es gab noch mehr zu durchsuchen, neu entdeckte Spuren zu verfolgen, aber die Nacht war schon im Anmarsch.

Sie umrundeten den Rand einer tiefen Schlucht, gingen am Abgrund entlang und erklommen einen Bergrücken. Die Aussicht war atemberaubend und der Sonnenuntergang ließ den ganzen Himmel in Orange und Rosa erstrahlen. Levi hätte den Anblick gerne noch länger genossen, aber der unverwechselbare Geruch eines männlichen Menschen, der unter dem Schnee hervordrang, erregte seine Aufmerksamkeit. Der Geruch war schwerer, dunkler und ausgeprägter als die anderen, die sie gefunden hatten. Dies war ein Kreuzungspunkt, ein Ort der Zusammenkunft. Ein Versammlungsort.

Zeit, sich an die Arbeit zu machen.

Mit gesenkter Nase führte er Abel auf eine neue Fährte, die sich durch das Gebüsch schlängelte und auf einem schmalen Pfad Richtung Osten verlief. Der Geruch war noch stärker, denn die Männer waren den Weg offensichtlich schon mehrmals gegangen. Vielleicht Wanderer. Aber das Gelände hier war unwegsam, der Pfad kaum zu erkennen und die Kälte brutal. Wenn es sich bei den Menschen, die hier durchgingen, um Wanderer handelte, waren sie wirklich außergewöhnlich hart. Doch es gab keine Anzeichen, dass jemand hier geklettert oder gezeltet hatte, nur einen Pfad, der sich durch den Schnee und das Laub zog.

Irgendetwas stimmte hier ganz und gar nicht.

Als die beiden zu einer Weggabelung kamen, versuchte Abel, in Richtung Norden zu gehen. Levi vermutete, dass dieser Pfad um das Gebiet des Rudels führte, aber es gab noch eine andere Geruchsspur. Schwächer, vielleicht älter, aber ein anderer Weg, der vom Rudel wegführte. Irgendetwas in seinem Kopf, ein leiser Instinkt, verriet ihm, dass diese Spur wichtiger war. Er kläffte und ging auf den neuen Geruchspfad zu, verlangsamte seinen Schritt, um ihn nicht zu verlieren. Eindeutig jüngeren Datums. Nur wenige Männer waren diesem Pfad gefolgt, vielleicht sogar nur einer. Dies war ein geheimer Pfad, ein versteckter Zugang zu etwas Wichtigem. Er wusste es … er spürte es in seinen Knochen. Dies war die Fährte, die sie zu den Antworten führen würde.

Doch als sie den Kamm des Hügels erreichten, der die Ausläufer einer kleinen Stadt überragte, begann Abel bösartig zu knurren. Mit gesenktem Kopf und erhobenen Zähnen sah er aus wie eine Bestie, die zum Angriff bereit war. Ein wirklich beeindruckender Anblick. Levi hatte jedoch keine Ahnung, warum oder was den Wolf so aufgeregt hatte.

Da er Antworten brauchte, die er durch Knurren und Fiepen nicht bekommen konnte, nahm Levi seine menschliche Gestalt an und hockte sich nackt in das letzte graue Licht, bevor die Dunkelheit sie verschluckte. Abel tat es ihm gleich und beide atmeten schwer, als sie zu den Lichtern von drei kleinen Häusern spähten, die sich aneinanderreihten.

„Was ist los?"

Abel knurrte wieder und deutete auf die Häuser. „Das ist das Haus meiner kleinen Schwester."

Levi folgte dem Finger des Mannes zu dem dunklen Haus ganz rechts. Irgendetwas daran zog ihn an, aber er konnte nicht genau sagen, was. „Die hellere Duftspur, die ich aufgenommen habe, führt in diese Richtung. Vielleicht wird sie auch von den Männern beobachtet."

„Scheiße." Abel stand auf und machte sich auf den Weg zum Haus, was ganz und gar nicht geplant war.

„Bleib stehen, Mann." Levi sprang ihm vor die Füße und hielt ihn auf. „Wir müssen zurück zum Rudel, bevor wir dort irgendwas unternehmen."

„Was? Ich lasse sie doch nicht schutzlos zurück." Abel knurrte und versuchte, sich an ihm vorbeizuschieben, aber Levi ließ sich nicht beirren. Nicht in dieser Sache. Seine Instinkte sagten ihm, dass das Haus wichtig war, aber er würde diese Sache nicht vermasseln, indem er seinen Instinkten nachgab. Er hatte einen Plan, und den würde er auch umsetzen.

„Meine Anweisungen sind klar", erklärte er, um sich selbst und Abel zu überzeugen. „Wenn eine Bedrohung vorliegt, müssen wir die Omega sichern und dann Verstärkung anfordern. Natürlich müssen meine Leute ihren Arsch hierher bewegen, aber bevor ich die rufe, muss ich die Omega in Sicherheit bringen. Meine einzige

Aufgabe ist es, sie zu beschützen. Und genau das werde ich tun, sobald du mich zu ihr bringst."

Das Bedürfnis, das Haus zu untersuchen, wurde stärker, und in Levis Bauch bildete sich eine Art Sorge oder Angst. Etwas, das er noch nie zuvor erlebt hatte. *Erst der Auftrag, dann das Haus. Die Omega sichern, dann die Lage mit der kleinen Schwester klären.* Er durfte nicht versagen, er durfte weder seine Brüder noch Blasius und Dante im Stich lassen.

Er würde *nicht* zulassen, dass ein Feind die Omega des Rudels an sich reißen würde.

Abel stieß ein Lachen aus und überging Levis Erklärungen. „Du kommst besser mit."

„Ich habe dir doch gesagt …"

„Nein, ich habe *dir* gesagt, dass hier meine kleine Schwester wohnt", unterbrach Abel ihn und wurde lauter und eindringlicher. „Was ich dir aber nicht gesagt habe, ist, dass sie die Omega unseres Rudels ist und allein hier lebt."

6

AMYS HACKBRATEN HATTE SICH SCHNELL ZU IHREM zweitgrößten Verkaufsschlager entwickelt. Im Diner war den ganzen Tag über ziemlich was los gewesen, zwar nicht so viel wie an einem Schmorbratentag, aber immerhin. Nächste Woche würde sie eine andere Spezialität ausprobieren müssen. Vielleicht Hühnersteak oder gebratenen Truthahn. Die Feiertage waren schon lange vorbei. Ihre Kunden könnten die herbstlichen Düfte vermissen. Darüber sollte sie auf jeden Fall nachdenken ... nachdem sie für heute Abend geschlossen hatte.

Fast eine Stunde, nachdem sie das Öffnungsschild auf „geschlossen" gedreht hatte, saßen immer noch Leute an den Tischen und an der Theke. Ein untrügliches Zeichen dafür, dass sie mit ihrem Geschäft etwas richtiggemacht hatte. Das kleine, alte Gebäude, in dem sie ihren Laden eingerichtet hatte, war auch zu ihrem Lieblingsort geworden. Hier spürte sie, wie die Bindung zu ihrer

Community wuchs und stärker wurde. Hier hatte sie das Gefühl, eine Stimme zu haben, eine Meinung, die von Bedeutung war. Dieses Restaurant war ihr Zuhause und die Kunden ihr eigenes kleines, bunt zusammengewürfeltes Rudel.

Sowohl Menschen als auch Gestaltwandler besuchten ihr kleines Diner in den Bergen. Die Gestaltwandler blieben höflich und ruhig, um die Menschen oder die Tochter des örtlichen Alphas nicht zu verärgern. Die Menschen ... nun ja, die waren etwas ahnungslos, was die genetische Zusammensetzung der Gäste in dem gemütlichen Restaurant anging, aber das war auch gut so.

Fünf Männer saßen auf verschiedenen Plätzen, als Amy sich die Kaffeekanne schnappte, um ein letztes Mal nachzufüllen. Es war schon lange nach Ladenschluss und sie saßen immer noch da, lasen Zeitungen und Bücher, starrten auf ihre Handys oder hielten sich einfach nur an einer Kaffeetasse fest und beobachteten die schneebedeckte Welt, die sich vor ihren großen Fenstern ausbreitete. Sie konnte sich nicht entscheiden, ob sie seufzen oder lächeln sollte, obwohl sich ihre Lippen bereits nach oben zogen. Genau das liebte sie: sich um Leute zu kümmern, Kontakte zu knüpfen und neue Freunde zu finden. Aber es war ein langer Tag gewesen, ihre Füße taten ihr weh, weil sie ungefähr fünfzig Kilometer über den gekachelten Boden gelaufen war, und sie wollte unbedingt nach Hause.

„Letzte Runde, meine Herren." Amy umrundete die Tische und steuerte auf die wenigen besetzten Plätze zu. „Sheriff? Noch einen für unterwegs?"

„Ja, danke." Der große, stämmige Mann lehnte sich

zurück, damit sie ihm einschenken konnte. Er kam seit dem Tag, an dem sie den Laden eröffnet hatte, in das Diner und sie wusste, dass er ein wichtiger Grund dafür war, warum die anderen Bewohner der Stadt so zahlreich zu ihr strömten. Gestaltwandler neigten dazu, Menschen zu verunsichern – der Instinkt, nicht mehr an der Spitze der Nahrungskette zu stehen, setzte ein, wenn sie aufeinandertrafen. Aber der Sheriff hatte keinerlei Bedenken, und er hatte die Leute in der Stadt beruhigt, indem er den Laden einfach so annahm. Vielleicht hat er Yvonne mit seinem Verhalten ein wenig vor den Kopf gestoßen, aber Amy würde ihm immer dankbar dafür sein, dass er ihr den Start in die Selbstständigkeit erleichtert hat.

Er nahm einen Schluck und brummte anerkennend. „Guter Kaffee, wie immer, Amy. Und der Hackbraten war heute ausgezeichnet."

Sie hätte sich ihr Grinsen nicht verkneifen können, selbst wenn sie das versucht hätte. „Danke. Es ist auch das Lieblingsessen meiner Familie."

Ein großer Fehler, die Familie zu erwähnen. Sie hätte es besser wissen müssen. Gerade wollte sie zu den anderen Kunden weitergehen, um zu entkommen, als er sich zurücklehnte. Sein neugieriger, forschender Gesichtsausdruck war nicht gerade das, was sie jetzt brauchte.

„Wie geht es denn Ihrer Familie?"

Amys Lächeln schwankte, aber sie rückte es wieder zurecht. Sheriff Rodman war schon immer ein bisschen neugierig auf Amys Familie in den Wäldern gewesen. So wie viele Bewohner der Stadt. Amy konnte zwar nachvollziehen, dass das Leben ihrer Familie nach menschlichen Maßstäben ungewöhnlich war, aber ihr gefiel nicht immer der Tonfall, in dem die Leute fragten. Am Anfang waren sie neugierig, aber dann wurde es fast anklagend. Als ob es irgendwie falsch wäre, ein Leben abseits der großen Mehrheit der Bevölkerung zu führen.

„Es geht ihnen gut, Sir. Ich war erst neulich zu Besuch da oben."

Er nickte und nahm einen weiteren Schluck von seinem Kaffee, bevor er fortfuhr. „Es muss schwierig sein, dorthin zu gelangen, bei der Menge an Schnee, die ihr dort oben bekommen habt. Wo genau liegt die Straße zum Grundstück eigentlich? Ich glaube nicht, dass ich sie je entdeckt habe."

Und da war es wieder – das Herumstochern, die Neugierde und der leicht ungläubige Blick in seinen Augen. Sheriff Rodman hatte versucht, mehr über das Haus ihrer Familie zu erfahren, seit sie in die Stadt gezogen war. Pech für ihn, dass sie genau wusste, worauf er hinauswollte.

„Die würden Sie nie finden. Meine Brüder sollten den Zugang wirklich mal ein bisschen freiräumen." Nicht, dass sie das jemals tun würden, fügte sie im Stillen hinzu. Amy setzte das Gespräch jedoch unbeirrt fort und schenkte ihm ein Lächeln, als sie das Thema wechselte, von dem sie wusste, dass es ihn vom Gebiet ihres Rudels ablenken würde. „Ich habe noch etwas Hackbraten übrig. Möchten Sie den vielleicht zur Wache mitnehmen? Es ist viel mehr, als ich essen könnte, und ich möchte nicht, dass irgendwas verschwendet wird."

Der Sheriff rieb sich den Nacken und bemühte sich,

nicht so aufgeregt auszusehen, wie Amy wusste, dass er eigentlich war. „Oh, das kann ich nicht annehmen. Warum nehmen Sie ihn nicht mit nach Hause? Dort werden Sie doch bestimmt dem einen oder anderen Abnehmer finden."

Er wühlte weiter. Immer wieder musste er darauf herumreiten, dass sie allein lebte und dass sie möglicherweise … Gesellschaft hatte. Aber Amy lächelte weiter, zuversichtlich, dass sie ihn auf die falsche Fährte locken konnte.

„Sie nehmen ihn mit auf das Revier. Ich stelle ein paar Teller mit Kartoffelpüree und grünen Bohnen zusammen. So haben die Jungs, die Sie gerade angeheuert haben, ein leckeres Abendessen." Sie beugte sich hinunter und senkte ihre Stimme, als würde sie ihm ein Geheimnis zuflüstern. „Es ist sogar genug da, dass Sie selbst einen Teller mit nach Hause nehmen können. Hackbraten zum Frühstück ist eines meiner Lieblingsgerichte."

Der Sheriff hielt inne, sein Blick wechselte von fragend zu hungrig, und dann nickte er. „Dafür wäre ich Ihnen sehr dankbar, Miss Amy."

Das reichte ihr schon. Sie zog sich zurück und eilte nach hinten, um die Reste des Hackbratens aus dem Kühlschrank zu holen. Sie schlug die Türen etwas zu fest zu und das Messer, das sie zum Schneiden des Fleisches benutzte, war ein bisschen zu groß als nötig. Nicht, dass sie sich um all das kümmern würde. Nicht in diesem Moment.

Dem einen oder anderen Abnehmer.

„Es heißt den einen oder anderen, du Esel." Nicht, dass es jemanden gegeben hätte, der gehört hätte, wie sie seine

Grammatik korrigierte. Oder dass es tatsächlich irgendeinen *Abnehmer* gegeben hätte. Die Typen standen nicht gerade Schlange, um mit ihr auszugehen. Für menschliche Verhältnisse war sie zu groß und zu kräftig. Und alle Gestaltwandler, die hier vorbeikamen, wussten in der Regel genau, wer sie war. Oder, was noch wichtiger war, wer ihr Vater und ihre zwölf älteren Brüder waren. Ihr Bett war absolut kalt und leer. Aber wehe, eine Frau lebt in einem eigenen Haus, das sie mit ihrem eigenen Geld gekauft hat. Sie könnte jeden Sinn für Anstand verlieren und so törichte Dinge tun wie Beziehungen mit Männern einzugehen und – oh, wie schrecklich – ein richtiges Leben außerhalb ihrer Arbeit führen.

Das Messer gab ein zufriedenstellendes Geräusch von sich, als sie es durch das Fleisch stieß. Dämliche, arrogante, überfürsorgliche Männer. Sie hatte zwölf von ihnen zurückgelassen, als sie von ihrem Rudel wegzog – dreizehn, wenn sie ihren Vater mitzählte. Die Aufmerksamkeit des Sheriffs konnte sie ganz gewiss nicht gebrauchen.

Nachdem sie dem Sheriff den Hackbraten überreicht und ihm einen guten Abend gewünscht hatte – und erleichtert aufatmete, als er ohne eine weitere Befragung abzog –, schnappte sie sich ihre Kaffeekanne und machte sich auf den Weg zu den letzten Nachzüglern, entschlossen, sie innerhalb von einer halben Stunde vor der Tür zu haben. Es war längst an der Zeit, nach Hause zu gehen.

„Kaffee?"

Gavin, der neue Kindergärtner in der Stadt, blickte von seinem Buch auf und lächelte. Er hatte wunderschöne

Augen. Eine helle Farbe, fast wie Jade, die zu seiner hellen Haut und seinen Haaren passte. Amy war sich sicher, dass eine der Singlefrauen aus dem Ort ihn sich im Handumdrehen schnappen würde. Vor allem, weil er ein Lehrer für so kleine Kinder war – allein die Vorstellung eines gut aussehenden Mannes mit einem Herz für die lieben Kleinen war für die weibliche Bevölkerung wie ein Magnet. Aber in diesem Moment sah er sie an. Lächelte sie an. Und vielleicht wurde sie deswegen sogar rot.

„Eine letzte Tasse, wenn es dir nichts ausmacht. Ich bin gerade bei einer richtig guten Stelle in diesem Buch und würde sie gerne zu Ende lesen, bevor ich abhaue."

„Kein Problem." Amy schenkte ihm Kaffee ein und eilte davon, weil sie ein wenig Luft zum Atmen brauchte. Der Mann war liebenswert, schrullig und attraktiv zugleich, wie das nur wenigen Männern gelingt. Er war aber auch nicht ihr Gefährte. So unwahrscheinlich es auch war, dass sie in einer so kleinen Stadt ihren Gefährten treffen würde, sie hatte noch Hoffnung. Sie war damit aufgewachsen, dass ihre Eltern bis über beide Ohren ineinander verliebt waren. Mit weniger wollte sie sich auf keinen Fall zufriedengeben. Und auch wenn Gavin für ein oder zwei Nächte in Ordnung gewesen sein mag, würde es keine Zukunft für die beiden geben. Also flirtete sie und verliebte sich ein wenig in den Kindergärtner. Und wartete darauf, dass ihr Gefährte auftauchte.

Als Amy um den Tresen herumging, hielt sich nur noch ein letzter Gast im Restaurant auf. Er saß seit einer Woche jeden Tag auf demselben Platz, bestellte dasselbe Essen und lächelte sie mit denselben dunklen Augen an. Ein

Nomade namens Zeke, der behauptete, auf der Durchreise zu sein.

„Noch einen Absacker, Zeke?"

Der Gestaltwandler schüttelte den Kopf und hielt seine Tasse hoch. „Bin versorgt. Danke."

Amy wollte gerade nach hinten gehen, um die Kaffeekanne auszuspülen, als Zeke sich über den Tresen beugte und seine Stimme senkte.

„Ernsthaft? Der Lehrer?"

Amy wurde ganz heiß im Gesicht, und sie warf einen Blick auf Gavin, bevor sie sich näher heranlehnte. „Das geht dich wirklich nichts an."

Zeke zuckte mit den Schultern. „Ich dachte nur, dass eine starke Frau wie du auf jemanden steht, der ein bisschen mehr ist … wie wir."

„Nicht, dass es dich etwas anginge, aber es geht nicht darum, dass er ein Mensch ist. Gavin ist ein netter Kerl und es macht Spaß, mit ihm zu plaudern. Das ist alles."

Zeke grinste und zwinkerte ihr zu. „Gut zu wissen."

Dämliche, arrogante Männer. Warum war ihre Welt voll von dämlichen, arroganten Männern? „Ich stehe auch nicht auf herumstreunende Gestaltwandler, Zeke, also warum machst du dich nicht vom Acker? Es ist schon spät, und ich möchte nach Hause. Allein."

„Schönen Abend noch, Amy", rief Gavin von der Tür aus, während er sich seinen Schal um den Hals schlang.

Amy trat an die Ecke des Tresens, um ein wenig auf Distanz zu Zeke zu gehen. „Dir auch. Viel Spaß morgen mit den Kleinen."

„Ich bin dann auch weg." Zeke stand auf und warf

etwas Geld auf den Tresen. „Es war nett, mit dir zu plaudern, Armaita."

Und so war er von einem dämlichen, arroganten Mann zu einem Arschloch geworden. „Mein Name ist Amy. Nur mein Rudel nennt mich Armaita, und du gehörst nicht dazu."

Zeke lachte. „Nein, das tue ich ganz bestimmt nicht."

Er verschwand ohne ein weiteres Wort. Auch ohne nach einem Mantel zu greifen. Bescheuerter Gestaltwandler. Auch wenn ihm die Kälte nichts ausmachte, sobald er sich in seine Wolfsgestalt verwandelt hatte, würde den Menschen ein Mann ohne Mantel auffallen, wenn er bei diesem Wetter unterwegs war. Das würde die Leute misstrauisch machen.

Zehn Minuten später zog sie ihren eigenen schweren Wollmantel an, löschte das letzte Licht und trat hinaus in den herabfallenden Schnee. Die Stadt war in das kalte, weiße Zeug gehüllt und die Lichter auf den Dächern der geöffneten Geschäfte funkelten fröhlich darin. Die Main Street in ihrer Stadt hatte einen Charme, mit dem nur wenige andere Hauptstraßen mithalten konnten, schon gar nicht in der gegenwärtigen Wirtschaftslage. Aber Hope Ridge hatte die großen Läden, die sich in die Gegend einschlichen, und den Wahn der Ein-Dollar-Läden überlebt. Mit dem zunehmenden Tourismus in der Gegend florierte der Ort sogar ein wenig. Die Einkaufsstraße war voll – kein einziges leeres Schaufenster – und Amy war stolz darauf, dazu beizutragen.

Den Heimweg liebte Amy, vor allem, wenn Schnee gefallen war. Es war, als würde sie mitten durch eine

Schneekugel spazieren, die aufgeschüttelt worden war, um dem Besitzer ein Schmunzeln zu entlocken, während er zusah, wie das Glitzern auf den Boden fiel. Ihr Jeep war großartig, aber es ging nichts über einen Spaziergang durch die Straßen ihrer kleinen Stadt. Die Menschen hier waren freundlich und die Häuser waren wunderschön. Sogar in ihrem eigenen Viertel, in dem nur drei kleine Häuschen nebeneinanderstanden, versprühte der Ort Charme.

Ihre fröhliche rote Tür begrüßte sie, als sie die Stufen zu ihrer Veranda hinaufstieg, das Glas war jedoch dunkel. Sie musste vergessen haben, das Flurlicht brennen zu lassen. Sie schloss die Tür auf und trat ein, warf ihre Schlüssel in eine Schale auf dem Beistelltisch und schaltete die Lampe ein. Goldenes Licht durchflutete den Holzboden und die hellen Wände und verlieh dem Raum einen heimeligen Glanz. Amy seufzte.

Endlich zu Hause.

Sie hängte ihren Mantel auf, zog ihre Schuhe aus und machte sich auf den Weg in die Küche. Nicht, dass sie vorhatte, eine richtige Mahlzeit zuzubereiten. Den ganzen Tag zu kochen, hatte sie ziemlich ausgelaugt, auch wenn sie etwas hungrig war. Zeit für ihr Lieblingsessen … Popcorn und Rotwein zum Abendessen hörte sich toll an.

Doch als sie um die Ecke in ihre Küche bog, fiel ihr ein Schatten auf, der dort nicht hingehörte. Sie schaltete das Deckenlicht an …

… und schrie auf.

7

Levi brauchte gute vier Sekunden, bis er etwas sagen konnte, nachdem Abel diese Bombe hatte platzen lassen.

„Eure Omega lebt nicht auf dem Gelände des Rudels?" Was zum Teufel war bloß mit diesem Rudel los?

„Ich weiß." Abel zupfte an seinem Haar und seine Krallen erschienen und verschwanden mit jedem Atemzug. Es fiel ihm offensichtlich schwer, seinen Wolf zu bändigen. Sein Knurren war zu einem langen, unterschwelligen Laut geworden – fast wie eine Sehnsucht. Dieser Mann war zu kurz davor, die Kontrolle zu verlieren, aber Levi hatte nicht vor, Nachsicht walten zu lassen.

Levis Ärger, seine jahrelangen Kämpfe zum Schutz der Omegas und seine Erinnerungen an schief gelaufene Missionen verdichteten sich und richteten sich gegen einen bereits aufgewühlten Wandler. „Das weißt du? Was Besseres fällt dir nicht ein? Das weißt du? Du hast ja keine

Ahnung. Du hast doch überhaupt keine Ahnung, wie gefährlich das ist, selbst wenn es gut läuft. Was Gestaltwandler alles tun, um eine Omega in die Finger zu kriegen und zu behalten …"

„Ich weiß", brüllte Abel. „Glaubst du, wir haben das nicht bedacht? Verdammt, Mann – du hast meine Schwester noch nie getroffen. Armaita ist so eigensinnig wie nur was und genauso freiheitsliebend. Sie wollte ein Leben außerhalb unseres Rudels, unabhängig von ihrem Vater, dem Alpha, und ihren zwölf älteren Brüdern, und wir konnten sie nicht davon abbringen." Er saß im Schnee und starrte angestrengt auf das kleine Haus unter ihm. „Sie ist zu meinem Dad mit der Idee gekommen, das Rudel zu verlassen und sich selbstständig zu machen, also haben wir uns auf diesen Plan geeinigt. Er hat ihr erlaubt, hierher in die Stadt zu ziehen, nah genug, um sie im Auge zu behalten. Und wir haben ein Auge auf sie geworfen. Einer von uns ist immer in der Nähe, wenn sie arbeitet, und wir gehen nachts von der anderen Seite aus auf Patrouille. Wir passen auf sie auf, Mann." Er seufzte und klang immer noch wie ein verwundeter Wolf in einem menschlichen Körper. „Sie ist der Lichtblick in unserem Rudel, der Leim, der uns alle zusammenhält, auch wenn sie nicht da ist, aber sie wollte mehr als sich nur in den Bergen verkriechen. Sie wäre für immer abgehauen, wenn wir ihr nicht das bisschen Freiheit gelassen hätten, das wir ihr geben konnten."

Levi unterdrückte ein Knurren, weil er immer noch zu aufgewühlt war, um sich wirklich unter Kontrolle halten zu können. Sariel, Kalie, Angelita … die Namen dröhnten in seinem Kopf wie Gongschläge. Alles Omegas. Sie alle wurden entführt und zu einem Leben gezwungen, das niemand seinem ärgsten Feind wünschen würde. Zum Glück konnten alle von ihren Entführern gerettet werden. Doch die Omegas, die sie verloren hatten, schmerzten am meisten, wenn er an sie dachte. Er wollte nicht, dass Armaita Bell auch auf dieser Liste landete.

Er würde nicht zulassen, dass diese Omega zu einer der Vergessenen würde.

„Wir müssen sie da rausholen. Und zwar sofort."

Abel sprang auf und machte sich bereit, die unbekannte Bedrohung anzugreifen. „Wie gehen wir vor?"

„Ich rufe meine Leute, damit sie diese Menschen aufspüren."

„Und meine Schwester?"

So sehr Levi es auch hasste, diese Worte auszusprechen, er musste es tun. Es gab nur einen Weg, um ihre Sicherheit zu gewährleisten. „Die nehme ich mit, und wir verstecken uns."

Abels Augen weiteten sich, und seine Stimme war voller Zweifel und Kritik, als er ausspuckte: „Ihr versteckt euch?"

„Ja, wir verstecken uns." Levi stürmte vor und drängte den Wandler gegen einen Baum. „Ich habe das schon mal gesagt – der Schutz der Omega steht für mich an erster Stelle. Und um sie zu schützen, muss ich sie von demjenigen fernhalten, der euch alle im Auge hat. Wenn sie wissen, was sie tun, werden sie versuchen, sie aus dem Rudel herauszulösen. Wenn nicht, bietet ihr Alleinsein die ideale Gelegenheit für einen Raubüberfall. So oder so kann sie hier draußen nicht allein bleiben, und solange wir nicht wissen, wer das Rudel im Visier hat und warum, ist sie auch bei euch nicht sicher. Omegas sind mächtig und begehrt – ich muss sie verdammt noch mal aus der Schusslinie bekommen, was auch immer sich hier zusammenbraut."

Abel schüttelte den Kopf, aber sein Blick wurde sorgenvoll, als er auf das Haus seiner Schwester blickte. „Sie wird nicht freiwillig mitkommen."

Das war der Haken an der Geschichte. Egal, ob es aus gutem oder bösem Willen geschah, in jedem Fall wurde sie ihrer Unabhängigkeit beraubt. Am besten durch Levi. Und zwar sofort.

„So ein Pech. Aber keine freiheitsliebende Wölfin wird mich von meiner Arbeit abhalten, schon gar nicht, wenn diese darin besteht, sie am Leben zu erhalten."

Da bog eine Frau in einem langen, dicken Mantel um die Ecke und ging auf das besagte Haus zu, sodass beide innehielten und sie anstarrten. Levi konnte seinen Blick nicht von ihr abwenden, nicht einmal für eine Sekunde. Irgendetwas an ihr berührte seinen Wolf und zwang ihn fast in die Knie. Das musste die Schwester sein, die Omega. Der Zauber, den sie in sich trug, übte einen unglaublichen Reiz auf ihn aus, er war ganz aufgeregt und drauf und dran, da runterzurennen. Als edler Ritter oder was auch immer.

Abel bestätigte Levis Vermutung. „Das ist sie."

„Dann mal los." Levi schüttelte den Schnee ab, der sich auf seinen Haaren und Schultern gesammelt hatte, und zitterte, als die kalte Nässe auf seine warme Haut traf. „Ich friere mir hier draußen die Eier ab."

Doch Abel rührte sich nicht, sondern beobachtete seine

Schwester, die die Straße entlanglief. „Sie wird uns beide dafür hassen."

„Soll sie doch." Bei diesem Gedanken wischte Levi das innere Heulen seines Wolfes beiseite. „Mir ist es lieber, dass deine Schwester lebt und uns hasst, als dass sie tot ist und uns nicht hasst. Oder schlimmer."

Abel schaute ihn fragend an, seine Augenbrauen hochgezogen. „Schlimmer als der Tod?"

Diese Frage nagte an Levi und erinnerte ihn an Dinge, die er lieber vergessen würde. Dinge, die er gesehen hatte. Dinge, die er nicht hatte verhindern können. „Es gibt viele Schicksale, die schlimmer sind als der Tod, besonders für eine junge Frau."

Abel blinzelte zweimal, bevor die Erkenntnis wie eine Decke über ihn zu fallen schien. Sein Blick wurde dunkel und gefährlich, und das Knurren, das über seine Lippen kam, war geradezu bösartig. „Versteck sie."

„Genau das habe ich vor." Und zwar unverzüglich. „Warte drinnen auf sie und fang schon mal an. Ich checke die Umgebung des Hauses. Mal sehen, wie nah unsere Spanner schon an ihr dran sind."

„Wird gemacht."

Die beiden Männer wandelten sich ohne ein weiteres Wort und Abel lief wie gewünscht auf die hintere Veranda ihres Hauses zu. Levi eilte über den Hof zur Seite des Hauses und folgte der dezenten Geruchsspur. Der frisch gefallene, schwere Schnee war eine hervorragende Tarnung, und seine in Mitleidenschaft gezogene Nase erleichterte die Sache auch nicht gerade. Aber er war entschlossen. Er verfolgte die Spur mit all seinen Fähigkeiten und Sinnen. Die Spur führte ihn um eine Seite des Hauses herum, bis zu einem Fenster in der hintersten Ecke.

Auf dieser Seite des Hauses gab es keine anderen Häuser, keine Nachbarn, die jemanden hätten sehen können, der hineinspähte. Es war durchaus möglich, wenn man bedachte, wie konzentriert der Geruch unterhalb des Fensters war. Levi hatte ein ganz ungutes Gefühl bei dem Gedanken, in welches Zimmer dieses Fenster wohl führen mochte. Er hoffte, dass es nicht das war, was er dachte … aber sein Wolf knurrte bereits in seinem Kopf. Die Zähne ausgefahren, die Krallen bereit, bestätigte das Tier, was Levi schon geahnt hatte, bevor er einen Blick hineinwarf. Trotzdem stellte er sich auf seine Hinterpfoten und spähte durch das Glas.

Natürlich das Schlafzimmer, denn diese ganze Angelegenheit konnte auf keinen Fall noch gruseliger werden, als sie ohnehin schon war.

Der Geruch war auf dem Fenstersims, auf dem Glas und sogar auf der Seitenwand des kleinen Hauses, als hätte sich der Eindringling daran gerieben. Am Haus gerochen. Der Beweis, dass der Kerl, der das Mädchen verfolgte, offensichtlich vor ihrem Schlafzimmerfenster gestanden und sie bei allen möglichen privaten Dingen beobachtet hatte, ließ Levi ausrasten. Am liebsten hätte er dem unbekannten Spanner die Kehle herausgerissen, wollte durch das Fenster brechen und auf die Frau aufpassen, die er noch gar nicht kennengelernt hatte. Seine Beschützerinstinkte schrien so laut in seinem Kopf, dass er genau das fast getan hätte. Aber der Gedanke, sie zu erschrecken, wie ein Tier in ihr Haus einzubrechen und ihr Angst einzujagen, half ihm, die

Kontrolle zu behalten. Wenn auch nur für einen Moment.

Er klammerte sich verzweifelt an den letzten Rest menschlicher Vernunft, der ihm sagte, dass er vorsichtig sein musste, wenn er sich dieser Frau näherte, und schob den Drang seines Wolfes, zu töten, beiseite. Es war an der Zeit, sie aus der Stadt zu bringen.

Nachdem er die Hälfte des Weges hinter dem Haus zurückgelegt hatte, wurde die tiefe Stille der winterlichen Nacht von einem Schrei durchbrochen. Der Schrei einer Frau … von drinnen. Levi war schon unterwegs, bevor der Schrei zu Ende war, und hetzte durch den Schnee zur hinteren Veranda. Er knallte mit voller Wucht gegen die Tür und stürzte sich mit seinem Körper gegen das Holz. Das Hindernis krachte und flog auf … direkt in die Wand dahinter, mit einem Aufprall, der das kleine Gebäude fast erschütterte.

Levi sah für einen kurzen Moment lang, wie Abel mit einem Mantel verhüllt in der Küche stand, bevor die Frau erneut schrie, zurücksprang und Levi einen flüchtigen Augenblick lang ansah, bevor er zum Stillstand kam. Das war alles, was es brauchte.

Alles in Levis Welt geriet ins Wanken, als die Erkenntnis ihn dazu zwang, regungslos zu verharren. Er wandte sich der Frau zu, sodass er sie in seinem Blickfeld hatte und sich selbst in ihres hineinziehen konnte. Ein Gefühl, das er noch nie zuvor gehabt hatte, ein Gefühl der Sorge und Zuwendung, ein Gefühl der Zugehörigkeit, umgab ihn. Ein Gefühl des Schicksals. Ohne sie zu kennen, spürte er die Anziehungskraft. Sie war so viel mehr als bloß irgendeine Frau. So viel mehr als eine Wölfin, eine

Omega oder die Tochter des hiesigen Rudelalphas. Diese groß gewachsene, kurvige Frau mit den hellen Augen und dem dunkelblonden Haar, die ihn ansah, war alles. Sie war seine Schicksalsgefährtin. Seine Einzige …

Und sie war in Gefahr, was bedeutete, dass es überhaupt nicht infrage kam, sie vorsichtig und behutsam zu umwerben. Er war dabei, sie mit der Erlaubnis ihres Rudels zu entführen, was wahrscheinlich nicht unbedingt die beste Voraussetzung war, mit einer unabhängigen Frau wie ihr eine dauerhafte Beziehung einzugehen.

So ein Mist.

8

AMY SCHRIE AUF, ALS SIE DEN MANN IN IHRER KÜCHE SAH und fast hätte sie sich in eine Wölfin verwandelt, um sich zu schützen. Aber das Licht traf ihn genau zum richtigen Zeitpunkt und beleuchtete ihn gerade, als sie das verräterische Stechen des Fells auf ihrer Haut spürte. In dem Moment erkannte sie, wer der Eindringling war.

„Meine Güte, Abel. Du hast mir fast einen Herzinfarkt eingejagt. Was zum Teufel hast du hier zu suchen?"

Ihr Bruder knurrte in einem Tonfall, der ihr die Nackenhaare aufstellte. Schweigend, fast schon drohend, trat er näher an sie heran. Kesselte sie ein. Er sah stinksauer aus, sagte aber nichts.

„Abel?" Amy machte einen kleinen Schritt in seine Richtung, als plötzlich die Hintertür aus den Angeln flog. Wieder schrie sie auf und stolperte rückwärts in die Schränke. Als sie zu Boden rutschte, traf ihr Blick den des Wolfes, der mitten in ihrer verwüsteten Küche stand. Ein riesiger Wolf mit Klauen und Zähnen, vor denen sie am liebsten weggelaufen wäre. Aber etwas Tiefes und Dunkles wirbelte in den Abgründen dieser Augen, etwas, das eine Farbe hatte, die an Silber erinnerte. Eine ungewöhnliche Mischung, die sie noch nie gesehen hatte. Eine tiefe Verbundenheit, die sie noch nie gespürt hatte, baute sich in Sekundenschnelle auf.

Gefährte.

Sie landete auf ihrem Hintern, völlig verloren in ihren eigenen Gedanken. Ihr Gefährte war da. In ihrem Haus. In ihrer Küche, als ob er sich nicht bewegen könnte. Er starrte sie an, nachdem er durch die Tür gekracht war.

Nachdem er ihre Tür *zerstört* hatte.

„Scheiße." Ein Fremder in ihrem Haus, wo sie normalerweise allein gewesen wäre, war nicht gerade leicht zu verdauen. Zum Glück reagierte Amy schnell, auch wenn die ganze Sache mit dem Gefährten drohte, ihr den letzten Rest an Verstand zu rauben.

Sie sprang auf und schnappte sich den erstbesten Gegenstand, den sie finden konnte – eine schwere gusseiserne Pfanne, die sie für Maisbrot benutzte und die zufällig auf der Herdplatte stand. Ohne auf eine Erklärung zu warten, machte sie einen Satz in Richtung des Wolfes. Er wandelte sich gerade, als sie bei ihm ankam, und sie sah dunkle Locken aufblitzen, dunkle Augen und verdammte Muskeln. Aber sie war zu sehr auf ihre Verteidigung bedacht, um ihn richtig ansehen zu können. Er war in ihre Privatsphäre eingedrungen, ohne um Einlass zu bitten, und hätte jede Menge schrecklicher Dinge mit ihr anstellen können. Dieser Wichser. Sie würde ihm schon zeigen, was geschah, wenn man sich mit einer Wölfin anlegte.

Auch als Abel ihren Namen rief, wich sie nicht von ihrem Ziel ab. Sie packte die Pfanne fester, holte mit dem Arm weit aus …

Und ließ die schwere Pfanne seitlich auf den Kopf des Mannes niedersausen.

„Was zum Teufel machst du da?" Abel eilte an ihr vorbei und kniete sich neben den nackten Mann auf den Boden. Neben diesen nackten Mann mit dem hübschen Hintern … nicht, dass sie darauf geachtet hätte. Besonders.

„Er ist eingebrochen."

Der Mann stöhnte, mit einer Hand hielt er sich den Kopf, während er sich mit der anderen abstützte. Sie wusste nicht, warum er nach dem Schlag, den Amy ihm verpasst hatte, nicht bewusstlos war. Einen Menschen hätte dieser Schlag wahrscheinlich umgebracht.

Abel sah sie an, als ob sie den Verstand verloren hätte. Und vielleicht hatte sie das auch, denn sie konnte ihren Blick nicht von dem üppigen Hintern des Kerls abwenden. Obwohl ihr Bruder ebenfalls dabei war. Hatte der Fremde einen Magneten in dem Ding?

„Er ist von der NVLB." Abel seufzte und fluchte leise vor sich hin. „Er ist hier, um uns zu helfen."

Was? „Oh."

„Ja, oh." Abel klopfte dem Mann ein paar Mal auf die Schulter. „Levi, alles klar, Mann?"

Der nackte Kerl – Levi – zuckte und knurrte zunächst nur, aber schließlich richtete er sich auf und lehnte sich nach hinten. Sein Blick traf sofort auf Amy, und das Gefühl der Verbundenheit kehrte zurück. Einen winzigen Moment lang blickten die beiden einander an. Sie versanken tiefer und tiefer im Paarungsdunst. Verbanden sich miteinander.

Doch dann richteten sich die dunklen Augen auf etwas hinter ihr, verfärbten sich in einem einzigen Atemzug zu Silber und sein Wolf meldete sich. Das Knurren, das er losließ, erschütterte die Schränke und ließ Amy zurückweichen.

„Was zum Teufel?" Levi stöhnte und fasste sich an den Kopf. Abel hob die Augenbrauen, als wollte er sagen: *Siehst du? Alles deine Schuld.* Und das war es auch … das war es wirklich. Das würde sie nie verwinden können.

„Tut mir leid, Mann." Abel lehnte sich zurück und seufzte. „Meine Schwester hält sich für ziemlich abgebrüht."

„Halt die Klappe", zischte Amy. Als ob sie sich nicht schon scheiße fühlen würde, weil sie ihren Gefährten niedergeschlagen hatte. Oh mein Gott, ihren *Gefährten*.

Abel stieß ein Schnauben aus und riss sie aus ihren Illusionen von Liebe auf den ersten Blick und Glück bis ans Ende ihrer Tage zurück in die Wirklichkeit eines älteren Bruders, der nie erwachsen geworden war. „Zwing mich doch."

„Oh, das klingt ja richtig erwachsen."

„Verdammt nochmal. Ich habe zu große Kopfschmerzen für diesen Scheiß." Levi stieß sich vom Boden ab, ein bisschen wackelig, aber immerhin in der Lage, auf seinen eigenen Füßen zu stehen. Dabei starrte er sie mit einem fast harten Blick an. „Bist du die Omega?"

Bevor Amy antworten konnte, ergriff Abel das Wort. „Das ist meine Schwester, Armaita."

Arschloch. „Ich werde Amy genannt."

„Aber sie heißt Armaita."

„Abel, hör schon auf."

„Zwing mich doch."

Ihr Seufzer war laut genug, dass die Nachbarn ihn hätten hören können. „Ernsthaft? Geht das jetzt …"

„Genug." Levi schnappte sich einen Mantel aus dem Korb auf der Veranda und warf ihn sich um die Schultern. Dabei verbarg er all diese schönen Muskeln. Ein Jammer, wirklich. „Amy, Armaita, was auch immer … pack deine Siebensachen. Wir müssen los."

Sie war immer noch mit ihren Gedanken bei all den Erhebungen und Vertiefungen, die der Stoff verbarg, als sie begriff, was er gesagt hatte.

„Wie bitte?"

Abel meldete sich zu Wort. „Das Rudel wird beobachtet, genau wie du, also begleitest du ihn, um für ein paar Tage aus der Schusslinie zu sein."

„Von wegen."

Aber Levi schien sich nicht für ihre Meinung zu interessieren. „Ob du willst oder nicht, du verlässt jetzt mit mir die Stadt. Deine Entscheidung, ob du das freiwillig tust oder ob ich dich lieber über meine Schulter werfe."

Diesem Bild konnte sie durchaus etwas abgewinnen, aber nicht so, wie er sich das vorstellte. „Ich bin doch kein Kind, das man …"

„Jemand hat dir nachgestellt", unterbrach Abel sie. „Hier. Bei deinem Haus."

Amy wirbelte herum und ihre Augen weiteten sich. Das änderte … alles. „Was? Wer?"

„Das wissen wir nicht. Der Geruch ist männlich und

menschlich." Dabei trat Levi vor sie, der Mantel verhüllte kaum das Beste, was er zu bieten hatte. Eine totale Provokation, was sie nur noch mehr verärgerte. Aber dann streckte er eine Hand aus, als wolle er sich vorstellen, und seine Augen nahmen wieder ihre dunkle Farbe an. Sein Gesichtsausdruck wurde ein wenig weicher.

Ein Gefühlszauberer, das war er. Sie seufzte und ergriff Levis ausgestreckte Hand, aber er schüttelte sie nicht, wie sie erwartet hatte. Nein, das Arschloch musste sie hochreißen und über seine Schulter werfen, sodass sie wie ein Sack Kartoffeln herumgeschleudert wurde.

„Lass mich runter!", schrie sie und hämmerte auf seinen Rücken. Er schenkte ihr jedoch keine Beachtung. Stattdessen schritt er auf die Vorderseite des Hauses zu, als ob ihre Meinung keine Rolle spielte. Obwohl sie das in dieser Situation tatsächlich wohl nicht tat. Er musste der Soldat von der NVLB sein. Wahrscheinlich war er es gewohnt, Frauen buchstäblich aus den Socken zu hauen und mit ihnen anzustellen, was er wollte. Aber nicht mit ihr … nicht in ihrem Haus. Lieber würde sie vorher sterben.

Sie knurrte und fuhr ihre Eckzähne aus, bereit, ihm die Haut über die Ohren zu ziehen, aber dann hielt er inne. Und schnupperte. Und verzog das Gesicht.

Was jetzt?

Knurrend stellte er sie auf ihre Füße und packte sie an der Schulter. „Wir wissen nicht, wer hier war, aber du schon."

Amy strich sich die Haare hinter die Ohren und verschränkte die Arme vor der Brust. „Was redest du da?"

Er rückte näher, eroberte ihren persönlichen Raum

und beugte sich zu ihrem Hals. Beschnupperte sie. Roch. Und bei Gott, war das heiß. Sie stand ganz still, zu verängstigt, um sich zu bewegen. Zu verängstigt, das nicht zu tun. Ihre Beine zitterten, ihr Herz raste, und jeder Zentimeter von ihr schrie nach diesem einen Mann. Diesem attraktiven, starken, wilden Mann. Nach diesem Mann, der sie entführen wollte, ohne sie zu fragen, ob sie einverstanden war. Das Schicksal hatte wirklich einen schrägen Sinn für Humor.

„Du riechst wie er", flüsterte Levi, während seine Lippen über ihre Haut glitten.

Amy zuckte zurück und begegnete seinem Blick. Sie beobachtete, wie die Farbe seine Augen von dunkel zu silbern und wieder zurückwechselte, als er knurrte. Ein fast hypnotisches Muster. „Was?"

„Du riechst wie er." Er beugte sich wieder vor und hielt diesmal nur Millimeter vor ihren Lippen inne. „Dieser Spanner war heute nah genug dran, um dich zu berühren."

9

DER MISTKERL KÖNNTE SIE ANGEFASST HABEN.

Der Geruch von Männern auf der Haut seiner Gefährtin – vor allem der von dem, der in ihr Fenster gegafft hatte – versetzte Levis Wolf in helle Aufregung. Zum Glück war er kein junger Welpe, der seine Bestie nicht im Zaum halten konnte, wenn es nötig war. Er hatte Erfahrung, Geschick und Geduld, die er sich in Hunderten von Jahren erworben hatte. Er konnte sich selbst unter Kontrolle bringen.

Jedenfalls meistens.

Allerdings war es nicht gerade hilfreich, dass Amy, seine *Gefährtin*, ihn mit ihren großen Augen musterte, verdammt noch mal. Mein Gott, sie war so verdammt hübsch. Sie war groß, kräftig und unglaublich scharf und hatte traumhafte Kurven. Am liebsten hätte er sie ganz für sich allein gehabt, aber das war noch nicht möglich. Nicht bei allem, was sonst so los war.

Aber er konnte nicht ganz widerstehen. Er knurrte und schnüffelte wieder an ihr, drückte sich näher an sie heran und spürte die Wärme ihrer Haut an seiner. Er musste sich losreißen, um sich etwas Anständiges anzuziehen, anstatt dieses lächerlichen Mantels. Der lockere Stoff verhüllte keineswegs das sich anbahnende Problem, dass sein Schwanz seine Gefährtin ein wenig zu sehr mochte. Aber es war schwer. Sowohl sich von ihr loszureißen als auch sein Schwanz. So verdammt hart.

Scheiße, er musste sich konzentrieren.

„Du kannst … ihn an mir riechen?" Armaita, oder Amy, wie sie es lieber mochte, bemühte sich so sehr, ihn nicht anzustarren. Ihr Blick wanderte immer wieder von seinem Gesicht zu seinen Schultern und weiter nach unten. Ihm gefielen diese Blicke nach unten am besten.

Aber ihr Bruder war ihnen ins Wohnzimmer gefolgt, und sie ließ sich nicht anmerken, dass sie irgendeine Art von Verbindung zueinander aufgebaut hatten. Und das war auch gut so. Levi wollte sie einpacken und zumindest für ein paar Tage von hier wegbringen. So hatten sie Zeit, ihre Verbindung zu erkunden. Und einander. In diesen Kurven und Mulden gab es viel zu erforschen.

Konzentrier dich, verdammt.

„Der männliche Geruch an dir ist zu stark, um ihn zu verbergen", erklärte Levi mit seiner tiefen, knurrigen Stimme. Ein Ton, an den er sich nicht erinnern konnte, ihn jemals zuvor benutzt zu haben.

„Wer ist es denn?" Amy blickte Levi an, der mit den Schultern zuckte.

„Ich kenne den Geruch nicht, aber ich bin auch nicht von hier. Abel?"

Ihr Bruder stürmte auf sie zu und legte ihr die Hände auf die Schulter. Ein paar Sekunden lang schnüffelte er an ihren Armen und Haaren, ihrem Hals und ihren Händen herum. Sie hielt still, die Sekunden vergingen wie Stunden, ihre Augen waren auf Levi gerichtet.

Doch ihr Bruder seufzte nur, als er sich zurückzog. „Es sind zu viele Gerüche, als dass ich einen davon herausfiltern könnte."

„Geh nach draußen", sagte Levi. „Schnüffle an ihrem Schlafzimmerfenster, dann komm zurück und versuche es noch einmal. Vielleicht hilft das ja."

Ihr Bruder eilte durch den Flur zurück in die Küche und ließ die beiden in einem bedeutungsvollen Schweigen zurück. Angespannt, hätte sie gesagt, wenn sie sich getraut hätte, ihren Mund zu öffnen. Natürlich sagte auch Levi nichts. Er stand einfach nur da und musterte sie. Ließ sie unter diesem eindringlichen Blick erzittern.

Noch nie hatte sie sich so gefreut, ihren Bruder durch die Tür kommen zu sehen, wie in dem Moment, als er von draußen hereinkam, obwohl sie ihren Blick auf Levi gerichtet hielt. Die Aussicht konnte sie genauso gut genießen.

„Also gut. Lass es mich nochmal versuchen." Und das tat Abel. Er schnüffelte noch etwa eine Minute lang, aber schließlich zog er sich mit einem weiteren Seufzer zurück. „Ich kann es einfach nicht sagen."

Amys Blick fiel auf ihren Bruder und ein verwegenes Lächeln umspielte ihre vollen Lippen. „Du bist nicht gerade der beste Fährtenleser, was?"

Abel schnaubte. „Aber immer noch besser als du."

„Können wir kurz mit dem Gezänk aufhören?" Levi

rieb sich den Kopf und wünschte sich, dass der Schmerz dort schneller verschwinden würde. Scheiße, seine Gefährtin hatte mit ihrer Pfanne ganz schön was angerichtet.

Amys Augen verfolgten seine Bewegungen und ihr Gesicht verzog sich, als er seine Hand mit Blut an den Fingerspitzen wegzog. „Holst du mir bitte ein sauberes Handtuch aus dem Wäscheschrank, Abel?"

Sobald er den Raum verlassen hatte, sah sie Levi mit ernster Miene an. „So werde ich nicht gehen."

Er hasste es, sie zu verärgern, aber noch mehr hasste er den Gedanken, dass sie in Gefahr war. „Pack deine Sachen."

Ihre hellen Augen blitzten auf, ein Funken von Verärgerung loderte auf. „Das ist mein Zuhause. Hier ist mein Laden. Ich kann nicht einfach abhauen."

Die Traurigkeit, die sich in ihre Stimme eingeschlichen hatte, ärgerte Levi, aber er durfte diese Mission auf keinen Fall vermasseln. Nicht, wenn sie sich geradezu etwas so Persönlichem entwickelt hatte.

„Du musst unbedingt mitkommen. Wir müssen dich vor diesem Kerl in Sicherheit bringen."

Abel kam mit einem weißen Handtuch zurück. Levi nickte dankend und drückte den Stoff gegen seinen schmerzenden Kopf. Dabei bemerkte er erfreut, wie Amys Gesicht vor Sorge aufblitzte.

„Woher weißt du überhaupt, dass dieser Typ böse ist? Vielleicht ist er einfach nur … neugierig?" Amy verschränkte ihre Arme vor der Brust und lenkte Levis Blick direkt auf ihr Dekolleté. Ihr weiches, volles Dekolleté. Großer Gott, ein Königreich für eine Jeans. Er nahm eine andere Haltung ein, um zu verbergen, dass sein Schwanz den Mantel streifte, und hoffte inständig, dass Abel es nicht bemerkt hatte. Aber selbst mit der Ablenkung durch ihre üppigen Brüste und seinen pochenden Schwanz konnte er seinen Beschützerinstinkt nicht unterdrücken.

„Neugierig genug, um dich durch dein Schlafzimmerfenster zu beobachten?"

Amy wurde blass. „Was?"

„Was?", mischte sich Abel mit dröhnender Stimme in das Gespräch ein. Eine, die Levi an dieser Stelle nur zu gut verstand. Die Welt war voll von kranken Arschlöchern.

„Sein Geruch war vor dem Fenster am stärksten." Levi musste seine Hand zu einer Faust ballen, um nicht die Hand auszustrecken, als ihr Gesichtsausdruck in schmerzliches Entsetzen umschlug. Und es sollte nur noch schlimmer werden. „Er war mehrere Male dort draußen. Ich schätze, über einen längeren Zeitraum."

„Das reicht." Abel drängte sich an den beiden vorbei und sein Knurren wurde noch lauter. „Ich packe jetzt dein Zeug ein."

Sobald er den Raum verlassen hatte, blickte Amy wieder zu Levi. Und sie sah nicht gerade erfreut aus. Vielmehr sah sie sowohl untröstlich als auch unglaublich verärgert aus. „Woher weiß ich denn, dass ich bei dir in Sicherheit bin?"

Er legte den Kopf schief. „Das *weißt* du. Du fühlst es genauso wie ich."

Sein Herz schlug fast bis zum Hals, als sie nickte, ganz langsam und zögerlich. Ja, sie wusste, dass sie zusammengehörten, ganz klar. Aber trotzdem brauchte sie

Ermutigung. Und er würde dafür sorgen, dass sie wusste, worauf er hinauswollte.

„Selbst, wenn wir nicht …“, er hielt inne, leckte sich über die Lippen und vermied das Wort, von dem sie beide wussten, dass es irgendwann ausgesprochen werden musste, „selbst wenn wir nicht so miteinander *verbunden* wären, wärst du bei mir sicherer als irgendwo anders. Meine Brüder und ich beschützen alle Omegas. Das ist unsere Aufgabe. Unsere Berufung.“ Er trat näher und konnte der Anziehung zu ihr nicht widerstehen. Wollte ihre Haut an seiner spüren. Er sehnte sich nach ihrer Berührung, wie er sich noch nie nach etwas gesehnt hatte. „Ich würde nie zulassen, dass dir etwas zustößt.“

Ihr Blick blieb auf ihn gerichtet, ihr Gesicht verriet nichts. Doch dann rückte sie näher heran. Ihre Schulter berührte seine, kaum eine Berührung, aber sie reichte aus, um seine Seele in Brand zu setzen.

Er blieb wie angewurzelt stehen, als sie sich am Saum seines Mantels festhielt. Irgendwie klammerte sie sich an ihn. Sie waren wie zwei Sterne, die von der Schwerkraft zusammengezogen wurden, die den Absturz zwar vorhersehen, ihn aber nicht verhindern konnten. Aber eigentlich wollte er das auch gar nicht. Er konnte es kaum erwarten, mit ihr zusammenzustoßen.

Schließlich seufzte Amy. „Gut.“

Der Sieg war allerdings nicht so süß, wie er es sich gewünscht hätte. Sie klang niedergeschlagen, und das wollte er nicht. Doch bevor er überlegen konnte, wie er sie trösten konnte, stürmte Abel mit einem schwarzen Seesack über der Schulter zurück ins Zimmer.

„Steig in deinen Truck und fahr los.“

Levi war noch nie gut darin gewesen, Befehle von Männern anzunehmen, die nicht das Recht dazu hatten. „Mein Truck steht auf dem Berg. Wir nehmen lieber ihren."

„Hast du deine Schlüssel in diesem Ungetüm dringelassen?", fragte Abel.

Levi nickte. „Vordere Bodenplatte, Fahrerseite."

„Ich rufe Caleb an, damit er ihn zu Marksons Pass fährt. Ihr nehmt ihren Jeep und steigt dort um."

Levi unterdrückte ein erleichtertes Seufzen, er war dankbar, wollte sich aber nicht zu viel anmerken lassen. Auf diese Weise musste er wenigstens nicht versuchen, diese beschissene Straße zu befahren. Das sollten lieber die übernehmen, die sie am besten kannten. „Das wird auch dazu beitragen, jeden zu verunsichern, der sie im Auge behält."

„Ja, das habe ich mir auch schon gedacht. Allerdings könnte er auch ihr Auto im Visier haben." Abel schritt knurrend durch den Raum und sah aus wie jemand, der versuchte, eine komplizierte Rechenaufgabe zu lösen. „Ich sage Benjamin, dass er auch runterkommen soll. Nur für den Fall, dass du Hilfe brauchst."

Levi würde es nicht wagen, zusätzliche Hilfe abzulehnen, nicht wenn seine Gefährtin das Ziel war. „Vielen Dank. Ihr haltet mir diesen Wichser vom Hals und ich passe auf sie auf."

Amy schnaubte. „*Sie* steht genau hier."

Verdammt. Zwei Minuten, nachdem sie einander gefunden hatten, war sie schon sauer auf ihn. Levi stellte sich anders hin und ließ seine Schulter wieder über ihre streifen.

„Glaub mir", grinste er. „Das würde ich niemals vergessen."

Sie legte den Kopf schief und wurde fast rot, was sie innerhalb von zwei Sekunden nicht mehr länger liebenswert aussehen ließ, sondern heiß wie die Sünde. Er fragte sich, wie weit diese Röte wohl reichen würde. Ob sie sich bis zu ihrer Brust ziehen und ihr Dekolleté färben würde. Ob sie sich ihren Weg über ihre cremige Haut bahnen würde, um sie zu verdunkeln.

„Yo." Abel sprach ins Handy und riss Levis Aufmerksamkeit zurück in die Gegenwart und seine Augen weg von den … Vorzügen seiner Gefährtin. Amy behielt ihn jedoch im Auge. Sie sah ängstlicher aus, als ihm lieb gewesen wäre.

„Ich passe auf dich auf", flüsterte er und gab seinem Verlangen nach, sie mit einem Finger an ihrem Handgelenk zu berühren. „Ich werde immer auf dich aufpassen."

Die Spannung zwischen den beiden wurde immer größer und heißer, sie lehnten sich praktisch aneinander, um einander Halt zu geben. Es gab so viele Dinge, die Levi sagen und tun wollte, aber an erster Stelle seiner Liste stand, sie von hier wegzubringen, bis seine Brüder herausfinden konnten, von wem die Bedrohung ausging.

Abel legte auf und wandte sich an Levi. „Er ist in zwanzig Minuten da. Ihr solltet euch besser auf den Weg machen."

Und so fängt es an …

„Ich rufe meine Leute vom Auto aus an", meinte Levi und nahm Abel die Tasche ab.

Amy holte tief Luft, bevor sie aufsprang und ihren Bruder umarmte. „Pass auf dich auf."

„Sollte ich dir das nicht eher sagen, Kleine?" Abel lächelte seine Schwester an und warf dann einen viel ernsteren Blick auf Levi. Er griff nach seinen Unterarmen und bekundete seinen Respekt. Etwas, das Levi nicht auf die leichte Schulter nahm. „Ich mache dich persönlich für die sichere Rückkehr meiner Schwester verantwortlich. Wenn ihr etwas zustößt, ziehe ich dir das Fell über die Ohren."

Die Last dessen, was Abel und seine Familie ihm anvertraut hatten, lag schwer auf seinen Schultern, aber es war nichts, womit er nicht umgehen konnte. Wenn sie erst einmal erfuhren, dass er und Amy Gefährten waren, würden sie verstehen, dass Amy auf keinen Fall etwas Schlimmes zustoßen konnte. Lieber würde Levi vorher sterben.

„Mach dir keine Sorgen, Mann. Ich habe das im Griff."

10

Sein Truck war riesig, und doch wurde Amy das Gefühl nicht los, gefangen zu sein. Sie war allein mit einem Gestaltwandler, den sie nicht kannte, eingesperrt mit einem Mann, den das Schicksal ihr vor die Füße geworfen hatte, um sich für immer mit ihm zu vereinen, und auf dem Weg zu einem unbekannten Ziel, um sich vor einer unbekannten Gefahr zu verstecken. Allein. Verpaart. In Gefahr. Innerhalb weniger Minuten war ihre Welt ein einziger riesiger Matschhaufen geworden.

Und er war so unglaublich wortkarg.

„Nun …" Ihr Gehirn stolperte bei diesem einen Wort, stotterte gewissermaßen. Es fiel ihr nichts Anderes ein, um eine Frage oder eine Feststellung zu beenden, um die Unbehaglichkeit auszufüllen.

Der Mann – Levi, genau wie die Jeans – warf ihr einen Blick zu. „Nun?"

Sie zerrte an ihrem Rock, um mehr Haut zu bedecken,

in der Hoffnung, es sich dadurch bequemer zu machen. Dieser Versuch scheiterte auf denkbar klägliche Weise. „Nun."

Und nichts. Kein einziges Wort, das sie dem „nun" hinzufügen könnte. Weder tun noch Huhn, nicht Ruhm oder Taifun. Einfach nichts. Was für eine Art, mit ihrem Gefährten einen guten Start hinzulegen.

Stundenlang fuhren sie schweigend dahin, während sie sich den Kopf darüber zerbrach, was sie sagen, was sie fragen sollte. Etwas, das bedeutungsvoller war als *Woher kommst du?*, *Wohin fahren wir?* oder *Wie kannst du so verdammt heiß sein?* Vor allem das Letzte. Das konnte sie ihn doch nicht fragen. Oh Gott, was, wenn sie es doch tat? Was, wenn ihr Gehirn sich so verhedderte, dass sich ihr Sprachfilter verabschiedete und sie diesen Mann fragte, wie er nur so gut aussehen konnte? Dann müsste sie sich aus dem Wagen stürzen. Sie biss sich auf die Lippe und schaute aus dem Seitenfenster, um auf Nummer sicher zu gehen. Sie fuhren zwar so schnell, dass sie sich bei einem Sprung mit Sicherheit verletzen würde, aber immerhin fuhren sie nicht über Bergpässe oder durch tiefe Schluchten. Sie würde den Sturz also vermutlich überleben.

„Bist du immer so angespannt?"

Amy erschrak und wirbelte herum, ohne nachzudenken. „Ich bin doch nicht angespannt."

Sein Lachen führte sofort dazu, dass sie diese Antwort bereute.

„Tut mir leid", meinte er und schenkte ihr ein Lächeln, das ihr Höschen fast zum Überlaufen brachte. „Du hast so ausgesehen, als hättest du vorgehabt, aus dem Truck zu springen. Und da habe ich gedacht, es liegt an mir, dass du so angespannt bist."

Amy blickte aus dem Fenster und runzelte die Stirn. „Das ist doch lächerlich."

Er tippte mit seinen Fingern auf das Lenkrad und starrte aus der Windschutzscheibe. Amy seufzte und wünschte sich, sie könnte sich innerlich beruhigen. Es konnte nicht wirklich ihre Schuld sein, dass sie so durcheinander war. Es war ja nicht so, dass sie auf all das vorbereitet gewesen wäre. Wer kann schon darauf vorbereitet sein, zu Tode erschreckt zu werden, ihren Gefährten kennenzulernen und schließlich rauszufinden, dass irgendein Freak sich vor ihrem Fenster einen runtergeholt hat, während sie im Bett gelegen und Eiscreme verdrückt hat? Denn genau daran musste sie denken, wenn sie sich vorstellte, dass ein gesichtsloser Fremder sie beobachtet hatte. Der Gedanke, dass er andere Dinge sehen könnte, war zu beschämend, um ihn zuzulassen.

Aber all das war zweitrangig gegenüber ihrem gegenwärtigen Dilemma. Ihr gefiel die Spannung zwischen ihr und Levi nicht, aber sie war sich nicht sicher, wie sie sie beenden sollte, ohne einfach die Ohren anzulegen und weiter nach etwas zu suchen, das sie sagen konnte. Also atmete sie tief durch, schloss die Augen und sagte das Erste, was ihr in den Sinn kam. Ohne Scheiß-Filter.

„Ich kenne ja nicht mal deinen Namen." Sie zuckte zusammen. „Ich meine, deinen vollen Namen. Du heißt Levi ... wie die Jeans."

Sie stöhnte auf und konnte gerade noch verhindern,

erneut die Flugbahn zu berechnen, falls sie sich doch aus dem Truck stürzen wollte. Aber Levi lachte nicht, er schnaubte auch nicht. Nein, er antwortete ihr mit einer Stimme, die so tief und dunkel war, dass sie sich irgendwie aufgehoben fühlte.

„Ich heiße Leviathan, aber meine Brüder haben mir den Spitznamen Levi gegeben. Sie waren der Meinung, das klingt … moderner."

Der dankbare Seufzer, den Amy ausstieß, wurde von einem Lächeln begleitet. Über sowas konnte sie sich unterhalten. „Du hast Brüder?"

Er runzelte die Stirn, den Blick immer noch auf die Straße gerichtet. „Irgendwie schon."

Oder vielleicht auch nicht. „Wieso hast du irgendwie Brüder?"

„Wir sind nicht wirklich verwandt … nicht so, wie die meisten Leute denken würden. Ich meine, schon, aber … das ist eine lange Geschichte."

Die Tatsache, dass er nervös wirkte, während er über seine Worte stolperte, half Amy, sich endlich ein wenig zu entspannen. „Es sieht so aus, als hätten wir noch etwas Zeit, und ich liebe Geschichten."

Er warf ihr ein Lächeln zu. „Ja, wir haben wirklich Zeit. Aber zuerst möchte ich etwas über dich erfahren. Du hast gesagt, du hättest einen Laden."

An den Anflug von Stolz, wenn von ihrem Diner die Rede war, hatte sich Amy längst gewöhnt. „Ja, das Hope Springs Diner. Es gibt dort zwar nur Frühstück und Mittagessen, aber meine Kunden fühlen sich dort so wohl, dass das Mittagessen manchmal bis in die Abendstunden hineinreicht."

Levi schüttelte den Kopf und grinste. „Natürlich."

„Natürlich was?"

„Ich habe gestern Abend einen deiner Kunden getroffen. Er hat mir drei oder vier Mal klargemacht, dass ich unbedingt ins Diner gehen soll." Dabei warf er ihr einen kurzen Blick zu. „Du musst das, was du machst, wirklich lieben."

„Auf jeden Fall. Ich stehe gern auf eigenen Füßen, und das Diner ermöglicht mir das. Auch wenn meine Brüder es hassen."

Er gluckste leise. „Sie scheinen ein wenig ..."

„Brutal? Überfürsorglich? Ignorant, wie tüchtig eine alleinstehende Frau sein kann?"

Sein Glucksen ließ ihr Herz einen Schlag aussetzen. „Ich wollte sagen, besorgt um dich."

„Ja, gut. Das auch. Aber ich kann gut auf mich selbst aufpassen."

Levi deutete auf die Seite seines Kopfes. „Das ist mir bewusst."

Er begegnete ihrem Blick für einen winzigen Moment, ein kurzes Blinzeln. Aber das gefiel ihr. Es gefiel ihr, was sie dort sah, es gefiel ihr, dass er sie anscheinend ansehen wollte. Sie konnte sich gut vorstellen, dass ihr so vieles an Levi gefiel.

Also wandte sie sich mit ihrem ganzen Körper ihm zu und kuschelte sich in die Ecke zwischen Sitz und Tür. „Ich habe das Gefühl, dass ich die erste Frau sein könnte, die dir eine Pfanne über den Schädel gezogen hat."

Er grinste, richtete seinen Blick aber auf die dunkle Straße vor ihm. „Auf jeden Fall die erste und hoffentlich auch die letzte."

In dieser Aussage lag so viel Bedeutung, so viel mehr als Bratpfannen, die über Schädel gezogen werden. Das fand sie seltsam beruhigend, wie eine Geheimbotschaft, die ihr zu verstehen gab, dass alles gut werden würde.

Amy schloss die Augen und ließ sich vom Schaukeln des Trucks einlullen. Es war schon ein langer Tag gewesen und sie hatten noch viele Kilometer vor sich. Wenn sie sich nur ein paar Minuten ausruhen könnte, würde es ihr gut gehen.

„Danke, dass du mich gerettet hast", murmelte sie und bemühte sich, die Augen offen zu halten. Aber die Ruhe des schaukelnden Trucks und das eintönige Geräusch des Windes und der vorbeifliegenden Straße waren fast zu verlockend, um der Versuchung zu widerstehen. Plötzlich war sie unglaublich müde.

Levi warf einen Blick in ihre Richtung, bevor er die Heizung aufdrehte. „Schlaf ruhig, Amy. Ich habe dich zwar noch nicht endgültig gerettet, aber für den Moment sind wir außer Gefahr."

„Außer Gefahr klingt gut. Außer Gefahr … mit dir …" Sie hatte keine Ahnung, ob sie diese Worte tatsächlich ausgesprochen oder nur gedacht hatte.

11

ALS AMY ENDLICH EINGESCHLAFEN WAR, LEGTE LEVI SEINE lockere Art ab. Er hatte versucht, seine Sorgen hinter einem Lächeln und einer angenehmen Unterhaltung zu verbergen, was in Amys Gegenwart auch nicht schwer war. Sie war lustig, ein wenig schrullig und ausgesprochen interessant. Aber sie war auch ziemlich angespannt, und er wollte sie nicht noch mehr beunruhigen, indem er sie den anderen Levi sehen ließ; den Levi, der eine Mission zu erfüllen hatte. Er musste heimlich in den Rückspiegel schauen, um nach Scheinwerfern Ausschau zu halten, er musste den Verkehr beobachten und gleichzeitig versuchen, sich voll und ganz ihr zu widmen, er musste die Pings auf seinem Handy von seinen Leuten ignorieren, während sie sich ihrem Rudel näherten.

Diese ganze Verpaarungssache war schwieriger, als er gedacht hatte.

Er warf erneut einen Blick in den Rückspiegel, um zu

sehen, ob sich ein Verfolger ankündigte. Dass die Straße hinter ihm dunkel und leer war, trug jedoch nicht zu seiner Erleichterung bei. Ihre Flucht war zu reibungslos, zu einfach verlaufen. Auch ohne direkte Bedrohung konnte er sich jetzt nicht entspannen, aber er war sich nicht sicher, ob das an der Mission insgesamt lag oder daran, dass Amy seine Gefährtin war, was ihn so aufgewühlt hatte. Aber das spielte eigentlich auch keine Rolle. Er musste alle Bedrohungen für sie aus dem Weg räumen. Er würde sich auf keinen Fall entspannen, bevor seine Brüder nicht herausgefunden hatten, was los war, und sicherstellten, dass er sie nach Hause bringen konnte.

Ihr Zuhause, nicht seins, da er ja eigentlich gar keines hatte. Er hatte nie eines gewollt. Scheiße, das wäre doch mal ein interessantes Gespräch geworden, oder? Vor allem, wenn er zugab, dass er einer Wolfsrasse angehörte, die schon lange als ausgestorben galt. Einer, die im Laufe der Geschichte sogar von ihren eigenen Artgenossen gefürchtet worden war. Das wäre mit Sicherheit gut angekommen.

Als er die Grenze nach West Virginia überquerte und einen sicheren Unterschlupf ansteuerte, den er kannte und besonders mochte, summte sein Handy mit einem eingehenden Anruf. Zur gleichen Zeit seufzte Amy im Schlaf und rutschte nach vorne, sodass sie ausgestreckt dalag, ihre Füße in Richtung der Tür, und ihr Kopf … Scheiße. Als ob das alles nicht schon schlimm genug wäre, dass sie neben ihm lag, war ihr Kopf jetzt auch noch verdammt nah an der Stelle, an der er ihn so gerne gehabt hätte.

Hör auf, mit deinem Schwanz zu denken.

Er wischte über das Display, um den Anruf über den Lautsprecher anzunehmen und drehte die Lautstärke runter. „Was gibt's?"

Beim Klang seiner Stimme schmiegte sich Amy enger an ihn. Sie legte ihren Kopf auf seinen Oberschenkel, ihre Hand lag knapp über seinem Knie. Und verdammt noch mal, er konnte ihren heißen Atem durch den Stoff seiner Jeans spüren. Sein Schwanz verlangte förmlich nach irgendetwas. Nach irgendeiner Art von Reibung oder einem Kuss. Er bewegte seine Hüften, um eine bequemere Position einzunehmen und atmete tief ein. Zum ersten Mal in seinem langen Leben musste er mit einem seiner Brüder über eine Mission quatschen, während er gleichzeitig einen Ständer hatte. Wunderbar.

„Wir sind auf halbem Weg durch Alabama", berichtete Mammon und schüttete damit einen kleinen Becher Eiswasser über seine tobende Libido. „Wo seid ihr?"

Auch wenn er abgelenkt war, wusste Levi, dass er am Handy keine genauen Angaben machen sollte. „Auf dem Weg zu einem sicheren Unterschlupf. Dante hat die Koordinaten."

„In Ordnung. Gib uns Bescheid, sobald du dort bist. Wie geht's der Frau?"

Die Frau seufzte, ließ ihre Hand auf seinen Oberschenkel gleiten, und drückte ihn. Levi verbiss sich ein Knurren und rutschte wieder in seinem Sitz herum. Verdammt, sein Reißverschluss trug nicht gerade dazu bei, dass sein Schwanz weniger schmerzte.

„Gut. Es geht ihr … gut."

Aber sie war so viel mehr als bloß gut.

Mammon seufzte. „Bitte sag mir, dass du nicht wie üblich versuchen wirst, in ihr Höschen zu kommen."

„Nein", stieß Levi hervor, wobei seine Verärgerung über seinen Bruder fast die Tatsache wettmachte, dass der Kopf seiner Gefährtin im Grunde in seinem Schoß lag. Beinahe, aber nicht ganz. In ihr Höschen zu kommen, war nicht gerade das, woran er in diesem Moment dachte. „Ich bin voll bei der Sache."

Das war eine glatte Lüge und die erste, die er Mammon jemals erzählt hatte, aber der Mistkerl würde es schon verstehen, wenn er erst einmal die gesamte Situation kannte. Sobald Levi allen Schattenwölfen erzählt hatte, dass Amy seine Gefährtin ist. Sie hatten damals auch hingenommen, dass Bez seine Gefährtin Sariel gefunden hatte; sie würden auch Amy akzeptieren. Aber er war noch nicht bereit, dieses kleine Geheimnis zu lüften. Sobald sie davon Wind bekämen, würden sich die Jungs auf sie stürzen, da sie genau wüssten, dass Levi durch den Wunsch, sich zu verpaaren, abgelenkt werden würde. Sie würden sich einmischen und versuchen, die beiden voneinander zu trennen. Doch das würde nicht klappen. Für den Moment wollte er sie weit weg haben. Zumindest, bis er sie zum ersten Mal als seine Gefährtin anerkannte.

Verdammt, das Timing dafür könnte nicht schlechter sein.

„Alles klar." Mammon klang nicht überzeugt. „Hör zu, Mann. Wenn du sie ficken willst, sei wenigstens diskret. Wir brauchen keine Hinterwäldler, die ausrasten, weil du deinen Schwanz nicht in der Hose behalten kannst."

Levi schnappte sich das Handy und schaltete mit einem Knurren den Lautsprecher ab. „Mein Gott, Mann."

„Das brauchst du gar nicht abzustreiten, Junge. Arizona, Kalifornien, Alberta, zweimal in Ohio … und das sind nur die jüngsten Fälle. Weißt du noch, als du in Brasilien einen regelrechten Rudelkrieg angezettelt hast?"

„Das war doch nicht meine Schuld, woher hätte ich denn wissen sollen, dass sie ein Jungfrauenopfer war? Wir haben doch nicht mal dieselbe Sprache gesprochen." Er wurde ganz blass und hoffte inständig, dass Amy das verschlafen hatte. Er hatte sich noch nie für sein Verhalten geschämt, nie wirklich darüber nachgedacht, aber jetzt … Nun, jetzt hatte er eine Gefährtin. Und das änderte alles, auch wie er sein Verhalten in der Vergangenheit sah. Was hatte er sich nur dabei gedacht?

Mammon stieß ein prustendes Lachen aus. „Schon gut. Benimm dich einfach ein paar Tage lang, verstanden? In ein paar Stunden sind wir auf dem Weg zum Gebiet des Rudels. Zwing mich nicht, nach Ausreden für dein Playboygehabe zu suchen, und blamier uns nicht."

„Wie auch immer, Schwachkopf." Levi beendete das Gespräch und warf das Handy in die Ablage unter dem Autoradio. Er war völlig am Arsch. Zugegeben, er mochte Frauen. Sogar sehr, und das hatte er schon immer, und sie schienen ihn im Gegenzug auch zu mögen. Aber das bedeutete nicht, dass er seinen Auftrag nicht erfüllen konnte.

Außerdem war Amy mehr als nur eine beliebige Frau. Sie war seine Gefährtin, seine Schicksalsgefährtin. Die Tage von unverbindlichem Gelegenheitssex waren vorbei. Ein einziger Blick genügte, und er konnte es kaum erwarten, in den Unterschlupf zu kommen, damit er und Amy eine Art Freundschaft aufbauen konnten. Oder so ähnlich. Er hoffte auf mehr als Freundschaft, viel mehr, aber er würde sich da ganz nach ihr richten. Sie war sein Engel, sein Stück vom Himmel, und er würde nie etwas tun, was diese Verbindung zerstören könnte. Er würde auch nie etwas tun, was sie in Gefahr bringen könnte.

Als er vom Highway abbog, seufzte Amy und rollte sich zusammen. Ihre Stirn ruhte fast direkt auf seinem Schwanz, ihre Hand auf seiner Hüfte. Sie fühlte sich geborgen, warm und wohl und ließ ihn vor Verlangen fast weinen. Die ideale Mischung aus Himmel und Hölle, genau in diesem Moment. Wenn Levi ehrlich war, musste er zugeben, dass er eigentlich schon in ihr Höschen wollte – unbedingt, aber das war nicht alles, was er wollte. Nicht einmal annähernd.

Er wollte so viel mehr. So viel, worüber er nie nachgedacht hatte. Er wollte alles mit ihr.

Aber zuerst musste er noch ein paar Stunden fahren, um sie aus der Gefahrenzone zu bringen.

12

DIE KLEINE HÜTTE IM WALD WIRKTE ENTZÜCKEND UND erschreckend zugleich. Amy war allein … mit Levi … ihrem Gefährten. Mit dem Mann, über den sie fast nichts wusste. *Alleine.* Er hatte gesagt, dass sie für ein paar Tage unter sich sein würden. *Alleine.* Nur sie beide in dieser ruhigen, malerischen kleinen Hütte, die aussah, als wäre sie direkt einem Traumkatalog für Flitterwochen entsprungen.

Hatte sie erwähnt, dass sie allein sein würden?

Sie musste sich ablenken von … Dingen. Versauten, sexuellen Dingen. Die Art von Dingen, die ein paar Tage allein mit einem gut aussehenden, sinnlichen Mann wie im Flug vergehen lassen würden.

„Kommst du?"

Amy zuckte zusammen und bemerkte, dass Levi auf der Veranda stand und die Tür geöffnet hatte. Er strahlte sie mit einem Lächeln an, das ihr Herz höherschlagen und ihr Höschen feucht werden ließ. Das war es … Zeit, ins Haus zu gehen und sich zu überlegen, wie sie die nächsten Tage überleben konnte, ohne sich ihm an den Hals zu werfen. Zumindest, bis sie ein paar Dinge geklärt hatten.

Sie atmete tief durch und hoffte inständig, dass sie ihm widerstehen konnte, während sie das Haus betrat. Ihre Schulter streifte seine, während sie an ihm vorbeiging, und er stieß das heißeste, herzzerreißendste Knurren aus, das sie je gehört hatte. Sie wollte in diesem Knurren leben, es auf ihrer Haut hören. Es zwischen ihren Beinen spüren.

Willensstärke … gebrochen.

Trotzdem schaffte sie es, weiter ins Haus zu gehen, obwohl ihre Beine vor Verlangen zitterten. Es gelang ihr, an ihm vorbeizugehen, ohne ihn zu Boden zu werfen und sich rittlings auf seine kräftigen Oberschenkel zu stürzen. Oder sein Gesicht.

Es würde sie umbringen, mit ihm allein zu sein.

Das Innere der Hütte war genauso bezaubernd wie das Äußere, warm und einladend und die wenigen Lichter, die im Raum verteilt waren, leuchteten golden. Gemütlich. Es schien fast falsch, sich umzusehen und sich all die Möglichkeiten für Sex auf den bequemen Möbeln vorzustellen. Und auf den glatten Tischen. Sogar der Schaukelstuhl regte ihre Fantasie an. Sie war nun endgültig geliefert.

„Wer wohnt hier eigentlich?" Amy fuhr mit dem Finger über den Tisch neben der Tür und versuchte festzustellen, ob er stabil genug war, um ihr Gewicht zu tragen. Er hatte eine gute Höhe, aber die dünnen Beine hielten wahrscheinlich einen Mann wie Levi nicht aus. Sie könnte sich aber auch einfach bücken und den Tisch nutzen, um sich abzustützen. Diese Position war durchaus möglich.

„Ich … manchmal. Ich mag die Appalachen."

Amy wirbelte herum und hatte völlig vergessen, dass sie ihm eigentlich eine Frage gestellt hatte. Levi erstarrte, seine Nasenflügel blähten sich und er hielt sich an der Tür fest, als wäre die eine Art Rettungsring. Scheiße, sie konnte unmöglich verbergen, wie erregt sie war. Nicht vor einem anderen Wandler.

Amy schluckte die Beschämung hinunter, weil sie wusste, dass er sie *riechen* konnte, und fragte: „Gehört dir … dieses Haus?"

Sein Blick ließ ihre Knie schlottern und die Finsternis seiner Augen war auch nicht gerade hilfreich. Sie wusste nicht, ob sie wollte, dass er ihr Verlangen erwähnte oder nicht, ob es ihr lieber wäre, dass er es zugab oder nicht beachtete. Sie wusste nur, dass sie wollte, dass er sie weiterhin so ansah. Und vielleicht, nur vielleicht, ein bisschen näher kam.

„Nein." Seine Stimme klang mehr wölfisch als menschlich, eher wie ein Knurren. Und das gefiel ihr … ziemlich gut. „Dieser Ort gehört Präsident Zenne, aber meinem Rudel ist es erlaubt, zwischen den Missionen in einem seiner Häuser zu übernachten." Endlich kam Levi näher und sein Blick hielt den ihren fest. Er verharrte neben ihr, lehnte sich zwar nicht an sie heran, aber er war ihr nahe. Wirklich nah. So nah, dass sein Arm den ihren berührte und sie erschaudern ließ. „Hierher komme ich immer wieder, wenn ich Zeit für mich brauche. Die Berge sind atemberaubend, es ist ruhig hier und ich finde hier einen Frieden, den ich sonst nirgendwo finde. Es ist … gemütlich."

Amy schluckte schwer und starrte zu ihm auf. Sie versuchte so sehr, ihre Atmung zu kontrollieren. Aber seine Stimme war so verlockend, seine Nähe erregte sie, und die Wahrheit hinter seinen Worten machte sie fast schwindelig.

„Du hast mich zu dir nach Hause gebracht."

Sein Knurren klang dieses Mal sanfter. Aber tiefer. „Ich habe kein Zuhause."

Diese Worte klangen jedoch nicht wahr. Nicht im Geringsten. Guter Gott, der Mann hatte sie an den Ort gebracht, den er als seine Höhle betrachtete. Keiner von ihnen hatte ein einziges Wort über das Paarungsband verloren, und doch waren sie da. Sie tanzten um das Thema herum. An einem Ort, den er als seinen eigenen ansah … auch wenn er das nicht zugeben wollte.

Levi schenkte ihr ein sanftes Lächeln, bevor er ein letztes Mal schnupperte. Mit einem Geräusch, das wie ein Stöhnen klang, schob er sich an ihr vorbei, seine Schritte waren langsam und zögerlich. Amy holte tief Luft und lehnte sich an den kleinen Tisch. Tagelang allein im Wald zu sein, würde sich entweder als die beste oder als die schlechteste Entscheidung ihres Lebens erweisen. Tod durch sexuelle Erregung … das war durchaus im Bereich des Möglichen.

Sie beobachtete, wie Levi um eine Ecke verschwand, wobei ihr Blick auf die Art und Weise fiel, wie seine Jeans seine Hüften umspielte. Doch dann schaltete er ein Licht an und am Ende des Flurs tauchte aus der Dunkelheit die Küche auf. Eine Küche mit dunklen Holzschränken und

Arbeitsflächen aus Stein, wie es aussah. Dazu der warme, heimelige Schein des restlichen Hauses. Ihr Raum … ihr liebster Raum in jedem Haus. Sie war zu neugierig, um ihm nicht zu folgen.

Und Mensch, war sie froh, dass sie das getan hatte.

Die Küche war eine Mischung aus modern und klassisch, die ideale Mischung aus Holz, Stahl und Stein. Außerdem war sie der Traum eines jeden Kochs: großzügige Arbeitsflächen, professionelle Geräte, eine schön angelegte Kochinsel mit integrierter Spüle – alles war auf Schnelligkeit und kurze Wege ausgelegt.

Amy hatte noch nie eine Küche mehr begehrt. „Das ist das Schönste, was ich je gesehen habe."

„Ich habe schon schönere gesehen." Levis leises Knurren ließ sie sich zu ihm umdrehen. Er stand auf der anderen Seite der Kochinsel und musterte sie. Verschlang sie mit seinen Augen. So wie sie die Küche begehrt hatte, begehrte er sie. Ihr Puls raste und das Blut pochte durch ihre Adern. Sie wollte in diesem Blick leben, in das Grün seiner Augen eintauchen und dort für immer bleiben.

Aber Levi riss seinen Blick von ihr los und hustete leise, während er einen fast schon verwirrten Blick durch den Raum warf. „Ja, also … Ich benutze sie nicht so oft, wie ich gerne würde."

Amy holte tief Luft, um sich aus Levis Bannkreis zu lösen. „Du kochst?"

Er kontrollierte, ob alle Fenster verschlossen waren, bevor er zur Hintertür ging. „Kaum. Ich wärme auf."

„Ah," Das leuchtete ein, obwohl sie sich bei der Vorstellung, zu kochen, nach etwas Essbarem sehnte. Sie war noch gar nicht dazu gekommen, sich selbst etwas zu kochen. „Gibt es Vorräte? Irgendwelche Lebensmittel?"

„In der Vorratskammer gibt es haltbare Lebensmittel und der Gefrierschrank sollte auch gefüllt sein. Das ist er normalerweise auch."

Er verschwand um die Ecke und überprüfte dabei alle Zugänge. Obwohl sie ihn erst seit ein paar Stunden kannte, fiel Amy auf, wie angespannt seine Schultern waren. Er war entweder nervös oder verärgert, obwohl sie keine Ahnung hatte, woher sie das wusste. Doch wenn ihr Vater oder ihre Brüder sauer waren, machte sie ihnen etwas zu essen. So konnte sie ihnen aus dem Weg gehen und hatte etwas zu tun. Außerdem schien ihnen das, was sie zauberte, immer zu schmecken. Mit begrenzten Vorräten und ohne zu wissen, was dieser Mann gerne aß, war sie eindeutig im Nachteil, aber Kochen war ihr Ding. Ihre Leidenschaft. Und ihr Bauchgefühl verriet ihr, dass eine Mahlzeit Levi helfen würde, sich zu entspannen.

So kramte sie in der Gefriertruhe und holte sauber beschriftete Pakete mit Fleisch und Tüten mit gefrorenem Gemüse heraus, als Levi zurück in die Küche kam. Er knurrte leise und ging auf und ab. Ein wildes Tier, gefangen in einer makellosen Küche. Doch seltsamerweise passte er zu ihr.

Und sie wollte zu ihm passen. „Hast du Hunger?"

Er blieb stehen und betrachtete sie mit einem fast misstrauischen Blick. Und ein bisschen … lüstern. „Ich habe immer Hunger."

Amy zuckte mit den Schultern und versteckte ihr errötendes Gesicht, indem sie sich wieder dem Gefrierschrank zuwandte. „Dann werde ich mal kochen."

„Ich weiß gar nicht, was es hier für Lebensmittel gibt."

„Ich schon." Mit einem Grinsen zog sie eine Packung Steaks heraus. „Damit kann ich schon was anfangen."

Und das tat sie auch.

Während sie in der Küche arbeitete, blieb Levi die ganze Zeit über in ihrer Nähe. Zuerst saß er auf der gegenüberliegenden Seite der Kochinsel, dann rückte er langsam in ihre Nähe. Er half ihr, Pfannen zu finden und eine Dose grüne Bohnen zu öffnen, und schob sich an ihr vorbei zur Spüle und zum Gefrierschrank. Er knurrte und schnüffelte und schaute immer wieder aus dem Fenster, aber er war *da*. Der größte Teil seiner Aufmerksamkeit galt ihr, während er sich um ihrer beider Sicherheit kümmerte. Seine Gestalt hob sich beeindruckend von den dunklen Schränken ab, aber sie hatte keine Angst. Es fühlte sich richtig an, mit ihm zusammen zu sein. Allein mit ihm. Sie konnte sich vorstellen, dass sich das noch entwickeln würde, dass sie mit diesem Mann künftig öfter zu Abend essen würde. Sie sah eine Zukunft, basta.

Während sie kochte, plauderte sie über das Restaurant und ihr Leben in der Stadt, über Essen und Kochen und einfach über alles, um die Stille zu füllen. Es war ihr nicht etwa unangenehm, nicht zu reden, sondern sie wollte einfach, dass er möglichst viel über sie erfuhr. Und er hörte zu, stellte Fragen, ließ die Worte fließen, auch wenn er selbst wenig von sich preisgab.

Irgendwann verließ Levi den Raum und sagte, er müsse die *Umgebung checken*, was auch immer das heißen mochte. Amy war zu sehr damit beschäftigt, den Hartkäse zu reiben, den sie in der Gefriertruhe gefunden hatte. In ihrer Welt konnte man mit Käse fast alles heilen. Käse und

Wein … Verdammt, was würde sie nicht für eine gute Flasche Rotwein geben, die sie zum Essen servieren könnte.

Als Levi zurück in die Küche schlüpfte, schlich er sich hinter sie. Sein warmer Atem auf ihrer Schulter und sein leises Knurren ließen sie zusammenzucken. Sie beachtete ihn jedoch nicht, ignorierte seine Nähe. Stattdessen kümmerte sie sich darum, den geriebenen Käse und die Gewürze aus einem der Schränke unter die Kartoffelspalten zu mischen, die sie im Gefrierschrank gefunden hatte.

„Normalerweise wärme ich die bloß auf", murmelte Levi und sein heißer Atem kitzelte ihren Hals.

Amy zuckte zusammen und ihr Magen verkrampfte sich vor Nervosität. „Du beschützt mich. Du verdienst mehr als aufgewärmte Kartoffeln."

Er lachte leise, beugte sich vor und flüsterte ein leises *Dankeschön*, bevor er sich wieder zurückzog. Sie versuchte, normal zu atmen, nicht mehr zu zittern und die Reaktionen ihres Körpers auf ihn zu kontrollieren, aber es kostete sie Mühe. Und es kostete sie Mühe, ständig um den heißen Brei herumzureden.

Keiner von beiden sagte, was gesagt werden musste. Beide vermieden das Thema Gefährten, aber nicht in negativem Sinne. Eher auf eine neckische Art und Weise, als ob sie absichtlich die Vorfreude steigern wollten. Ihre Verbindung ließ sich nicht leugnen. Wenn er den aufkommenden Drang sich zu verpaaren auch nur halb so stark spürte wie sie, musste er sich dessen bewusst sein. Bewusst und auf der Jagd. Dieser Mann war eine wahre Urgewalt, etwas Wildes, das sie jagen und fangen wollte.

Auch sie würde das genauso wild machen, wenn sie ihn ließe. Und sie wollte ihn unbedingt lassen.

Weniger als eine Stunde später waren die Steaks aufgetaut und auf den Punkt gebraten, die gefrorenen Kartoffeln gekocht, püriert und nochmals gekocht und die grünen Bohnen mit Knoblauch vervollständigten die Mahlzeit. Es war vielleicht nicht perfekt oder aus den frischesten Zutaten, aber es war lecker und ausgewogen. Und sie wusste, wie man ein Steak zubereitete, egal, in welchem Zustand es war.

„Das riecht aber toll." Levi lehnte sich zurück, als sie einen Teller auf seinen Platz an der Theke stellte. Sein Lächeln entfachte etwas in ihr und ließ sie zum fünften Mal, seit sie ihn kennengelernt hatte, fast erröten. Gott, sie war seit ihrer Jugend nicht mehr rot geworden. Wie er das aus ihr herausholte, wusste sie nicht.

Aber es gefiel ihr. Verdammt, sie liebte es. „Und es schmeckt sogar noch besser."

„Daran habe ich keinen Zweifel." Er zog für sie einen Stuhl hervor und schenkte ihr ein freches Lächeln, das ihr Herz höherschlagen ließ. „Ladies first."

„Oh, danke." Als sie saß, legte sie ihre Serviette in den Schoß und lächelte zu ihm auf. Er war so nah, so nah an ihr dran, dass sie die Worte, die sie sagen wollte, nicht zurückhalten konnte. „Ich bin wirklich froh, dass wir hier sind … zusammen."

Er musterte sie wortlos und still. Vielleicht geblendet. Oder überrascht. Amy konnte den Ausdruck nicht entschlüsseln, aber er gefiel ihr auf jeden Fall.

Noch mehr gefiel es ihr, als er flüsterte: „Du bist so hübsch."

Seine sanfte Stimme berührte sie, und ihr verschlug es den Atem. Bevor sie antworten konnte, nahm er selbst Platz. Er rückte sogar seinen Stuhl näher an sie heran.

„Das Essen sieht wirklich … köstlich aus. Es sieht wirklich ausgesprochen gut aus." Er griff nach seinem Wasserglas und führte es an seine Lippen. Seine vollen, prallen Lippen.

„Du auch." Amy errötete dieses Mal tatsächlich, wenn die Hitze, die ihr zu den Ohren stieg, ein Hinweis darauf war. Seine Augenbrauen zuckten, als er über den Rand des Glases hinweg grinste. „Ich meine, probiere es, bevor du mir ein Kompliment machst. Die fehlenden frischen Zutaten haben mich ein wenig … gefesselt."

Er verschluckte sich an seinem Wasser und musste heftig husten. Amy sprang auf und klopfte ihm auf den Rücken.

„Alles in Ordnung?"

„Ja", erwiderte er, obwohl er sich nicht danach anhörte.

Amy rutschte von ihrem Sitz. „Bist du sicher? Ich könnte dir …"

Seine warme Hand legte sich auf ihren Oberschenkel, nicht weit oben genug, um sie zu bedrängen, aber auch nicht so freundschaftlich, wie sie es erwartet hätte.

„Mir geht es gut." Er hielt ihren Blick fest, als sie sich wieder hinsetzte. „Du hast mich nur etwas überrascht, das ist alles."

Amy dachte über ihre Worte nach und versuchte herauszufinden, was genau ihn überrascht haben könnte. Sie hatte gerade über das Essen gesprochen … und über Fesseln. *Oh.*

„Oh." Ihr ganzer Körper wurde heiß bei dem

Gedanken, von Levi gefesselt zu werden. Sowas hatte sie zwar noch nie ausprobiert, aber sie war nicht abgeneigt. Verdammt, solange Levi in ihrem Bett war, hatte sie wohl gegen kaum etwas Einwände.

Er löste seine Hand von ihrem Oberschenkel und sah sie nicht mehr an. „Tut mir leid", flüsterte er und klang gescholten. Fast … beschämt.

Nun, das ging natürlich überhaupt nicht. „Das muss dir doch nicht leidtun, aber fall bloß nicht tot um, bevor wir Gelegenheit hatten, das mit den Fesseln zu probieren. Das wäre mal was Neues für mich."

Verdutzt drehte er sich zu ihr um. Wären seine Augen noch größer gewesen, hätte er eher wie eine Eule als wie ein Mann ausgesehen. Ein starker, muskulöser, gutaussehender Mann.

„Was?", fragte sie mit einem lässigen Achselzucken. „Ich kann Andeutungen gut verstehen."

„Du bist gefährlich." Er atmete aus und lachte leise. „Verdammt gefährlich. Es kommt nicht oft vor, dass mich jemand so überrascht wie du."

„Wart's nur ab, Leviathan. Ich bin verdammt überraschend."

Sein Lächeln wurde breiter und erleuchtete sein Gesicht. „Das werde ich wohltun müssen."

Amy unterdrückte ein Grinsen, als sie beide in ihre Steaks schnitten. Das ist wohl wahr.

13

LEVI SCHMORTE IN EINER HÖLLE, DIE ER SICH SELBST geschaffen hatte. Im ersten Stock der gesamten Hütte gab es nur ein Bett. Ein sehr großes, sehr weiches, sehr bequemes Bett, in das seine Gefährtin gleich hineinkriechen würde. Alleine.

Scheiß auf mein Leben.

„Wo schläfst du eigentlich?" Amy klang so schüchtern, fast ängstlich. Das nagte an etwas in ihm. Es brachte seine … weniger anständige Seite zum Vorschein. Er musste sich entscheiden, ob er sich zurückziehen wollte, um es ihr angenehmer zu machen, oder ob er sie einfach mitten in dieses Chaos werfen und nicht gehen sollte.

„Gar nicht."

Ihre Augen waren groß, als sie ihn ansah, ihre Wangen waren gerötet. Atmete sie etwa schwer? „Warum denn nicht?"

Er konnte ihr nicht widerstehen. Nicht so, nicht in

diesem Zimmer. Gemeinsam. Mit dem riesigen Bett direkt hinter ihr. Langsam strich er mit einem Finger über ihr Gesicht … und ließ ihr jede Gelegenheit, sich zurückzuziehen. Er war so verdammt dankbar, als sie sich stattdessen in seine Berührung schmiegte. „Ich passe auf, also ist es besser, wenn ich mich im Haus bewegen kann, als wenn ich schlafe."

„Oh." Sie schwieg und starrte einen langen Moment lang auf ihre Füße, als Levis Hand in die Nähe ihrer Schulter glitt. Er wollte sie wieder berühren, ihre Haut an seiner spüren, aber er konnte einfach nicht. Wenn doch … Wieder blickte er auf das Bett. Ja, er konnte sie nicht berühren.

Aber Amy war nicht gerade jemand, der auf etwas wartete, das sie wollte, wie es schien. Also stürzte sie sich auf ihn und sprang ihm praktisch in die Arme. Sie umschlang seinen Körper mit ihren weichen Kurven und atmete ihm gegen den Hals. Sein Knurren war nicht mehr zu überhören und er hatte nicht mehr unter Kontrolle, wie seine Hände zu ihrem Hintern hinabglitten. Mein Gott, sie war einfach überall so verdammt *zart*.

„Danke", flüsterte sie und klang dabei so ängstlich. Und fühlte er sich nicht wie ein Arsch, weil er ihren … nun ja, Arsch begrapscht hatte? Er führte seine Hände bis zu ihrer Taille und dann höher, um ihren Rücken zu umarmen. Und drückte sie fest an sich. Er war schon lange nicht mehr umarmt worden, eigentlich noch nie, aber Bez' Gefährtin war eine leidenschaftliche Umarmerin. In seiner Erinnerung waren es genau drei Umarmungen – alle von Sariel innerhalb des letzten Jahres. Aber Amys Umarmung war gewaltiger, mutiger, viel körperlicher als seine vorherigen. Sie umarmte ihn mit ihrem ganzen Körper. Sie umarmte ihn, als wollte sie ihn nie wieder loslassen.

Und auch er wollte nicht, dass sie jemals losließ.

„Ruh dich aus", flüsterte er, schloss seine Augen und drückte sie ein letztes Mal. „Du bist hier bei mir sicher."

„Ich weiß." Sie zog sich zurück und biss sich auf die Lippe. Verdammt, wenn sie weiter solche Sachen machte, würden seine Eier noch platzen.

Nicht jetzt, nicht jetzt, nicht jetzt.

Levi riss sich zusammen und machte einen einzigen Schritt von ihr weg. Einen schmerzhaften Schritt. „Das Badezimmer ist hinter dieser Tür. Ruf einfach, wenn du mich brauchst."

„Was sollte ich denn brauchen?" Amy legte den Kopf schief und sah bezaubernd … frech aus.

Ein Knurren entschlüpfte ihm, bevor er es unterdrücken konnte, aber er würgte es zurück. Wenn er seinem Wolf die Kontrolle überlassen würde, käme er nie wieder aus diesem Zimmer heraus. Trotzdem … Sie hatte ihn gefragt.

„Was immer du für richtig hältst."

Ihr Lächeln wurde boshaft, aber sie ging nicht weiter darauf ein. Stattdessen schnappte sie sich ihre Tasche und warf sie sich über die Schulter. „Gut zu wissen."

Damit verschwand sie im Bad und Levi humpelte zurück ins Wohnzimmer und rieb sich seinen schmerzenden Schwanz durch seine Jeans. Er hätte sie in einem der oberen Schlafzimmer schlafen lassen sollen, aber er wollte nicht, dass sie so weit von ihm entfernt war. Es schien eine gute Entscheidung gewesen zu sein, aber in diesem Moment war er sich da nicht so sicher. Was zum

Teufel sollte er jetzt tun? Er brauchte ein wenig Erleichterung, aber er konnte nicht riskieren, dass sie aus dem Schlafzimmer kam und ihn mit der Hand in seiner Jeans vorfand. Auch wenn diese Vorstellung ein großartiges Ende hätte haben können. Vielleicht. Das hing davon ab, was sie an diesem Punkt tat, aber in seiner Fantasie war es großartig, was seiner Situation nicht gerade zuträglich war.

Er atmete ein paar Mal tief durch und ging im Zimmer umher, um seine Geschlechtstriebe zu besänftigen. Er brauchte eine Ablenkung von ihrem Geruch, ihrer Haut, ihren weichen Kurven. Ihrem Hintern. Wie er sich unter ihren Klamotten abzeichnete. Die Weichheit, die er in seinen Händen verspürt hatte. Die Art, wie er …

Ein weiterer Druck auf seinen vernachlässigten Schwanz und er griff nach seinem Handy. Mammon. Er musste Mammon eine SMS schicken und herausfinden, wie es um Amys Rudel stand. Das sollte er jetzt tun. Nicht bei dem Gedanken an Amys knackigen, runden Arsch zu wichsen, der auf ihm hüpfte.

Ich muss endlich aufhören, an diesen Arsch zu denken.

Er schickte Mammon eine SMS mit einer einfachen Nachricht.

Was geht ab?

Mammon antwortete ihm fast augenblicklich und ließ Levi keine Zeit, an das Geschöpf hinter der Schlafzimmertür zu denken.

Haben den Perversling in einem Haus in der Stadt aufgespürt. Gemietet. Warten auf die Angaben des Vermieters, um weiterzumachen.

Und das Rudel?

Thaus ist an der Sache dran.

Mein Gott, Thaus war daran beteiligt. Sogar Abel würde neben ihrem größten Schattenwolf wie ein Welpe aussehen, ganz zu schweigen davon, dass jeder um ihn herum wie ein verdammtes Kind der *Brady Bunch* wirkte, was die Persönlichkeit anging. Er passte einfach *nicht* in das Rudel. Allerdings könnte es auch schlimmer sein. Sie hätten Dire Luc anrufen können. Keiner war so dominant wie dieser Mann. Dieser Dire verströmte einfach nur schlechtes Karma. Aber Levi durfte sich nicht mit der Frage aufhalten, was wäre, wenn seine Leute und Amys Familie miteinander zu tun hätten. Mammon war die richtige Wahl, um dem Rudel zu helfen, und mit Thaus würde schon alles gut gehen, solange er die kleinen Kinder nicht erschreckte.

Das würde er nämlich mit Sicherheit tun.

Lasst mich wissen, was du und T. rausgefunden habt.

Wird gemacht.

Levi warf sein Handy auf den Tisch und ließ sich mit einem Seufzer in den Sessel plumpsen. Den Kopf zurückgelegt, die Beine gespreizt, konzentrierte er sich auf sich selbst. Er musste zur Ruhe kommen, den Soldaten in sich finden und den Mistkerl, der seine Gedanken beherrschte, zur Strecke bringen. Seine Gefährtin war im Moment ziemlich verletzlich, da sie ohne jegliche Vorwarnung mit ihm in diese Situation geraten war. Sie war wahrscheinlich zu Tode erschrocken. Er konnte nicht einfach wie ein Tier über sie herfallen.

Aber eines Tages würde er das tun. Und er würde dafür sorgen, dass es ihr genauso gut, wenn nicht sogar noch besser gefallen würde als ihm.

Dieser Gedanke brachte seine Hand zurück zu seinem Schwanz. Er konnte die Nässe an seiner Eichel spüren, das Vorspiel, das sich dort ansammelte. Das würde auf keinen Fall verschwinden, ohne dass er ein wenig Hand anlegte. Er könnte sich hier draußen einen runterholen, aber es bestand die Gefahr, dass Amy ihn dabei erwischen würde. Außerdem war er noch nie ein großer Fan von der alten Methode mit Creme und Tüchern gewesen. Er war ein Duschwichser, und es gab eine hervorragende Dusche, die nur wenige Meter entfernt hinter einer verschließbaren Tür lag.

Er ließ seine Hände in seine Hose gleiten und seufzte, als Haut auf Haut traf. Gib ihr ein paar Minuten ... sorg dafür, dass sie Zeit zum Einschlafen hatte. Dann könnte er sich reinschleichen und duschen. Sie würde das nicht weiter seltsam finden, oder? Ein Mann muss schließlich duschen.

Er zischte, als er sich streichelte, und das Kribbeln, das er dabei empfand, schoss ihm durch die Beine. Bilder von seiner Gefährtin, die sich zu ihm gesellte, schossen ihm durch den Kopf und sorgten dafür, dass er leise knurrte und sich noch härter streichelte. Auf dem Rücken, auf den Knien, auf allen Vieren ... sie würde in jeder Position schön sein. Außerdem wäre sie verdammt scharf. Er wollte sie auf jede erdenkliche Weise. Er wollte sie unter ihm, auf ihm, auf seinem Gesicht. Das spielte keine Rolle. Er wollte auch alles Mögliche, von dem er dachte, dass sie noch gar nicht bereit dafür war. Hoffentlich würde sie das ja ... eines Tages sein.

Als seine Finger seine Vorhaut mit einem rauen Ruck zurückzogen, zischte er und bäumte sich auf, weil er wusste, dass seine Hand für einige Zeit alles sein würde, was er bekam. Aber sie war es wert. Er hatte so lange auf sie gewartet – wenn es sein musste, konnte er noch Jahre warten. Er könnte noch ein ganzes Leben warten, bis sie ihn schließlich ranließ.

Sein Bein zitterte, weil er kommen wollte. Nah dran … er war schon so nah dran. Scheiß auf die Zeit, sie einschlafen zu lassen. Wenn sie noch wach war, würde er ihr einfach erklären, dass er eine Dusche brauchte. Sie brauchte nicht zu wissen, was los war. Er war ein erwachsener Mann, verdammt noch mal. Er konnte einen Ständer verstecken.

Also stand er auf, schlüpfte zurück in seine Hose und machte den Reißverschluss zu. Ein oder zwei Mal korrigierte er seinen Schwanz, nur um sicherzugehen. Dann schlich er auf Zehenspitzen durch das Wohnzimmer zur Schlafzimmertür und versuchte, auf dem alten Holzfußboden leise zu sein. Hinter der Tür war kein Geräusch zu hören, kein Rascheln von Stoffen. Nur ihr Herzschlag und das gleichmäßige Säuseln ihrer Atemzüge. Hoffentlich schlief sie schon.

Mit angehaltenem Atem schlich Levi nach drinnen. Das Mondlicht, das durch die Fenster fiel, erhellte den Raum so gut, dass er Amy in der Mitte des großen Bettes zusammengerollt sehen konnte. Verdammt, sie war wunderschön. Und wenn er nicht sofort unter die Dusche ging, würde er schon kommen, wenn er sie nur ansah.

Er schlich um das Fußende des Bettes herum und blieb mit seinen Augen an seiner Gefährtin hängen. Und genau das war sein Verhängnis. Er war zu sehr damit beschäftigt, sie anzustarren, um die Tasche am Fußende des Bettes zu bemerken. Er war zu abgelenkt, um darauf zu achten, wohin er ging.

Deshalb stolperte er

Fluchend stürzte er und stützte sich mit einer Hand auf dem Fußteil ab, um nicht mit dem Gesicht nach unten zu fallen. Amy fuhr hoch und starrte ihn an, während ihr dünnes Tanktop alles verriet, was sich darunter befand. Er klammerte sich fester an das Fußteil und hoffte inständig, dass er stark genug war, an Ort und Stelle zu bleiben und sich nicht einfach auf sie zu stürzen.

„Was ist denn los?" Ihre Stimme brachte ihn zum Stöhnen und ließ seinen Schwanz in seiner Jeans zucken.

„Nichts." Er leckte sich über die Lippen, sein Mund war so trocken, dass er kaum sprechen konnte. „Ich bin gestolpert."

Sie blickte sich im Zimmer um und legte den Kopf schief. Sie war nicht so dämlich, das helle Mondlicht nicht zu bemerken. „Wie bist du denn gestolpert?"

„Ich war abgelenkt." Das war keine Lüge. Er war immer noch abgelenkt. Er musste sich anstrengen, um seine Augen auf die ihren zu richten und nicht alles anzustarren, was ihm da präsentiert wurde. Gott, was hatte er getan, um so ein schlechtes Karma zu verdienen? Seine Gefährtin … fast nackt … in diesem Bett … und er konnte sie nicht anfassen.

Amy schien derweil entschlossen, ihm das Leben zur Hölle zu machen. „Abgelenkt? Von was?"

War das nicht die entscheidende Frage? Levi hatte zwei Möglichkeiten … lügen oder die Wahrheit sagen. Und da es sich um seine Gefährtin handelte, die Frau, die das

Schicksal für die einzig Richtige hielt, gab es nur eine richtige Antwort.

„Von dir." Levi schloss die Augen, atmete tief durch und gab sich geschlagen. „Von meiner wunderschönen Gefährtin, die in diesem lächerlich riesigen Bett liegt. Ganz allein. Das hat mich abgelenkt."

„Oh, zum Glück." Sie seufzte und lehnte sich zurück, sodass die Decke noch tiefer rutschte. Dadurch zeigte sie ihm noch mehr von ihrer Haut und das Tanktop wurde noch straffer gezogen. Verdammt, ihre Nippel waren hart.

„Levi."

Er zuckte zusammen und riss seinen Blick von ihren Brüsten los. „Was?"

Amy lächelte ganz langsam und durchtrieben. „Du hast das Wort Gefährtin die ganze Zeit vermieden. Ich habe mich schon gefragt, wann wir wohl endlich darauf zu sprechen kommen würden."

Ihre Worte wirbelten seine Gedanken durcheinander und lenkten seine volle Aufmerksamkeit wieder auf sie. Abgesehen von dem Rest, der noch auf seinen Schwanz gerichtet war. „Du hättest ja auch den Anfang machen können."

„Ich habe auf dich gewartet." Und sie zuckte mit den Schultern. Als ob es nichts wäre. Als ob der dünne Stoff, der sie bedeckte, bei dieser kleinen Bewegung nicht über ihre erigierten Brustwarzen gezogen worden wäre. Warum versuchte sie bloß, ihn umzubringen?

Er holte tief Luft und stand auf, wobei er seinen Körper so neigte, dass sie nicht sehen konnte, wie hart er wegen ihr war. Dennoch. „Ich wollte dich nicht überwältigen. Du hast gerade eine Menge um die Ohren."

Sie lehnte sich zurück und zog an der Bettdecke, bis ein Bein zum Vorschein kam. Ein langes, nacktes Bein. Ziemlich nackt. Bis ganz nach oben nackt. Mein Gott, dieses Mädchen spielte ein gefährliches Spiel und sie hatte ja keine Ahnung. Er war wie Benzin, bereit zu explodieren, bereit für den kleinsten Funken, um die Flammen zu entfachen.

Und dann zündete sie ein Streichholz an.

„Vielleicht will ich ja einfach nur überwältigt werden."

14

AMYS GESAMTER KÖRPER BRANNTE UNTER DER HITZE IHRES Verlangens. Jeder Zentimeter, jedes Bisschen. Allein die Tatsache, dass ihr Gefährte direkt am Fußende des Bettes stand, ließ ihren Körper vor Verlangen nach Nähe pochen. Tief in ihrem Inneren wusste sie, dass das überwältigende Verlangen, das sie überflutete, nichts anderes als der Paarungstrieb war. Die Art und Weise, wie der Körper zwei frisch verpaarte Wandler daran erinnert, dass ihr Band besiegelt werden musste. Das war ihr klar, aber es kümmerte sie nicht. Sie waren allein, in Sicherheit, zusammen … und sie *wollte* es.

Deshalb schob sie ihren Fuß auf die Matratze, winkelte ihr Knie an und ließ die Decke noch weiter sinken, damit er mehr von ihr sehen konnte. Er konnte den winzigen Slip erahnen, den sie zu ihrem Tanktop trug. Konnte erkennen, dass sie sonst nichts weiter an ihrem Körper hatte. Daraufhin knurrte er und seine Finger zerbrachen förmlich das Fußteil. Dieses Knurren, die Fingerknöchel, die durch die Kraft seines Griffs weiß hervortraten … Er hielt sich zurück, und das war einfach nicht gut.

„Levi." Seufzend ließ sie sich zurück in die Kissen sinken und zog die Decke fest zwischen ihre Beine. Sie reizte sich selbst mit dem Ziehen des Stoffes an ihrem Fleisch. „Spürst du es denn nicht?"

„Was, Puppe?" Seine raue Stimme fachte die Flammen an und verbrannte sie von innen heraus. „Sag mir, wie du dich fühlst?"

„Heiß. Erregt." Sie schob eine Hand zwischen ihre Beine und ließ ihre Finger über die Baumwolle dort gleiten. „Bedürftig."

„Scheiße", zischte er und sein Grollen wurde lauter. Rauer. Tiefer.

Das Geräusch entlockte Amy ein Knurren. Ihre Wölfin spähte durch ihre menschlichen Augen und warf einen prüfenden Blick auf ihren Schicksalsgefährten. Sie konnte beobachten, wie er der Versuchung widerstand, die sich ihm bot. Der Bestie gefiel, was sie da sah. Seine Muskeln reizten sie wie der Körper von jemandem, der fit und stark ist, von jemandem, der sie beschützt. Der zuverlässig und würdig ist. Amys Wölfin fand Gefallen an ihrem Gefährten. Das war auch gut so, denn Amy war kurz davor, vor lauter Verlangen, von ihm eingefordert zu werden, zu platzen.

„Dieses Bett ist zu groß für mich." Amy biss sich auf die Unterlippe und schob ihre Knie noch weiter auseinander. „Komm zu mir."

„Ich … kann nicht."

Amy stöhnte und ließ ihre Finger unter den Stoff zwischen ihren Beinen gleiten. Sie liebkoste sich selbst, Haut auf Haut. „Warum denn nicht?"

Levis Faust umklammerte das Holz fester, seine Fingerknöchel glühten förmlich im Mondlicht, die krallenbewehrten Fingerspitzen steckten im Hartholz. „Wenn ich auch nur einen Schritt näherkomme, bin ich kein Gentleman mehr."

„Vielleicht will ich das auch gar nicht."

„Amy, ich meine es ernst. Du hast ja keine Vorstellung davon, was ich mit dir anstellen möchte."

Das ließ sie aufhorchen.

„Was würdest du denn gerne mit mir anstellen? Sag es mir." Sie ließ ihre Finger zwischen ihren Beinen spielen und hielt ihren Blick auf ihren Gefährten gerichtet. Verfolgte, wie er mit seiner Kontrolle rang. Dann wagte sie es, ihn zu brechen. „Bitte."

Es muss das „Bitte" gewesen sein, das Levis Widerstand gebrochen hat. Oder vielleicht war es das feuchte Geräusch ihrer Finger, die in sie hineinglitten. Amy würde das wohl nie erfahren, aber das spielte auch keine Rolle. Sie interessierte sich lediglich dafür, wie seine Augen sie zu verschlingen schienen und wie sich sein ganzer Körper zu ihr neigte. Wie er auf das reagierte, was sie ihm anbot.

Sein Knurren – dieser tiefe, köstliche Klang, der sie förmlich nach ihm triefen ließ – verwandelte sich in ein Grollen, bevor er das Grummeln schließlich ganz abstellte. „Ich würde dich gerne ausziehen und jeden Zentimeter von dir ablecken. Will an deinem Körper hochkriechen und spüren, wie deine Haut an meiner reibt." Er lehnte sich nach vorne, eine Hand auf der Matratze, mit der anderen hielt er sich noch immer am Fußteil fest. „Ich möchte dich mit meinen Fingern und meiner Zunge necken, bis du dich aufbäumst und bettelst und dich zusammenkrampfst, dann in dich hineingleiten und dich ficken, bis du gar nichts mehr sehen kannst. Bis du so heftig kommst, dass ich spüren kann, wie du meinen Schwanz immer tiefer ziehst. Bis ich diese wunderschöne Muschi zu meiner gemacht habe."

Amy wölbte ihren Rücken, während sie ihre Finger tiefer schob. Die Decken fielen zur Seite und entblößten ihren Körper vor ihm, sodass er genau sehen konnte, was seine Worte mit ihr anstellten. Er knurrte bei diesem Anblick und stieß zischend einen Fluch aus, bei dem sie sich bereits zusammenzog.

„Oh", stöhnte sie und wünschte sich so sehr, er würde ihre Hand ersetzen. Würde sie übernehmen. Ihr das geben, was sie so verzweifelt brauchte. „Levi, bitte."

Levi packte Amys Knöchel und zerrte sie auf das Bett, so dass sie sich vor ihm ausbreitete. Sie schrie auf und zog ihre Hand zwischen ihren Beinen hervor, um nach der Bettdecke unter sich zu greifen. Seine hungrigen Augen, die schon fast silbern waren, trafen die ihren. Sie sahen so unwirklich aus. Ein Flüstern einer Erinnerung huschte durch Amys Kopf, etwas, das man ihr als Kind erzählt hatte, eine Legende über Wölfe mit silberfarbenen Augen, aber sie verschwand wieder in der Ferne, als Levi sich über die Unterlippe leckte und endlich das verdammte Fußteil losließ. Er legte eine Hand auf die Innenseite ihres

Oberschenkels, umfasste sie, drückte ihr Bein nach unten und liebkoste die Haut, die zu dem Punkt führte, an dem sie ihn am meisten wollte. Wo sie ihn brauchte. Ihr ganzer Körper krampfte sich bei dieser einen Berührung zusammen und jagte ihr einen Schauer über den Rücken, der ihre Augen nach hinten rollen ließ.

„Oh, Gott." Sie keuchte und krümmte sich, weil sie sich nach mehr sehnte. Sie wollte diesen Funken wieder spüren.

„Gott kann dir jetzt auch nicht mehr helfen." Er rutschte über sie und schob dabei das winzige Tanktop hoch. „Du gehörst mir."

„Ja." Amy wölbte sich in seiner Berührung, so bedürftig nach ihm, so verzweifelt. „Bitte, Levi."

„Es gefällt mir, wenn du bettelst." Seine Lippen schlossen sich um ihre Brustwarze, saugten und zogen mit einem Druck, der sie erbeben ließ. Ein Ruck an Amys Hüfte war die einzige Warnung, die sie erhielt, bevor ihr Höschen verschwunden war. Ein Opfer seiner Klauen und seiner Kraft. Allein der Gedanke daran, dass er die Schranken zwischen ihnen buchstäblich wegreißen würde, reichte aus, um sie fast kommen zu lassen. Amys Körper krampfte sich zusammen, sie brauchte etwas, wollte so dringend ausgefüllt werden. Gedehnt werden. Von ihm bezwungen werden.

Amy fasste in seine Haare, zog ihn an ihrem Körper hoch, wölbte sich und strampelte, weil sie seine Hose loswerden wollte. Sie wollte ihn nackt an sich spüren. Sehnte sich nach der Hitze seiner Haut und dem Gewicht, mit dem er sich auf sie legen würde. Levi muss dieses

Verlangen verstanden haben. Ohne ihre Brustwarze freizugeben, schob er eine Hand zwischen sie, um seine Jeans zu öffnen. Er reizte sie mit dem Rücken seiner Finger. Amy gab ein tiefes Knurren von sich und zog ihre Beine hoch, hakte ihre Zehen in seinen Hosenbund und schob sie ihm die Beine hinunter. Dann stieß sie sie so weit wie möglich nach unten, bevor sie sich unter ihm ausstreckte.

„Bitte", flüsterte sie und schlang ein Bein um seine Hüfte, um ihn an sich zu ziehen. „Ich will dich."

„Du hast mich." Er biss in ihre Brustwarze und legte seine Hände unter ihre Schultern, um sie fester an sich zu ziehen. „Du hast jeden Zentimeter von mir, Puppe."

Genervt von dem Stoff auf ihrer Haut, zog Amy ihr Tanktop ganz aus. Endlich war da nichts als Haut zwischen ihnen. Nichts als seine Hitze, die sich mit ihrer vermischte. Sie wippte mit ihren Hüften im Einklang mit ihm und genoss den Druck, den diese Bewegung auf sie ausübte. Das Kribbeln, das jede Reibung auslöste, schoss ihr den Rücken hinauf. Sie war so bereit, so bedürftig und begierig. Sie hatte das Warten satt.

„Jetzt, Levi", stöhnte sie und krallte sich in seine Schultern. „Lass mich kommen."

Ohne eine Vorwarnung stieß er in sie hinein. Amy unterdrückte einen Schrei, als er tief in sie eindrang, als er sich nahm, was er wollte. Was sie ihm so bereitwillig angeboten hatte. Sie stöhnte und umklammerte ihn fester, starrte zu ihm auf und verlor sich in seinen strahlenden silberfarbenen Augen.

Er bewegte sich mit einer Entschlossenheit und Körperbeherrschung, die Amy noch nie erlebt hatte, drang tief in sie ein und hielt ihre Schultern fest, um sich daran abzustützen. Er drückte sie auf eine Weise nieder, die nach Dominanz schrie. Sein ganzer Körper schmiegte sich an sie, seine Muskeln zogen sich zusammen, um ihn noch tiefer eindringen zu lassen. Um all die Stellen zu erreichen, die sie in den Wahnsinn treiben würden. Um sie kurz vor dem Höhepunkt ihrer Lust zu halten.

„Fuck, du bist so weich und feucht." Seine Augen glitten fast zu, als er stöhnte und tiefer eindrang. „Ich will spüren, wie du auf meinem Schwanz kommst, Puppe. Ich will dich zum Schreien bringen."

Amy stöhnte und knabberte an seinem Hals, während sie ihre Beine um seine Hüften schlang. Er war schon so tief in ihr, hatte sie so weit gedehnt, dass es fast schon wie eine Strafe wirkte. Stumpf, hätte sie in einem Moment hervorgebracht, in dem er ihr nicht gerade den Verstand raubte. Aber diese Stumpfheit fühlte sich erstaunlich an; die fast schmerzhafte Art, wie er sie ausfüllte, war so verdammt herrlich. Vor allem, wenn er tief in sie eindrang und seine Hüften drehte, so dass er ihre Klitoris mit dem unteren Teil des Penis massierte. Ja. Das fühlte sich gut an. Wirklich gut.

Ohne auch nur den geringsten Hinweis zog sich Levi aus ihr heraus und ließ sie für etwa eine halbe Sekunde verwirrt und verzweifelt zurück. Dann schnappte er sich ihr Bein und drehte sie auf den Bauch, sodass sie keuchend und angespannt darauf wartete, was als Nächstes passieren würde. Doch er ließ sie nicht lange warten.

Wieder legte sich Levi auf sie, diesmal drückte er sie in die Matratze. Sein Gewicht schränkte ihre Bewegungen ein, kontrollierte sie und hielt sie an Ort und Stelle. Mit kaum einer Atempause zwischen den Bewegungen spreizte Levi ihre Beine mit seinen Knien und stieß von hinten wieder in sie hinein. Er drang tief in sie ein, ohne seinen Rhythmus zu unterbrechen. Amy wimmerte und klammerte sich an die Laken.

„Weißt du, warum ich dich so haben will?" Sein geflüstertes Knurren an ihrem Hals ließ sie erschaudern und sie schüttelte den Kopf. Dann glitt seine Hand unter sie und seine Finger fanden ihre pochende Klitoris. Er rieb sie. Sie verkrampfte sich angesichts des kommenden Ansturms von Gefühlen.

Aber dieses Erbeben reichte ihm anscheinend nicht. Levi verpasste ihr einen Klaps auf den Hintern, fester als ein Antippen, aber nicht schmerzhaft. Ein angenehmer Schauer durchfuhr ihren Körper und entlockte ihr einen Aufschrei. „Willst du mir nicht antworten, Puppe?"

„Nein. Ich meine … Keine Ahnung." Sie keuchte und schüttelte sich. Sie versuchte, sich auf ihn zu konzentrieren, aber sie verlor sich in ihrer Lust. Sie spürte, wie sich ihre Muskeln bereits anspannten, um sich auf das vorzubereiten, was kommen würde. Spürte, wie er sie auf die Matratze drückte und sie festhielt. „Bitte, Levi."

Da biss er ihr in die Schulter, heftiger als ein Knabbern, aber nicht so stark, um ihre Haut zu verletzen. Verdammt, das wollte sie aber. Sie wollte, dass er sie einforderte. Er sollte seine Zähne so tief in ihr versenken wie seinen Schwanz und jeden Zentimeter von ihr in Besitz nehmen.

Er lachte und ließ seine Finger auf beiden Seiten ihrer Klitoris entlang gleiten, wodurch er sie herrlich neckte. „Ich will dich so, weil du so ausdrucksstark bist. Alles, was ich mit dir angestellt habe, jedes Quäntchen Vergnügen, das ich dir bereitet habe, stand direkt in dein wunderschönes Gesicht geschrieben. Du hast mich so begierig gemacht, zu kommen, meine Puppe. Einfach zu begierig."

Er wurde etwas grober, seine Hüften stießen gegen ihre und seine Hand wurde ruhiger. Nicht, dass es nötig gewesen wäre, sie zu bewegen. Allein die Tatsache, dass er sie fickte und sie hin und her schaukelte, reichte aus, dass seine Finger in ständigem Kontakt mit ihrer Klitoris blieben.

Amy krümmte sich unter ihm und versuchte, diesen letzten Stoß zu bekommen, diesen letzten kleinen Hauch von Gefühl, der sie zum Höhepunkt bringen würde. Der den Lustrausch auslösen würde, den sie so dringend brauchte. Aber sein Gewicht hielt sie fest und seine Hüften zwangen ihren Körper, sich so zu bewegen, wie er es wollte. Sie war ihm völlig ausgeliefert, und er war noch nicht bereit, sie loszulassen.

„Am liebsten würde ich dich tagelang ficken." Er knurrte und änderte seinen Winkel, sodass sie ihr Gesicht im Kissen vergrub, um ihren Schrei zu unterdrücken. „Ich will spüren, wie du auf meinem Schwanz, meinen Fingern und meiner Zunge kommst, nur damit ich weiß, dass ich dir genauso viel Freude bereitet habe, wie du mir. Ich will jede Bewegung erlernen, um dich zu verführen, damit ich dich befriedigen kann, damit ich dich dazu bringen kann, wieder und wieder dieses keuchende Stöhnen von dir zu geben. Aber ich konnte einfach nicht länger zusehen. Verdammt, Puppe. Du bist das lebendige Verlangen, und dagegen kann ich niemals ankommen. Aber das will ich auch gar nicht ... Ich möchte dich einfach nur deine Lust schreien hören." Er stieß immer schneller zu und krümmte seine Finger, um ihr mehr zu geben.

„Scheiße, Levi." Amy seufzte und versuchte so sehr, sich zu bewegen, ihn zu berühren, nach etwas zu greifen. Irgendetwas. „Wenn du so weitermachst, komme ich gleich."

Er gluckste, ein schmutziges Geräusch, das ihr einen Schauer über den Rücken jagte. „Du bringst mich schon dazu, zu kommen, nur, weil du den Raum betrittst."

Levi kniff ihr fest in die Klitoris und Amy brach zusammen. Sie krallte sich fest, schrie seinen Namen und drückte ihn an sich, während ihr Körper sich zusammenzog und die Lust auskostete. Levi stieß schneller und härter in sie hinein, mit einer Kraft, die sie überwältigte, und schob sie mit der Heftigkeit, mit der er sie fickte, die Matratze hinauf. Nahm sich, was er brauchte.

Ein letzter Stoß und er kam, brüllte seine Erlösung, bevor er seinen Mund wieder auf ihre Schulter legte. Dabei hielt er sie fest und stieß mit seinen Zähnen gegen ihren Hals. Reizte sie mit dem Gefühl, das sie beide wollten.

„Bitte", flehte sie und legte ihren Kopf schräg, um ihm genügend Freiraum zu geben. „Bitte, schenke mir deinen Biss. Den will ich. Den brauche ich."

Levi knurrte, seine Hüften stießen immer noch ruckartig in ihre, sein Körper drückte sie immer noch nach unten. „Noch nicht. Nicht beim ersten Mal. Ich will, dass das hier andauert. Ich möchte erst hundertmal spüren, wie du kommst."

Sie keuchte auf, als sich seine Zähne noch tiefer in sie

gruben und ein schneller, leichter Schmerz durch sie hindurchschoss.

„Aber bald. Versprochen." Er leckte ihr über den Hals und das langsame Grollen seines Knurrens schmeichelte ihrer schweißnassen Haut. „Sehr, sehr bald."

15

Als Levi aufwachte, war das Schlafzimmer in ein himmlisches Licht getaucht … und er hatte einen Ständer, wie er ihn noch nie erlebt hatte. Er sehnte sich förmlich nach seiner Gefährtin. Ein Glück, dass sie direkt neben ihm war. Na ja, neben war nicht ganz die richtige Beschreibung. Im Schlaf hatte er seine Lippen auf Amys Hals gelegt und seine Hand zwischen ihre Beine. Und er war nicht nur an sie geschmiegt, er lag praktisch auf ihr. Er hätte die Ausrede benutzen können, dass sein Wolf sie wahrscheinlich beschützte, während sie schliefen, aber er bezweifelte, dass die Wahrheit so uneigennützig wäre. Sein stahlharter Schwanz, der sich eng an ihren Hintern schmiegte, war der Beweis dafür.

Außerdem war er über Nacht schon dreimal in genau derselben Position aufgewacht.

Als er den Schleier von ein paar Stunden Schlaf abschüttelte, kroch er noch näher an sie heran. Es war, als hätte sein Körper selbst im Schlaf nicht nahe genug an sie herankommen können. Als ob sein Unterbewusstsein nach ihren weichen Kurven und verborgenen Geheimnissen suchte. Nun, nach der letzten Nacht waren die nicht mehr ganz so verborgen. Er wusste genau, wie eng ihre Muschi war, wie warm und weich. Und wie feucht … immer noch. Jedes Mal, wenn er in der Nacht aufgewacht war, hatte er sich in ihr vergraben und sie so oft kommen lassen, dass er gar nicht mehr zählen konnte. Aber er war noch nicht fertig. Noch nicht. Bei weitem nicht.

Er bewegte seine Hand hin und her und ließ seinen Daumen an ihrer Öffnung kitzeln. Verdammt, sie war schon so feucht. All die Dinge, die er tun sollte – noch einmal das Haus durchsuchen, die Umgebung des Grundstücks im Auge behalten, jetzt, wo es hell war, sich bei seinen Brüdern melden, was er die ganze Nacht über versäumt hatte – waren nur ein Flüstern in seinem Kopf. Eigentlich hätten es Forderungen sein müssen, eigentlich hätte seine militärische Ausbildung einsetzen müssen, um seine Triebe zu zügeln. Aber das war nicht der Fall … ganz und gar nicht. Er hatte seine warme, anschmiegsame Gefährtin in seinen Armen. Er hatte den Geschmack ihrer Haut auf seiner Zunge, ihren prallen Hintern, der seinen bedürftigen Schwanz regelrecht umarmte, und ihre Erregung an seinen Fingern. Er würde sich nicht von der Stelle bewegen.

Na ja, er bewegte sich schon, aber nicht, um das Bett zu verlassen. Noch nicht.

Stattdessen ließ er seine Finger durch ihre dichten Locken wandern, während er mit seinen Lippen und Zähnen auf ihrer Schulter hin und her glitt. Er reizte sie und bereitete sie auf das vor, was er geplant hatte. Auf die Mission, die er in Angriff nehmen wollte. Amy seufzte und bewegte sich, wie es schien, allein aus Instinkt mit ihm, spreizte ihre Beine und wippte mit den Hüften. Erst als er seine Finger tief in ihr hatte und sein Schwanz gegen ihren Arsch stieß, wachte sie auf.

„Levi", stöhnte sie und zog seinen Namen so in die Länge, dass sein Tier vor lauter Lust knurrte. Scheiße, war das heiß.

„Sag das noch mal." Er schob seine Finger tiefer und drückte mit dem Handballen gegen ihren Kitzler. Hielt sie auf Trab. „Sag meinen Namen genauso."

Sie wiegte sich in ihm, ihr Knurren passte zu seinem. Ihr ganzer Körper erbebte, als sie sich ihrem Höhepunkt näherte. „Levi."

Ja. Genauso. Er rollte sie auf den Bauch und nutzte sein Körpergewicht, um sie unter sich zu halten. Er mochte sie so – mit dem Gesicht nach unten, unter seiner Kontrolle und fast unfähig, ihr eigenes Vergnügen zu suchen. Sie konnte es zwar probieren, sich unter seinem Gewicht winden und räkeln, aber es gab nichts, woran sie sich reiben konnte. Nichts, was sie näher an ihn heranbringen könnte. Jeder Seufzer, jedes Zittern, jeder einzelne Herzschlag, während sie ihrem Orgasmus nachjagte, ging auf sein Konto. Er führte sie an den Rand ihrer Widerstandsfähigkeit, sah zu, wie sie zerbrach, und spürte, wie sie wegen der Dinge, die er getan hatte, regelrecht triefte – *das* war befriedigend. Er würde sie erneut zum Höhepunkt bringen, genau wie letzte Nacht. Besser als letzte Nacht. Das musste er einfach.

Während er sie mit seinen Fingern und seiner Hand

neckte, öffnete Levi seinen Mund über dem Muskel, der von ihrem Hals zu ihrer Schulter führte, und berührte mit seinen Zähnen ihre Haut. Packte sie mit ihnen. Es war wie eine wölfische Warnung, eine Aufforderung an das Tier in ihr, sich niederzulassen. Sich von ihm führen zu lassen. Sich zu unterwerfen.

Amy keuchte und ihr Zittern verwandelte sich in ein Beben am ganzen Körper. Ihre Muschi krampfte sich um seine Finger, und ihre Wände flatterten auf eine Weise, die ihm verriet, wie nah sie ihm war. Schon jetzt. Er musste in sie eindringen, bevor er seine Gelegenheit verpasste. Er musste sie festhalten und sie ficken, bis sie tausendmal seinen Namen in diesem gehauchten Tonfall schrie. Er musste tief in sie eindringen und ihr zeigen, wem die warme, feuchte Muschi gehörte, die er in seiner Hand hielt.

Also tat er es.

Er zog seine Hand aus ihrem Himmel, richtete sich auf und stieß zu. Ein einziger Stoß. Keine sanften Stupser oder langsamen Bewegungen. Sein Mädchen mochte es hart, schnell und heftig. Zumindest war das letzte Nacht der Fall gewesen, und dafür war er verdammt dankbar.

Seine Geschwindigkeit ließ keinen Raum für Gespräche, obwohl sie es versuchte. Sie keuchte seinen Namen, als er tief in sie eindrang, und wimmerte und schrie, als er dafür sorgte, dass ihre Klitoris die Aufmerksamkeit bekam, die sie verdiente. Aber das Beste war, wie sie knurrte und fauchte, wenn er seine Zähne in ihre Schulter bohrte. Bald … Der einfordernde Biss würde bald kommen. Aber noch nicht jetzt. Erst wenn sie über alles gesprochen hatten. Bis sie wusste, wie sein Leben aussah und entscheiden konnte, ob sie für immer mit ihm zusammen sein wollte. Ein Paarungsbiss war eine einmalige Sache, ohne Rückkehr, ohne Widerruf. Sie musste sich sicher sein, bevor er sie auf diese Weise einforderte. Selbst er war nicht so ein Tier.

Trotzdem stieß er so lange gegen sie, bis sie sich mit beiden Händen gegen das Kopfteil stemmen musste, um nicht dagegen zu rutschen. Und Levi nutzte diese Position aus, indem er sich um sie schlang und sie festhielt. Ein Arm lag um ihre Brust, seine Hand auf ihrer Titte, der andere um ihre Hüften und seine Finger streichelten ihre hübsche Klitoris. Er beherrschte ihren Körper mit jedem Stoß, jeder Bewegung, jedem verdammten Zwicken und Reiben. Er fickte sie hart und tief, bis sie kam und sein Name über ihre Lippen troff. Bis er sich mit einem Ächzen und einem harten Biss in ihren Nacken in ihr entleerte. Bis sie wieder verschwitzt und gesättigt waren … für den Moment.

„Guten Morgen", lachte sie, als sie sich endlich auf die Seite drehte und ihn ansah. Ihre Augen leuchteten, ihre Haare waren völlig verwuschelt, und ihr Gesicht war gerötet. Sie hatte einen blauen Fleck am Hals, der von seinen Zähnen stammte und Levis Wolf wild werden ließ. Sie war das Schönste, was er je gesehen hatte, und sie gehörte ihm.

Aber er konnte seine Augen nicht von diesem Zeichen abwenden. „Guten Morgen, Gefährtin."

Sie knurrte und schlang sich um ihn. Zog ihn zu einem intensiven, leidenschaftlichen Kuss heran, der viel zu schnell endete. „Das hört sich gut an."

Seine Hände fuhren unaufhaltsam an ihrem Körper auf

und ab. Folgten jeder weichen Kurve. Erkundeten jede Vertiefung. Sein Blick wanderte immer wieder zu dem ovalen Fleck, der ihn vor Vergnügen schnurren ließ. Aber die Wirklichkeit hatte begonnen, sich in seine Gedanken zu schleichen, Fragen wie Verantwortung und Missionen. Angelegenheiten, die eigentlich Vorrang haben sollten.

Er hasste die Worte, die er als nächstes sagen musste. „Ich sollte aufstehen."

„Warum?" Sie winkelte ihr Bein an und rieb ihren Oberschenkel an der Stelle, wo er schon wieder hart für sie wurde.

Levi beugte sich herunter und küsste ihre Nase. Eine alberne Geste, auch wenn seine Hand zwischen ihre Beine glitt, um sie noch weiter zu reizen. „Ich muss das Haus durchsuchen."

Amy stöhnte und spreizte ihre Beine weiter. Eine Einladung, der Levi nicht widerstehen konnte. Er tauchte in sie ein und krümmte seine Finger, um die süße Stelle zu finden. Sie war so nass, so prall. Das Bild der süßesten Verführung in seinem Bett. Er lag praktisch auf ihr, ihre nackte Haut schimmerte im schwachen Licht, ihre Beine waren gespreizt und ihre Muschi so feucht und begehrenswert. Einfach vollkommen … jeder verdammte Zentimeter.

Als Levi seine Hand so drehte, dass sein Daumen ihren Kitzler berührte, stöhnte Amy erneut auf und klammerte sich an seine Schultern. Sie stemmte ihre Hüften in die Höhe und versuchte, ihn näher an sich zu ziehen.

„Mit dem Haus ist alles in Ordnung. Prima. Wunderbar", erklärte sie, als ihr wilder Blick auf den seinen traf. Begehrende Augen … erfüllt von einem

Bedürfnis, das jeden kleinsten Rest seines Willens brach. Genauso wie ihre Worte.

„Fuck, komm noch einmal in mir. Bitte!"

Levi knurrte und gab sich geschlagen, wenn auch nicht ganz. Es gab einiges zu tun, um sie zu beschützen, aber er konnte ihr noch einen weiteren Orgasmus schenken, bevor er sich zurückzog. Er musste nur gründlich vorgehen. Also tat er, was sie wollte – sozusagen – und steckte drei seiner Finger tief in sie hinein. Er konzentrierte sich auf das Gefühl ihrer Haut, das Geräusch ihres heftigen Atems und achtete nicht auf die Abläufe und Strategien, die ihm durch den Kopf gingen.

Amy stöhnte bei jeder Bewegung seiner Hand auf, so verdammt empfänglich war sie für seine Berührungen. Bei diesem Wissen weinte sein Schwanz förmlich um sie. Er schmiegte sich an ihren Hals, während seine Finger streichelten und eintauchten und seine Gefährtin wild machten, leckte und knabberte er dort, wo er eigentlich zubeißen wollte. Wo er sie einfordern wollte.

„Ich will es", keuchte Amy und neigte ihren Kopf zurück, um ihm mehr Freiraum zu geben. „Bitte."

Sein Knurren wurde lang und unnachgiebig, ein ständiges Grollen durch den Raum. „Du weißt nicht …"

Sie griff nach seiner Hand und hielt ihn auf, seine Finger waren in ihrer Muschi gefangen. „Halte mich nicht für ein willensschwaches Mädchen, das nicht weiß, worauf es sich einlässt. Du bist mein Gefährte und ich bin deine. Das ist eine Verbindung für immer. Ja, um uns herum lauern Gefahren, aber du hast bereits versprochen, mich zu beschützen. Wir werden uns gegenseitig kennenlernen … eine Art Feuerprobe." Sie ließ seine Hand los, schaukelte ihre Hüften, damit er sie wieder fingern konnte, und kuschelte sich an seinen Hals bis zu seinem Ohr. „Ich vertraue dir. Ich will dich. Beiß mich, Leviathan. Ich will dich auf jede Weise in mir spüren. Bitte, mein Gefährte."

Diesem „Bitte" hätte er um nichts in der Welt widerstehen können. Aber sie wusste es noch nicht, sie hatte noch nichts über seine Herkunft erfahren. Über das Geheimnis, das er barg, oder den Lebensstil, den er wegen seines Wolfes führte. Aber sie wollte ihn, den Mann, und den würde er ihr auch geben. Und irgendwann würde sie auch etwas über den Schattenwolf erfahren.

„Wie du willst." Er schob seine Hand zwischen ihre Beine und führte seinen Schwanz wieder in sie ein. Sie war von ihrer Erregung ganz prall geschwollen, fester als zuvor, und das machte es viel schwieriger, sich zurückzuhalten. Er wollte sie ganz nah bei sich haben, wenn er biss. Er wollte, dass sie um etwas bettelte. Um ihn.

Die Beine um seine Taille gelegt, den Blick fest auf ihn gerichtet, lächelte Amy und lockte ihn an. Sie verzauberte ihn, bis es nichts mehr auf der Welt gab außer sie beide und diesen Moment. Nur Sex und Zuwendung und Herzensbande, die sich auf ewig miteinander vereinten.

Und Zähne. Schließlich waren da noch Zähne.

Seine Eckzähne fuhren aus, während er an ihrem Hals entlangstrich, durchbrachen das Zahnfleisch und gaben ihr ein Gefühl für das, was noch kommen würde. Er gab ihr einen Ausweg. Noch eine Minute. Das war alles, was er brauchte. Noch eine Minute, in der er seine Gefährtin fickte, und er wäre bereit, zu kommen. Bereit, so viel zu geben, wie er sich nahm. Bereit für alles, was dieser Moment mit sich bringen würde.

Er stieß tief zu und achtete darauf, wie sie sich ihm entgegenwölbte, wie sie keuchte und zitterte. Er beobachtete, wie sie ihre Augen schloss und ihren Kopf bei jedem Stoß nach hinten neigte. Sie war so schön, und sie war nahe dran. Fast am Ziel. Kurz vor dem …

„Levi, jetzt."

Sie kam mit einem Stöhnen, mit dem seine Bestie die Kontrolle übernahm, und Levi biss entschlossen zu. Der Orgasmus, der ihn überkam, musste genauso heftig sein, wenn nicht sogar noch heftiger als der, den sie hatte und der seinen Schwanz mit jedem Biss melkte. Verdammt, er ritt mit ihr gemeinsam auf der Rasierklinge – irgendwo zwischen dem besten Orgasmus aller Zeiten und der Angst, dass sie so festzudrücken würde, dass er zerbrechen würde. Und trotzdem machte er weiter, stieß weiter in sie, biss und saugte und nahm. Er saugte ihre Essenz auf und gab ihr seine, bevor er die Wunde leckte und sie auf den Rücken rollte. Er opferte sich ihr auf die einzige Art und Weise, die er kannte, indem er sich von ihr führen ließ. Er unterwarf sich.

Und sie genoss diese Herrschaft mit einem Knurren und einem Grinsen auf ihn herab, während sie durch ihren Orgasmus ritt. Sie beugte sich zu ihm hinunter und küsste sein Gesicht, bevor sie direkt zu seinem Hals ging. Er neigte den Kopf, bereit, ihren Biss zu spüren, so wie er es bei ihr getan hatte. Dem Schicksal sei Dank, dass sie ihn nicht warten ließ.

Ihre Zähne bohrten sich in seine Haut, und er starb mit ihrem Namen auf den Lippen. Nicht direkt, aber es fühlte sich so an, als wäre sein Leben vorbei. Tot und wiedergeboren, um neu anzufangen, um mit ihr ganz von vorne zu beginnen. Sein Schwanz zuckte und pochte, ein weiterer Orgasmus erschütterte seinen Körper bis in die Zehenspitzen, als sie ihm zurückgab, was er ihr zuvor genommen hatte. Er spürte, wie sich ihre Lust mit seiner eigenen vermischte, er spürte ihren Geist auf eine Weise, wie er es noch nie erlebt hatte. Er spürte *sie*, und das war unglaublich.

ZU VIELE STUNDEN, IN DENEN ER SEINE GEFÄHRTIN ununterbrochen gefickt hatte, musste Levi das Bedürfnis, sie zu beschützen, unterdrücken. Schon jetzt marschierte sein Wolf in seinem Kopf auf und ab, er musste alles bewachen und im Auge behalten. Wollte sich an sein Rudel wenden. Verdammt, war das schwer, sich aus dem Paarungsdunst zu lösen.

„Warum duschst du nicht?" Levi leckte ihr über den Hals und betrachtete seinen Biss. Allein der Anblick des Bisses auf ihrer Haut ließ ihn wieder hart werden. Er musste sich mit Elektrolyten und Energiedrinks eindecken, wenn sein Paarungstrieb in diesem Tempo weiterging.

„Warum begleitest du mich nicht?" Sie fuhr mit ihren Fingern über seinen Arm, um ihn zu reizen. Wieder einmal. Er würde einen seiner Brüder bitten müssen, Lebensmittel vorbeizubringen – auf keinen Fall würde er ohne sie in einen Laden gehen, und wenn er sie mitnahm, würden sie wahrscheinlich in einem Gang Sex haben.

Leider musste er sich für einen Moment auf etwas anderes als Sex konzentrieren.

Levi knurrte und drückte sie für einen weiteren süßen Moment an sich, bevor er sich wegrollte. „Wenn ich mich zu dir geselle, ficke ich dich gegen die Fliesen, bis das Wasser kalt wird."

„Ich sehe da kein Problem."

Er schmunzelte und rieb Kreise auf seiner Brust über der Stelle, wo sein Herz für die Frau an seiner Seite schlug. „Ich muss die Umgebung in Augenschein nehmen und mich bei meinen Brüdern melden. Ansonsten, ja, würde ich dir liebend gerne in die Steindusche folgen und dir zeigen, was ich im Stehen alles mit dir anstellen kann."

Amy seufzte und rollte sich aus dem Bett. „Na prima. Da schickst du mich los, damit ich mich ohne dich waschen kann."

Levi knurrte und rollte sich mit ihr zur Seite, wobei er fast wimmerte, als sie tatsächlich das Bett verließ. Sie war nackt, splitterfasernackt und hatte keine Scheu, so herumzulaufen. Nicht, dass er das von ihr erwartet hätte. Ihr ganzer Körper lag vor ihm, jeder Kratzer und jeder rote Fleck von ihrer mit Sex ausgefüllten Nacht. Jeder Zentimeter seines Bisses glühte förmlich.

„Du bist so verdammt schön."

Die Worte waren leise und unbeabsichtigt, aber das spielte für Amy offensichtlich keine Rolle. Sie grinste und beugte sich über ihn, um ihm eine letzte Kostprobe von ihren Lippen zu geben.

„Und du bist so verdammt unglaublich, Gefährte."

Er knurrte und küsste sie ein letztes Mal, bevor er sich zurücklehnte. „Geh, bevor ich dich auf mich ziehe und du mich wieder reitest."

„Ich verstehe das Problem immer noch nicht."

Levi seufzte, als sie ins Bad ging und die Tür hinter sich schloss. Ja, es gab ein Problem. Das Problem war, dass jemand seiner Gefährtin nachstellte und ihrem Rudel zu nahekam. Das Problem war die Tatsache, dass sie auf der Flucht waren und nicht auf einer Art Paarungsreise. Er hatte hier einen Job zu erledigen und musste seinen Schwanz für ein paar Stunden im Zaum halten, damit er dafür sorgen konnte, dass sie in Sicherheit war. Aber verdammt noch mal, das nächste Mal würde er sie auf jeden Fall auf ihm reiten lassen. Allein der Gedanke an diese wogenden Titten, während sie sich an ihm gütlich tat, ließ seinen Schwanz in die Höhe schnellen und ihn anbetteln.

Später ... ganz bestimmt später.

Er zog sich eine Jeans an und schlich durch das Haus, wobei er jedes Fenster und jede Tür kontrollierte. Während er durch die Zimmer ging, schnüffelte er. Das ganze Haus roch nach ihm und Amy und Sex, was seinen gebieterischen inneren Wolf erfreute. Aber er fühlte sich unwohl dabei. Der Geruch war so stark und durchdrang den ganzen Raum, dass er kaum etwas Anderes riechen konnte. Jemand hätte sich auf der Veranda verstecken können, und er war sich nicht sicher, ob er das bemerken würde. Ein gefährlicher Gedanke. Seine Gefährtin und solch ein Risiko sollten nicht so nah beieinanderliegen.

Als er es endlich zurück ins Wohnzimmer geschafft hatte, nahm er sein Handy vom Tisch, wo er es liegen gelassen hatte. Dreißig Benachrichtigungen. Alles SMS und später auch verpasste Anrufe von seinen Brüdern. Jede einzelne eine Erinnerung daran, dass er schon vor Stunden hätte aufstehen müssen.

Verdammte Scheiße.

Amy kam aus dem Schlafzimmer, als er gerade durch die Benachrichtigungen scrollte. „Was ist denn los?"

Er schüttelte den Kopf und zog die Stirn in Falten, als ihm Worte und Namen durch den Kopf schossen. „Sie wissen, wer dich im Visier hatte."

„Wer?" Sie ergriff seinen Arm, um Halt zu finden, und schaute ihn mit einem Ausdruck von Vertrauen und gleichzeitig Sorge an. Dieser Blick machte ihn sprachlos. Scheiße, er musste sich zusammenreißen, musste seinen verdammten Job machen, damit ihr nichts passierte. Er musste aufhören, mit seinem Schwanz zu denken.

Mammon wäre stolz auf diese Entscheidung … irgendwie.

„Ein Typ namens Randall Johnson. Kommt dir der Name bekannt vor?" Als sie den Kopf schüttelte, tippte er eine kurze Nachricht mit der Bitte um Fotos ein. „Zieh dich an. Auch die Schuhe."

„Warum?" Aber noch während sie fragte, setzte sie sich in Bewegung. Sie schnappte sich ihren Mantel und schob ihre Füße in die Winterstiefel, die sie getragen hatte, als sie am Abend zuvor ihr Haus verlassen hatten.

„Wenn meine Jungs ihn noch nicht gefunden haben, müssen wir zurück auf die Straße."

„Aber ich dachte, wir wären hier sicher."

Ihre Worte trafen ihn wie ein Faustschlag in die Brust. „Du bist erst sicher, wenn der Kerl gefasst ist. Wenn er die Stadt verlassen hat, könnte er sich an uns ranpirschen. Ich will hier keine Auseinandersetzung. Dieser Ort ist nicht für einen Kampf ausgelegt." Er legte einen Arm um ihre Taille und zog sie näher an sich heran. Dann beugte er sich zu ihr und küsste ihr Ohr, während er flüsterte: „Du bist meine Gefährtin. Du verdienst in Sachen Sicherheit nur das Beste. Dieser Ort ist aber nicht der beste. Wenn der Kerl immer noch frei rumläuft, brauchen wir mehr Verstärkung."

Sie seufzte und nickte und klammerte sich an Levis Schultern. „Er ist doch nur ein Mensch."

Levi küsste sie auf den Kopf, denn das hatte er auch schon gedacht, bevor er erkannte, dass dieser Typ hinter der einen Frau her war, die das Schicksal als die Richtige für ihn erachtete. „Deshalb werde ich ihn auch nicht unterschätzen."

Levis Handy meldete sich mit zwei aufeinanderfolgenden SMS. Thaus hatte ihm schon eine *Wo-zum-Teufel-warst-du-*Nachricht geschickt, aber Mammon kam ihm zuvor. Seine Nachricht enthielt eine einzelne Bilddatei, die wie ein Verbrecherfoto aussah.

Er hielt Amy das Handy vor die Nase. „Kennst du den?"

Amy runzelte die Stirn, dann nahm sie sich das Handy. „Das ist Gavin."

Der Anflug von Eifersucht war nur schwer zu unterdrücken. „Wer ist Gavin?"

Amy blickte erst ihn an und dann wieder zum Handy. „Gavin Michelson. Der neue Kindergärtner in der Stadt. Er kommt jeden Tag ins Diner."

Das Knurren seines Wolfes durchbrach die Stille im Haus. Er schnappte sich das Handy und schickte seinen Leuten eine kurze SMS.

Alias Gavin Michelson. Lehrer im Kindergarten und Stammgast im Diner.

„Ich habe ihm immer seinen Kaffee serviert", flüsterte

Amy mit blassem Gesicht. Levi schlang einen Arm um sie und drückte sie an sich. Sie war zu süß, um zu verstehen, wie manipulativ und hinterhältig Menschen sein konnten, zu unschuldig, um die schlimmste Seite der Menschheit zu kennen. Er hasste es, dass sie diese Lektionen überhaupt lernen musste, aber wenigstens hatte sie ihn, um sie zu leiten.

„Geht es dir gut?", fragte er und umklammerte immer noch sein Handy.

„Ich fühle mich einfach betrogen. Ich habe diesem Mann buchstäblich jeden Tag Kaffee serviert. Und er … hat mich ausspioniert."

„Ich weiß. Aber jetzt haben wir Hinweise. Meine Brüder werden ihn aufspüren und in Gewahrsam nehmen. Wir alle sorgen für deine Sicherheit."

Doch selbst als die Worte seine Lippen verließen, wusste er, dass es nur Worte waren.

„Ich hole dir ein Hemd", erklärte Amy, ihre Stimme war zu leise, zu sanft. Abgelenkt. Sie löste sich aus seiner Umarmung und schlurfte mit langsamen Schritten und hängendem Kopf in Richtung Schlafzimmer. Levi wollte ihr nachgehen, aber er hatte das Gefühl, dass sie einen Moment brauchte, um sich mit der Tatsache abzufinden, dass jemand, den sie zu kennen geglaubt hatte, in Wirklichkeit ein gefährlicher Lügner war. Es war nie leicht, diese Tatsache zu akzeptieren.

Sie kam gerade mit einem schwarzen T-Shirt in der Hand zu ihm zurück, als sein Handy klingelte. Ihm wurde ganz flau im Magen, bevor er überhaupt abnahm. Seine Leute würden nicht ohne Grund anrufen.

„Ja?"

Mammons Stimme war tiefer als sonst. „Raus da."

Sein Blick schweifte zur Tür, in der Erwartung, dass eine Bedrohung hereinstürmte. „Wie sieht die Lage aus?"

„Nimm nichts mit, außer der Omega. Wir wissen, dass er euch aus der Stadt gefolgt ist, aber wir können im Moment nicht genau sagen, wo er sich aufhält."

Ohne ein weiteres Wort trat Levi in Aktion. Er legte auf, packte Amy an der Taille, warf sie über seine Schulter und rannte zur Haustür. Dort schnappte er sich schnell seine Schlüssel und rannte auf den Truck zu, mit jedem Schritt vor sich hin knurrend.

„Levi, was …"

Mit gefletschten Zähnen brachte er sie zum Schweigen und schob sie durch die Fahrertür in das Fahrerhaus. „Rutsch rüber."

Sie machte Platz, als er einstieg, und sah verängstigt aus, gehorchte aber seinen Anweisungen. „Bitte sag mir, was hier los ist."

Levi ließ den Motor aufheulen, legte den Gang ein und ließ die Reifen auf dem losen Schotter durchdrehen, während er vorwärts schoss. „Er ist hier."

Der erste Schuss ertönte, als sie sich anschnallte, und die Kugel schlug viel zu nah an der Heckklappe ein.

„Halt dich fest." Er drückte das Gaspedal durch und raste auf die Straße zu. Kein anderes Auto war in Sicht, niemand war hinter ihm her. Er musste nach hinten Ausschau halten, aber es schien, als wäre der Mistkerl zu Fuß unterwegs. Das gab Levi den Vorteil der Geschwindigkeit. Er musste sich nur beeilen, damit er weit genug von dem Kerl wegkam.

Zwei viel zu schnell gefahrene Schotterstraßen, ein

heftiger Schlenker auf eine kleine Landstraße und ungefähr tausend Blicke in den Rückspiegel reichten aus, um die unmittelbare Panik, die er erlebt hatte, abklingen zu lassen. Doch damit war der Weg frei für Schuldgefühle, die ihn in ihrem klebrigen Griff zu ersticken drohten. Das war alles seine Schuld. Er hätte sie bereits auf halbem Weg zu einem besseren Unterschlupf haben können, wenn er seinen Schwanz bei sich behalten hätte. Er hätte schon Stunden früher herausfinden können, dass der Wichser in der Nähe war, wenn er sich einfach an die Regeln gehalten hätte.

„Hör auf", rief Amy und unterbrach seine innere Selbstgeißelung.

„Womit?"

„Hör auf, dich selbst fertig zu machen. Das ist nicht deine Schuld."

Er schüttelte den Kopf. „Ich hätte mein Handy in der Nähe haben müssen."

„Und ich hätte wissen müssen, dass mich ein Mann durch mein Fenster beobachtet. Ich hätte ihn zumindest riechen müssen."

„Das ist alles nicht deine Schuld."

„Deine auch nicht, also hör auf, dir Vorwürfe zu machen. Ich bin froh, dass du mich gefunden hast, ich bin froh, dass du mein Gefährte bist, und ich bin wirklich froh, dass du mich die ganze Nacht und heute Morgen halb zu Tode gefickt hast."

Levi seufzte. „Amy …"

„Bereust du den Sex?"

Er hätte sie am liebsten angeschaut, um ihren Gesichtsausdruck zu betrachten, aber er fuhr mit über hundertfünfzig Sachen und konnte seinen Blick nicht eine einzige Sekunde von der Straße abwenden. Er konnte ihr nur eine aufrichtige Antwort geben.

„Nein."

„Den Biss?"

Er knurrte, unfähig, sich zurückzuhalten. Sein Wolf war ein besitzergreifendes Arschloch. „Ganz und gar nicht."

„Dann hör auf, dich selbst fertig zu machen. Es ist schwer, dem Drang zu widerstehen, sich mit einem neuen Gefährten zu vereinen." Sie gluckste und lehnte sich gegen die Tür, um ihre Füße auf den Sitz zwischen ihnen zu stellen. „Verdammt, ich würde dir sofort einen blasen, wenn nicht irgendwo hinter uns ein Typ mit einer Knarre lauern würde."

Er grinste und schüttelte den Kopf über seine neunmalkluge Gefährtin. „Einen blasen, was? Ich glaube nicht, dass ich das ablehnen würde, um ehrlich zu sein."

„Gut zu wissen." Ihr Fuß kam auf seinem Oberschenkel zur Ruhe. „Jetzt fahr schneller. Waffen machen mich immer fertig."

Er fuhr auf die Auffahrt zu einer Schnellstraße in Richtung Süden und riss das Lenkrad herum, so dass der Wagen quietschend in die Kurve driftete, bevor die Reifen Bodenhaftung bekamen.

„Dein Wunsch ist mir Befehl."

16

FRÜHER EINMAL HATTE AMY ES ALS REIZVOLL EMPFUNDEN, das Land mit dem Auto zu erkunden. Autoreisen übten auf sie eine Anziehungskraft aus, die ihr behütetes, eingeengtes Ich faszinierend fand. In dieser Fantasie steckte eine Freiheit, die sie nie hatte, nach der sie sich aber immer gesehnt hatte, als sie auf ihrem Berg aufgewachsen war. Die offene Straße, das Kommen und Gehen von Ort zu Ort, die Möglichkeiten für Entdeckungen … all das hatte sich so vergnüglich und sorglos angehört.

Sie hatte sich gewaltig getäuscht. Das Leben auf der Straße, in ständiger Bewegung, war zum Kotzen.

Amy rutschte in ihrem Sitz hin und her und versuchte, eine bequeme Position zu finden, bei der sie nicht direkt in die aufgehende Sonne blicken musste. Aber nach zwei Tagen in einem Truck war nichts mehr bequem. Überhaupt nichts. Sie stank, sie war müde, sie war launisch und ihr Gefährte war zu sehr damit beschäftigt, dem Geist, der sie verfolgte, zu entkommen, als dass er sie länger als ein paar Minuten stillsitzen lassen konnte. So viel Umtriebigkeit bedeutete auch keinen Sex. Das hätte eigentlich nicht das Wichtigste für sie sein sollen, aber mit Levi auf so engem Raum zusammen zu sein – vor allem nach dem Austausch von Paarungsbissen – war in jeder Hinsicht nicht einfach für sie. Auch nicht auf sexuelle Art und Weise.

„Du musst schlafen", murmelte sie, als Levi zum millionsten Mal gähnte, seit die Sonne hinter dem Horizont hervorlugte.

„Mir geht's gut."

Verdammter Sturkopf. „Dir geht es überhaupt nicht gut; du bist total ausgelaugt."

Er hielt inne, die Stille war nur vom Geräusch der Reifen erfüllt, die über den Asphalt rollten, und dann schüttelte er den Kopf. „Wir können jetzt nicht anhalten."

Amys Seufzer hätte nicht lauter sein können … das war schlichtweg unmöglich. „Das sagst du immer."

Levi knurrte leicht, was der Situation nicht gerade zuträglich war. Wie konnte er nur es wagen, sauer auf sie zu werden? Immerhin war das *sein* Plan gewesen. Was sollte sie tun … still dasitzen und so tun, als ob alles in Ordnung wäre? Es war keineswegs alles *in Ordnung.* Es war schon so lange nicht mehr in Ordnung, dass sie sich nicht einmal mehr vorstellen konnte, was in Ordnung überhaupt bedeutete.

Aber anscheinend verstand Levi das nicht, denn er machte seinen Mund auf. „Ich weiß, das ist nicht gerade ein Vergnügen, aber es ist notwendig. Dieser Kerl ist an meinen Brüdern vorbeigeschlüpft, was bedeutet, dass er weit mehr ist als nur ein durchschnittlicher Mensch. Außerdem wurden in den Bergen mehrere Geruchsspuren hinterlassen – solange wir nicht wissen, wo er ist und wie viele Freunde er hat, müssen wir in Bewegung bleiben. Das ist die einzige Möglichkeit, die ich mir vorstellen kann, um dich in Sicherheit zu bringen, solange wir noch in diesem verdammten Paarungsrausch sind. Wenn du einen Plan hast, wie wir es schaffen, auf dich aufzupassen, überall Wache zu schieben, wo wir anhalten, und nicht überall Sex zu haben, dann lass ihn hören. Andernfalls halten wir uns an meinen und bleiben auf der Straße, bis meine Brüder uns einen sicheren Unterschlupf nennen, den wir ansteuern können. Und auf dieses Getue kann ich im Moment gut verzichten."

Sie schloss die Augen und unterdrückte das Knurren, das ihr die Kehle zerfraß. Sie versuchte doch so sehr, ihre Enttäuschung zu unterdrücken. Sie versuchte es und scheiterte kläglich.

„Getue? Das ist doch kein Getue. Ich sitze mit meinem Gefährten in einem Truck fest, und er weigert sich, auch nur einen Augenblick lang anzuhalten. Ich habe seit Tagen keine Toilette mehr benutzt, die nicht in einer Tankstelle liegt, genauso lange nichts Richtiges gegessen und meine Hüften schmerzen vom langen Sitzen auf dieser verdammten Sitzbank. Ich bin eine Gestaltwandlerin, Leviathan. Meine Hüften tun nicht deswegen so weh, weil du mich durch Sonne und Mond gefickt hast. Kein Teil von mir sollte schmerzen, weil ich so viel rumsitze." Amy seufzte und fuhr sich mit der Hand durch ihr schmutziges Haar. „Ich brauche eine Dusche, ein Bett und ungefähr zwölf Orgasmen. Nicht unbedingt in dieser Reihenfolge. Wenn du also denkst, dass das bloß Getue ist, dann fahr bitte weiter so verrückt durch die Gegend, ohne ein Ende in Sicht. Noch ein Tag oder so, und ich zeige dir genau, mit wie viel *Getue* du dich da verpaart hast."

Levi saß starr und schweigend da und starrte geradeaus. Die Luft im Truck wurde immer dicker und drückte auf sie wie ein leibhaftiges Geschöpf. Sogar ihre Wölfin reagierte darauf, indem sie in ihrem Kopf ganz still wurde und mit großen Augen auf das erste Anzeichen einer Bedrohung achtete. Amy befürchtete, Levi würde ausrasten und sie anschreien, ihr vielleicht vorwerfen, wie egoistisch sie war. Denn das war sie, das wusste sie, aber das bedeutete nicht, dass sie bereit war, es zu hören. Sie hoffte, dass er jede negative Reaktion im Zaum halten konnte, aber Launen sind nun mal seltsam. Sie hatte sich ihren Frust von der Seele geredet, und obwohl sie sich nun besser fühlte, machte sie sich auch Sorgen. Was, wenn ihr Gefährte es nicht gut aufnahm, dass sie ihre Stimme erhoben hatte? Was, wenn er stinksauer wurde? Was, wenn ...

Sein kehliges Lachen unterbrach ihre rasenden Gedanken. Sie starrte ihn an, unfähig zu glauben, dass sie das hörte, was sie zu hören glaubte, und ärgerte sich immer mehr darüber, dass er ihre Gefühle offensichtlich nicht beachtete.

„Warum lachst du?"

Er lächelte sie mit diesem Grinsen an, das sie innerlich zum Beben brachte. Mit dem Grinsen, das sie seit Tagen nicht mehr gesehen hatte. „Weil du so tiefstapelst, Süße."

„Was meinst du mit tiefstapeln?"

Er griff über den Sitz, seine große Hand landete auf ihrem Oberschenkel und drückte besitzergreifend zu, was ihr Herz zum Klopfen brachte. Wären seine Finger doch nur einen halben Zentimeter höher gewesen. Fast schon instinktiv schmiegte sie sich an ihn und wollte ihn an sich spüren. Danach sehnte sie sich so sehr.

„Noch nicht, Puppe." Mit einem Kopfschütteln ließ er seine Hand zu ihrem Knie gleiten. „Aber ja, du stapelst tief. Denn wenn du glaubst, dass ich bei zwölf Orgasmen für dich aufhöre, sobald wir die Bedrohung für dich und dein Rudel beseitigt haben, unterschätzt du meine Aufmerksamkeitsfähigkeit total. Und meine Fähigkeiten."

Und da war er wieder, ihr Gefährte, so aufreizend und heiß wie eh und je. „Ach, wirklich? Du glaubst, du hältst so viel aus, hm?"

Er brummte und schüttelte den Kopf. „Dein mangelndes Vertrauen ist geradezu beleidigend."

Zum ersten Mal seit drei Tagen musste sie lachen. Sie lachte richtig laut im Führerhaus des Trucks. Es war ihr egal, dass ihre Haare ungepflegt waren, ihre Zähne geputzt werden mussten und ihr Magen leer war. Alles, was zählte, waren sie, er und die Tatsache, dass sie zusammen waren. Seine Hand streichelte über ihr Bein, während ihre auf seiner ruhte. Zusammen. Doch das Klingeln seines Handys durchbrach ihr Lachen und ließ sie beide wieder verstummen.

Mit einem Seufzer drückte Levi den Knopf am Lenkrad, um den Anruf entgegenzunehmen. „Was gibt's?"

„Zugriff geplant und startklar." Die tiefe Stimme erfüllte das Fahrerhaus. Keine Begrüßung, keine Einleitung, aber Levi musste wohl wissen, wer dran war.

„Das wurde aber auch Zeit." In seiner Stimme lag ein Knurren, das Verärgerung verriet. Vielleicht war sie nicht die Einzige, die es satthatte, unterwegs zu sein.

„Er ist ein wenig … schlüpfriger. Es hat ein bisschen gedauert, bis wir den richtigen Ort gefunden haben, um ihn zu stellen."

„Gut." Levi warf einen Blick in ihre Richtung, bevor er sich wieder auf die Straße konzentrierte. „Schick mir die Koordinaten."

„Bin schon dabei. Nach deinem letzten Ping sollten wir zur gleichen Zeit oder kurz nach dir ankommen."

„Wie schnell?"

„Höchstens eine halbe Stunde."

Levis Knurren ließ fast die Windschutzscheibe erzittern. „Und wenn dieser Mensch vor euch ankommt?"

„Dann tu, was du tun musst, Junge. In diesem Fall gibt es keine Festnahme und keine Vorschriften für die Ausschaltung. Der Einsatzbefehl kam gestern. Wenn der Kerl auftaucht, leg ihn um."

„Verstanden." Levi drückte den Knopf, um die Verbindung zu unterbrechen. Amy wartete schweigend und still darauf, dass er etwas sagen würde. Dass er ihr erklären würde, was passiert war. Erst als das Telefon mit der SMS piepte, reagierte er.

Er stellte mit einer Hand das Navi ein und behielt den Blick auf der Straße. „Noch zwei Stunden, dann können wir anhalten."

Amy streckte die Hand aus und streichelte sein Bein, so wie er ihres gestreichelt hatte. „Dem Schicksal sei Dank. Du brauchst dringend eine Pause."

„Was ich brauche, ist, dass du in Sicherheit bist."

„Aber, wenn du nicht schläfst, kannst du mich nicht beschützen."

Er seufzte. Wahrscheinlich war er wieder gefrustet. „Amy ..."

„Levi", erwiderte sie und betonte seinen Namen übertrieben.

Er knurrte und warf ihr aus dem Augenwinkel einen Blick zu, der von all den Möglichkeiten sprach, wie er sie wahrscheinlich bestrafen wollte. Sie bezweifelte, dass es ihm darum ging, sie in Erregung zu versetzen, aber es war schon ein paar Tage her, dass sie von ihrem Gefährten berührt worden war. Der tiefe, dunkle, fordernde Blick setzte ihre Welt in Brand, auch wenn sie nichts dagegen tun konnte. Zumindest nicht für die zwei Stunden, die sie brauchten, um an ihren Bestimmungsort zu gelangen, und ausreichend Zeit, um ihren Mief abzuwaschen.

Schließlich seufzte er und schien in seinem Sitz zu versinken. „Gut. Sobald meine Brüder auftauchen, leg ich mich aufs Ohr."

Geschafft. „Da fällt mir ein. Wir müssen noch an einem Lebensmittelladen anhalten, bevor wir an diesem Unterschlupf ankommen."

„Wozu?"

Amy verdrehte fast die Augen. „Äh, Essen. Du weißt schon, das Zeug, das wir brauchen, um unseren Körper zu versorgen."

„Ich habe dir doch was besorgt." Er klang so abwehrend und bockig, dass sie fast gelacht hätte.

„Fastfood aus dem Drive-In ist kein Essen."

Levi starrte sie einen Moment lang an, bevor er sich

wieder der Straße zuwandte. „Aber es heißt doch Fastfood, also schnelles *Essen*."

Sie knurrte, weil sie sich nicht zurückhalten konnte. Der Mann war wie ein Kind. Er stritt sich mit ihr über etwas, von dem sie viel mehr wusste als er. Das Knurren brachte ihn aber zum Schweigen. Das musste sie sich merken.

„Gut", zischte er nach einer längeren Wartezeit und wünschte sich wahrscheinlich, sie würde nachgeben. Was sie nicht tun würde … jedenfalls nicht in Bezug auf das Essen. „Wir besorgen uns Lebensmittel. Aber ich wähle den Ort und bestimme die Zeit. Ohne irgendwelche Spielchen."

„Einverstanden. Keine Spielchen. Verstanden." Sie verzog ihre Lippen zu einem süffisanten Lächeln, als er in ihre Richtung blickte. „Zumindest nicht im Supermarkt."

Etwas mehr als zwei Stunden später hielten sie auf einem kleinen Parkplatz in einer Kleinstadt kurz vor der Grenze des Bundesstaates. Amy war sich nicht einmal mehr sicher, in welchem Staat. Sie waren tagelang durch den ganzen Süden gefahren, ohne ein erkennbares Muster. Eine Finte, um die bösen Jungs davon abzuhalten, ihnen zu folgen, hatte Levi gemeint. Eine Möglichkeit, sie zu verwirren. Sie nahm an, dass es geklappt hatte, denn sie saß mit ihm im Auto und hatte immer noch keine Ahnung, wo sie waren.

Levi parkte an der Vorderseite des Gebäudes und versperrte dadurch eine Feuerwehrzufahrt. Nicht, dass es sie gestört hätte. Amy hätte fast die Tür aufgerissen, um aus dem Wagen zu springen, sobald er den Wagen in die

Parkposition gebracht hatte, aber er packte sie am Arm und zog sie über den Sitz an seine Seite.

„Zehn Minuten. Wir schnappen uns, was wir brauchen, und dann verschwinden wir von hier. Verstanden?"

Er war so ernst und hatte sich so sehr unter Kontrolle. Die Schärfe in seiner Stimme und sein Gesichtsausdruck ließen sie in ihrem Sitz erzittern. „Ja, Boss."

Er knurrte und zog sie näher zu sich, küsste sie innig, bevor er sie wieder losließ. „Ich bin nicht dein Boss. Ich versuche nur, dich bei mir zu behalten. Lebendig."

Schuld war zwar eine schwere Last, aber nicht so schwer, dass sie darüber ihren leeren Bauch vergessen konnte. „Lebendig. Verstehe. Ich höre ja auf dich, versprochen. Lass mich nur etwas zu essen für uns holen. Ich versuche ja auch, dich bei mir und am Leben zu halten."

Er strich ihr mit dem Finger über das Gesicht, bevor er seufzte und aus dem Fenster schaute. Mit festem Soldatenblick. „Also gut. Los geht's."

Drinnen angekommen, packte sie alles ein, was sie für ein paar gute, herzhafte Mahlzeiten brauchen könnte. Frisches Gemüse, Obst, Fleisch, Stärke, Gewürze und Getreide – sie füllte ihren Einkaufswagen mit Leichtigkeit und raste praktisch durch die Gänge. Ihr Einkauf verlief ohne Zwischenfälle, obwohl sie keine Ahnung hatte, ob sie die Zehnminutenfrist eingehalten hatte oder nicht. Levi sagte nichts, also ging sie davon aus, dass sie es geschafft hatte, als sie zu den Kassen eilten.

Er bezahlte bar, ohne einen Blick auf die Kassiererin zu werfen. Allerdings schien sie ihn auch nicht ansehen zu wollen. Er hatte etwas Gefährliches an sich, etwas Dunkles und Tödliches, das wahrscheinlich sogar ein Mensch spüren konnte. Das Mädchen würde ihren Freunden wahrscheinlich Geschichten über den Kunden erzählen, der sie allein durch seine Anwesenheit verängstigt hatte.

„Fertig?", fragte Levi, als sie es geschafft hatten. Er hielt den Rücken steif und sein Blick schweifte schon wieder über den Parkplatz.

Amy nickte und fühlte sich hinter den großen Fenstern, die die Vorderseite des Ladens säumten, ungeschützt. Ob es nun an Levis Verhalten lag oder an etwas anderem, sie konnte nicht unbeachtet lassen, dass ihre Instinkte heiß und hell aufloderten. Irgendetwas war da draußen und jagte sie. Verfolgte sie wie eine Beute. Das konnte sie spüren. Irgendwie fühlen. Und das gefiel ihr ganz und gar nicht.

Levi ergriff ihre Hand und zog sie dicht an sich heran, sodass sie sich an seinen Körper schmiegte. Er trug die Taschen und führte sie nach draußen, wobei er schneller ging als sonst. Amy tat ihr Bestes, um mit ihm Schritt zu halten, aber sie stolperte ein wenig über die Steine auf dem Boden.

„Alles in Ordnung?", fragte er und blickte immer noch nicht zu ihr, sondern in Richtung des Horizonts. Er hielt Ausschau nach der Gefahr, die auf sie zukommen könnte.

„Ich fühle mich so … verletzlich."

Levi schloss den Truck auf, als sie noch sieben Meter entfernt waren. Nur die Tür auf der Fahrerseite. „Inwiefern verletzlich?"

Amy zuckte mit den Schultern und wünschte sich plötzlich, wieder im Truck zu sitzen und auf der Straße zu sein. „Irgendwie in der Auslage."

Levis Stimme war eher ein Knurren als ein Grummeln, als er brummte: „Als ob du beobachtet würdest."

Er brachte sie zu seiner Tür und öffnete sie weit für sie. Sie hüpfte in das Fahrerhaus des Trucks und rutschte auf die Beifahrerseite, damit er ihr folgen konnte. „Ja, tatsächlich."

Er vergewisserte sich, dass sie angeschnallt war, bevor er die Taschen auf die Ladefläche hinter seinem Sitz stellte und den Motor startete.

„Geht mir genauso. Wir müssen von hier verschwinden."

17

UNTERSCHLUPF ERREICHT. UMKREIS GESICHERT. BEWEGT EURE Ärsche hierher.

Levi steckte sein Handy ein, bevor er in die Küche ging. Die Jungs waren spät dran, was selten vorkam. Etwas, weswegen er seine Gefährtin am liebsten zurück in den Truck geworfen hätte, um weiterzufahren, auch wenn sie ihn dafür wahrscheinlich umgebracht hätte. Und das war das Letzte, was er wollte, wenn er daran dachte, was er da gerade sah.

Amy kochte wieder und Levi konnte seinen Blick nicht von ihr abwenden. Was war es, das eine Frau – nein, *diese* Frau – beim Hacken und Sautieren so scharf aussehen ließ? Eine bescheuerte Frage, wenn er wirklich darüber nachdachte. Wenn Amy in der Küche stand, war das, was sie da tat, mehr als nur Kochen. Sie reizte das Essen, spielte mit ihm, ließ es nach ihrem Willen handeln und machte es zu mehr als nur einer Mischung von Zutaten.

Das Ganze war ein sinnlicher Akt, ein Gleichgewicht zwischen Geschmack und Lust. Das Zusammentreffen mehrerer Sinne auf höchst verführerische Weise.

Während sie kochte, tanzte und summte sie und wackelte mit ihren Hüften im Takt des Songs, der aus den Lautsprechern kam. Sie ließ ihren Hintern auf eine Art und Weise wackeln, die eigentlich verboten sein sollte … oder zumindest gegen alle Gesetze der Schwerkraft oder der Physik verstieß.

Scheiße, er hätte die zwölf Orgasmen vor dem Essen an Angriff nehmen sollen.

„Sitzt du einfach nur da und glotzt?" Sie grinste über ihre Schulter, und er wollte nicht, dass dieser glückliche Blick jemals wieder verschwand.

„Ja."

Ihr kehliges Kichern brachte ihn zum Schmunzeln, während er sich seiner neuen Lieblingsvorstellung widmete. Ihr Haar war noch nass von der Dusche, die sie genommen hatte, während er das Gelände abgesichert hatte. Er hätte gerne mit ihr geduscht, aber das hätte zu Sex geführt, was wiederum eine Ablenkung zur Folge gehabt hätte. Und Ablenkungen konnte er sich nicht erlauben. Er fühlte sich relativ sicher, nachdem er die kleine Berghütte, zu der er geschickt worden war, umrundet und die Wälder hinter dem Haus erkundet hatte, obwohl seine Muskeln angespannt waren und sein Körper in Bereitschaft war.

Körper und Waffen.

Er betrachtete die Schrotflinte, die neben dem Kücheneingang an der Wand lehnte. Er kämpfte lieber mit Messern, aber ein Mensch, der nicht wusste, was für ein

Geschöpf Levi war, würde sich wohl eher vor ihm fürchten, wenn er die Waffe sah. Er hatte sie überprüft, geladen und trug sie nun im Haus und auf dem Grundstück mit sich herum. Nur für den Fall. Der Scheißkerl, der ihnen gefolgt war, war ihnen zu nahegekommen, und das würde Levi nicht noch einmal zulassen.

Amy war tief versunken – und dabei schwang sie ihren Hintern so, dass sein Schwanz ganz aufmerksam wurde – als er das Geräusch eines Autos hörte, das über eine Schotterauffahrt rollte.

Ihre Schotterauffahrt.

Levi fuhr ohne einen weiteren Gedanken und ohne ein Wort hoch, sein Stuhl quietschte, als er nach hinten flog. Auf dem Weg aus der Küche schnappte er sich die Schrotflinte und legte sie sich über die Schulter, während er zur Haustür lief. Er nahm an, dass seine Brüder wie geplant mit dem Auto ankamen, aber er konnte sich noch nicht sicher sein. Er musste bereit sein. Auf keinen Fall durfte heute Nacht irgendjemand oder irgendetwas zu Amy gelangen.

Draußen kam der Wagen zum Stehen und das Motorengeräusch verstummte, als jemand die Zündung ausschaltete. Levi schlich sich in den Schatten neben der Tür und lauschte. Amy hatte das Radio in der Küche ausgeschaltet, aber sie war ihm nicht gefolgt. Sie hatten besprochen, was zu tun war, wenn etwas passieren würde. Sie sollte sich einen Platz am Rande des Geschehens suchen und dortbleiben. Er würde die Bedrohung einschätzen, bevor sie eingreifen würde. Wenn es einen Schutzraum gegeben hätte, hätte er dafür gesorgt, dass sie sich darin aufhielt, aber diese

Hütte gehörte nicht zu den Notunterkünften des Präsidenten. Blasius Zenne hatte überall auf der Welt Häuser mit Schutzräumen, Lebensmittelvorräten und Waffenschränken, nur für den Fall, dass ein Rivale ihn oder einen seiner Leute angreifen wollte. Ein Mann in einer solchen Machtposition musste zwangsläufig Feinde haben. Aber anscheinend waren sie einem solchen nicht nahe genug gekommen. Dies hier war bloß eine Hütte im Wald … mit einem Keller voller Waffen und Sprengstoff. Eine Unterkunft der Schattenwölfe, dachte Levi. Allerdings wusste er nicht, welcher seiner Brüder den Laden am Laufen hielt.

Türen wurden zugeschlagen und das Geräusch von mehreren schweren Schritten auf dem Kies verriet Levi, dass mehr als eine Person da draußen war. Ganz sicher niemand, der sich anschleichen wollte, auch wenn der Lärm Levis Plan nicht änderte. Die Waffe auf die Tür gerichtet, die Nackenhaare aufgestellt, stand er auf der Lauer. Bereit, es mit jeder Bedrohung aufzunehmen. Bereit für den Kampf.

Doch als das Geräusch von schweren Stiefeln auf der Veranda ertönte und ihm der vertraute Geruch von Schattenwolf in die Nase stieg, seufzte Levi und ließ die Waffe sinken.

„Wird auch Zeit, dass ihr auftaucht", meinte er, als er die Tür öffnete.

„Diese verdammten Landstraßen haben die Reise viel länger gemacht als geplant." Mammon streckte seine Faust zum Gruß aus, bevor er vorbeiging.

„Ich wusste ja gar nicht, dass ich dir das Fahren beibringen muss, alter Mann."

„Willst du mich provozieren, Kleiner?"

Phego folgte Mammon zur Tür, aber er ging nicht rein. Jedenfalls nicht sofort. Der großgewachsene Wandler hielt inne und betrachtete die Hütte, bevor er eintrat, misstrauisch und auf einen Kampf vorbereitet. Typisch, wirklich. Er vertraute niemandem, nicht einmal seinem eigenen Rudel. Aber Levi konnte ihm das nicht verdenken. Phegos Familie hatte ihm eine Falle gestellt, damit er ermordet wurde, lange bevor die Schattenwölfe ein eigenes Rudel gebildet hatten und auf diesen Kontinent kamen. So etwas prägt für das ganze Leben, ganz gleich, wie lange das schon andauert.

„Was ist das für ein unglaublicher Geruch?", fragte Mammon mit leuchtenden Augen, als er sich umsah.

„Sie … macht Abendessen." Levi kämpfte gegen den Anflug eines gewissen Besitzdenkens an. Er mochte es nicht, wenn ein anderer Mann das Essen seiner Gefährtin kritisierte … er wollte nicht, dass er ihm das wegnehmen würde, was Levi zu Recht als seins ansah. Nicht einmal ein Bruder. Verdammt, er musste seinen Wolf unter Kontrolle bringen.

Mammon stupste Phego an und grinste auf eine Art, dass Levi die Zähne zusammenbiss. „Nicht das Essen, Junge. Das Mädchen." Er atmete tief ein, und beim Ausatmen ertönte ein leises Grollen. „Sie riecht einfach köstlich."

Levis Knurren war laut und scharf – eine unverhohlene Warnung an die beiden Schattenwölfe. „Halt dich zurück, Mann."

Mammons lässiges Lächeln erlosch. Er funkelte ihn an,

was er wohl als Herausforderung ansah, aber er wich nicht zurück. „Was zum Teufel ist dein Problem?"

Phego legte den Kopf schief, seine Augen funkelten silbern, während sein Wolf sich nach vorne drängte. „Was hast du getan ... deinen Schwanz da reingesteckt und unsere Beziehungen zu ihrem Rudel aufs Spiel gesetzt?"

Mammon stieß zischend einen Fluch aus und überging das warnende Knurren von Levi. „Ich dachte, wir hätten dir klar und deutlich zu verstehen gegeben, dass du dich einmal beherrschen sollst."

Der Drang anzugreifen war schwer zu unterdrücken und Levi war kurz davor, ihm nachzugeben, zumindest nach den Krallen, die sich durch seine Fingerspitzen bohrten. Er wollte nicht gegen einen seiner Brüder kämpfen, aber das hatte er schon einmal getan, und er würde es wieder tun. Für seine Gefährtin.

Doch in diesem Moment betrat Amy den Raum. Sie sah etwas angespannt aus, aber sie hielt ihren Kopf hoch. Und sie funkelte Mammon an, als ob der Mann ihr Mittagessen gestohlen hätte.

„Er ist in meiner Gegenwart immer sehr beherrscht."

Levis Lippen verzogen sich zu einem Grinsen. Seine kleine Gefährtin wollte ihn verteidigen. Das hatte er zwar nicht nötig, denn mit diesen Arschlöchern hatte er es schon seit Jahrtausenden zu tun, aber es gefiel ihm. Ihre Aussage hatte eine gewisse Schärfe, die ihm behagte. Er war zweifellos ein besitzergreifender Bastard; Amy dabei zu beobachten, wie sie sich ebenfalls besitzergreifend gab, war verdammt heiß.

Er musterte Mammon und ließ den Wandler nicht aus den Augen, selbst als er die Hand nach seiner Gefährtin ausstreckte. Seiner *Gefährtin*. Nicht sein Spielzeug, seine Affäre oder seine zufällige Bekanntschaft. Sie gehörte ihm für immer. Er kannte den Ruf, den er sich im Laufe der Jahre erworben hatte, aber das hier war nicht irgendein Seitensprung. Sie war die Frau, die das Schicksal zu ihm geführt hatte, die Person, die wie geschaffen für ihn war. Er wollte nicht, dass seine Brüder dachten, sie sei nur eine flüchtige Liebelei.

Amy durchquerte den Raum, ergriff seine Hand und ließ sich von ihm an seine Seite ziehen. Dabei schmiegte sie sich an ihn und forderte praktisch ihren Anspruch ein. Mammon und Phego tauschten bei dieser Aktion einen Blick aus, was Levi zum Grinsen brachte.

„Entschuldigung, Ma'am", erklärte Mammon mit einem Nicken. „Wir wollten nicht unhöflich sein."

„Ihr braucht euch nicht zu entschuldigen. Zumindest nicht bei mir." Mit einem Lächeln schaute sie zu Levi auf, der so süß und glücklich aussah. Doch dann senkte sich ihre Stirn und ihr Blick verfinsterte sich, bevor sie Mammon einen Blick zuwarf, der ihn einen Schritt zurückweichen ließ. „Aber, wenn du meinen Gefährten noch einmal beleidigst, gibt es kein Abendessen mehr für dich. Nie wieder. Und ich bin eine wirklich gute Köchin."

Phegos Augen wurden groß, als er einen Blick auf Levis Hals warf. Der Mistkerl musste das gerötete Paarungszeichen sehen, das sich klar und unübersehbar von seiner Haut abhob. Dan fuhr Levi mit seinen Fingern durch Amys langes Haar und zog ihr einen Teil davon über die Schulter. Er stellte sicher, dass beide Männer auch einen gründlichen Blick auf seinen Biss auf ihrer Haut werfen konnten, nur um sicherzugehen, dass sie verstanden, dass die Verpaarung gegenseitig, einvernehmlich und dauerhaft erfolgt war. Er hätte ihnen durchaus zugetraut, dass sie behaupten würden, Levi hätte die Frau irgendwie gezwungen.

„Warum hast du uns das nicht gesagt?", fragte Phego und blickte von Levi zu Amy und wieder zurück.

Levi schüttelte den Kopf. „Musst du das wirklich fragen?"

Phego seufzte und warf Mammon einen Blick zu. Die beiden unterhielten sich wortlos, rein über ihre Gedanken. „Thaus wird ganz aus dem Häuschen darüber sein."

Levi entging der sarkastische Ton in seiner Stimme nicht. „Thaus kann sich gleich wieder abregen."

„Wer ist Thaus?", fragte Amy.

Scheiße, eines Tages würde sie Thaus kennenlernen müssen, sie würde alle seine Brüder kennenlernen. Auch Luc. Ein Gefühl wie ein Eissplitter glitt über seine Wirbelsäule. Was mögliche Katastrophen anging, so wäre es für sie viel schlimmer, Luc zu treffen. Levi war sich sicher, dass Bez noch immer nicht die Eier gehabt hatte, seine Gefährtin dem Wandler vorzustellen, den sie alle als Alpha ansahen, und Sariel war seit mehr als einem Jahr mit der Schattenwölfin verpaart.

„Thaus ist einer meiner Brüder. Er gehört zu meinem Rudel." Levi beachtete die hochgezogene Augenbraue nicht, die Phego ihm zuwarf. „Er ist ein bisschen ... härter als der Rest von uns."

Sie betrachtete die Männer nacheinander, ihr Gesichtsausdruck war ruhig und gelassen. Sie ließ sich nichts anmerken. Levi wünschte sich, er könnte die drei so sehen, wie sie sie sah, obwohl ihr gemurmeltes *Hoffentlich nicht* ihm einen kleinen Einblick gab, wie sie die Männer um sie herum einschätzte. Wieder einmal konnte er einen Blick auf ihre Tapferkeit erhaschen.

Nach einem angespannten Moment, von dem Levi hoffte, dass er ihn nie wieder erleben würde, atmete Amy tief durch und zauberte ein Lächeln auf ihr Gesicht. „Kommt schon, Jungs. Solange niemand an die Tür klopft, um mich abzuknallen, kann ich euch genauso gut was zu essen anbieten."

Levi packte sie, klammerte sich regelrecht an sie und knurrte böse. Amy erstarrte in seinen Armen, als die beiden anderen Männer im Raum ebenso laut und lange knurrten wie Levi. Sie sagte nichts, aber Levi spürte die Anspannung in ihren Schultern und die Art, wie ihre Hände zitterten, als sie seine Handgelenke umklammerte. Sie machten ihr Angst.

Deshalb gelang es Levi als Erstem, seine Wut abzuschütteln und seine animalische Seite wieder unter Kontrolle zu bekommen. Er setzte sie wieder auf dem Boden ab und trat einen Schritt beiseite, ein wenig verlegen.

„Tut mir leid", erklärte er. „Aber die Vorstellung, dass jemand kommt, um dich zu töten, ist …"

Er brach ab, denn der Gedanke brach ihm das Herz. Seine Wut stieg in ihm auf wie Rauch. Es war Phego, der zumindest einen Teil von dem, was er eigentlich hatte sagen wollen, aussprach.

„Das ist einfach abscheulich."

„Ja", stimmte Mammon zu. „Was er gesagt hat. Und das wird nicht geschehen, solange wir aufpassen."

Der Blick aus Amys runden Augen traf den von Levi

und ihre Überraschung war offensichtlich. „Nun, vielen Dank dafür."

Levi seufzte und versuchte immer noch, sein Herzklopfen zu unterdrücken. „Wir sind ein wenig fürsorglich, wenn es um die Unsrigen geht. Und du, als Omega, gehörst jetzt auch dazu."

Phego warf ihm einen weiteren seltsamen Blick zu, den Levi wieder unbeachtet ließ. Er wusste, dass der Gestaltwandler Fragen und Bedenken haben würde, aber er war noch nicht bereit, sich mit all dem zu beschäftigen. Er musste seine Gefährtin beschützen.

„Ja, Omegas gehören zur Familie", grinste Mammon. „Aber deine unselige Verpaarung mit diesem Arschloch hat das noch gefestigt. Du gehörst zu uns, Baby. Gewöhn dich daran."

Levi schnaubte lachend, während Amy seufzte.

„Noch mehr Kerle. Genau das, was ich in meinem Leben brauche. Mehr Kerle."

„Hey." Phego zuckte mit den Schultern. „Wir haben ja auch eine Frau in unseren Reihen. Ich meine, Bez und Sariel verlassen zwar selten seine Bude in Texas, also sehen wir sie nicht so oft, es sei denn, wir fahren bei ihnen vorbei, aber trotzdem zählt sie."

„Na wunderbar." Amy machte sich auf den Weg in die Küche, den Kopf wieder hoch erhoben und den Hintern schwingend. „Ich und diese Frau sollen also das Testosteron in eurem Rudel ausgleichen. Ich wette, wir werden uns viel zu erzählen haben, wenn ich sie treffe."

Phego und Mammon versperrten Levi den Weg, sobald Amy den Raum verlassen hatte.

„Du hast es ihr nicht gesagt?", fragte Phego und schaute ihn scharf an.

Levi zuckte mit den Schultern und wich seinem Blick aus. „Ich hatte keine Zeit."

Mammon belächelte diese billige Antwort. „Wie viel Zeit braucht es denn wohl, um zu sagen: *Ach, übrigens, ich bin ein Schattenwolf. Ich lebe wie ein verdammter Zigeuner und reise von einer Stadt zur anderen, weil ich es nicht aushalte, länger an einem Ort zu bleiben.*"

Levi wollte ihm widersprechen, aber das konnte er nicht. Er hätte es ihr schon längst sagen sollen. Hätte ihr alles erklären sollen. Aber er sah schon die Fallstricke, die ihr gemeinsames Leben mit sich bringen würde. Sie hatte darum gekämpft, in der kleinen Stadt zu bleiben, hatte sich anfangs wegen ihres Geschäfts und ihrer Familie geweigert, freiwillig mitzukommen. Levi hingegen war noch nie länger als einen Monat am selben Ort geblieben und hatte nie in Erwägung gezogen, mehr zu besitzen als das, was er in seinen Truck packen und mit sich rumschleppen konnte. Zumindest nicht, bis er Amy kennengelernt hatte.

„Du bist ein verdammter Idiot", bellte Phego und riss Levi aus seinen Gedanken. „Du hattest drei verdammte Tage in deinem Truck. Das scheint für mich genug Zeit und Gelegenheit zu sein."

Levi knurrte und wollte sich dem Mistkerl widersetzen, aber schnelle Schritte und der Geruch seiner Gefährtin ließen ihn zurückweichen.

„Jungs." Amys scharfe Ermahnung bewirkte, dass sich alle drei Männer in ihre Richtung drehten. „Hört auf zu streiten und kommt essen. Levi hat mich in den letzten drei Tagen gezwungen, mit ekligen Hamburgern und matschigen Pommes zu überleben."

„Kommt mir irgendwie bekannt vor." Mammon folgte ihr in die Küche und hielt gerade lange genug inne, um Levis Unterarm als Zeichen des Respekts zu ergreifen. Der Wandler musterte Levi und nickte kurz, während sie einander umarmten. Dieser Ausdruck, dieses Nicken, jagte eine Welle der Erleichterung durch Levi. Seine Brüder würden Amy annehmen, würden ihre Paarung anerkennen. Nicht, dass er befürchtet hätte, sie würden das nicht tun, aber … Gut, er hatte befürchtet, sie würden es nicht tun. Er brauchte sowohl sein Rudel als auch seine Gefährtin. Verdammt, er wollte auch ihr Rudel. Zum ersten Mal in seinem langen Leben wollte Levi viele Leute um sich und seine Gefährtin haben. Einen Schutzkreis, sozusagen. Doch niemand würde seine Gefährtin besser beschützen als er selbst.

Phego tat es Mammon gleich, ergriff Levis Arme und nickte kurz. Respektvoll, aber auch ein bisschen … gefährlich. Er war schon jetzt bereit, sich für seine neue Schwester zu opfern, so viel war an dem Blick in seinen Augen zu erkennen. Und Levi wusste das zu schätzen. Seine Brüder waren da, um zu helfen, und sie würden eine Omega mit ihrem Leben beschützen. Aber eine Omega, die mit einem von ihnen verpaart war? Um sie zu beschützen, gab es keine Grenzen, was sie tun würden. Keine Grenzen.

Sie würden die Bedrohung auslöschen.

Levi musste sich ein Lachen verkneifen, als er hinter den beiden Schattenwölfen die Küche betrat. Beide Männer standen unbeholfen am Tisch und beobachteten fast hilflos, wie Amy sich umherbewegte. Sie warteten auf etwas, von dem sie nicht wusste, dass sie es ihnen geben musste.

Orientierung.

Schließlich bemerkte Amy, dass sie zusammen dastanden und warf ihnen einen seltsamen Blick zu. „Ihr könnt euch gerne hinsetzen."

Mammons Blick schoss für einen Moment zu Levi. „Nein, Ma'am, das können wir nicht. Aber wir helfen Ihnen gerne, wenn Sie was brauchen."

Amy starrte vor sich hin, ihr Mund öffnete und schloss sich wieder, als sie nicht die richtigen Worte finden konnte. Die Pfanne, die sie in der Hand hielt, sank nach unten, als sie ihren Griff lockerte. Um zu verhindern, dass sie sich selbst verletzen und alles ruinieren würde, was da so verdammt gut roch, erlöste Levi sie schließlich von ihrem Elend. Er lief durch den Raum, schnappte sich die Pfanne, stellte sie zurück auf den Herd und schob sie zum Tisch.

„Setz dich, Amy. Du hast gekocht. Lass uns dich wenigstens bedienen."

Sie schüttelte den Kopf, mit ruckartigen Bewegungen, als ob sie die Worte nicht ganz verstehen würde. Aber dann lächelte sie. „Na, das ist ja mal was ganz Neues."

„Hat Leviathan die Manieren vergessen, die wir ihm beigebracht haben?", knurrte Phego und zeigte warnend mit dem Finger auf ihn. Schon beschützerisch. „Sie ist deine Gefährtin, Junge. Nicht dein Dienstmädchen."

Levi hob seine Hände, bevor er seine Gefährtin an seine Brust zog. Er benutzte sie als Schutzschild, nutzte aber auch ihre Nähe, um seine Hüften gegen ihren Hintern zu drücken. Er konnte einfach nicht widerstehen. „Das habe ich nicht vergessen, Mann. Sie hat mir eine Mahlzeit gekocht, und ich habe danach aufgeräumt. Ansonsten sind wir die ganze Zeit unterwegs gewesen. Es ist schwer, gute Manieren zu zeigen, wenn dir das Essen durch das Fenster deines Trucks gereicht wird."

Phego blickte von Levi zu Amy und wieder zurück, bevor er den beiden zunickte. „Gut. Aber wehe, uns kommt zu Ohren, dass du nachlässig bist."

„Niemals." Levi küsste Amy auf den Kopf und führte sie zum Tisch, wo er ihr einen Stuhl hinstellte. „Setz dich, bitte."

Und das tat sie, obwohl sie immer noch etwas mitgenommen dreinschaute. Mit zwölf Brüdern aufgewachsen zu sein, muss sie sehr geprägt haben, wie Männer sie behandeln würden. Gut, dass sie sich mit den Schattenwölfen verpaart hat.

Levi servierte das Essen und setzte sich dann neben seine Gefährtin an den Tisch. Er rückte sogar seinen Stuhl näher an sie heran, denn er brauchte ihre Gegenwart, um sich zu entspannen. Seine Brüder waren hier und die würden Himmel und Hölle in Bewegung setzen, um ihm zu helfen, sie zu beschützen. Das wusste er, aber er machte sich trotzdem Sorgen. Irgendwie war der Mensch, der Amy und ihre Familie verfolgte, an seinem Rudel, seiner Gefährtin und seinen Brüdern vorbeigekommen. Nicht so problemlos, wie das manche Soldaten vielleicht vermochten, aber es reichte, um als echte Bedrohung angesehen zu werden. Und das war nicht normal.

Trotzdem würden seine Brüder helfen. Schon jetzt waren sie Amys Charme erlegen. Er hatte noch nie in seinem Leben so viele Nettigkeiten und Dankesbekundungen gehört, schon gar nicht von Mammon. Aber der Wandler schien in seine kurvenreiche Gefährtin regelrecht verschossen zu sein. Er lobte ihr Essen und lachte über ihre Witze, benutzte seine Serviette und hielt sogar seine Ellbogen vom Tisch. Der Charmeur.

„Kann ich euch noch etwas bringen?", fragte Amy, als sie sich vom Tisch erhob. Die drei Männer standen daraufhin auf und ernteten eine hochgezogene Augenbraue von der Frau.

„Nein, danke, Ma'am", antwortete Mammon.

Levi verdrehte die Augen, weil Mammon sich so einschleimte. „Wir übernehmen den Abwasch. Warum machst du dich nicht bettfertig? Ich merke doch, dass du müde bist."

Sie brummte und nickte und sah müde, aber glücklich aus. „Du kommst doch mit, oder?"

„Natürlich." Levi umarmte sie kurz und gab ihr einen Kuss auf den Kopf. „Gib mir nur ein paar Minuten, um über das Geschäftliche zu reden."

Sie lief den Flur entlang und winkte den beiden anderen Männern zu. Levi lächelte, bis sie weg war, und wartete darauf, dass sie die Schlafzimmertür hinter sich schloss, bevor er seine Miene fallen ließ.

Zeit, an die Arbeit zu gehen.

„Was steht an?"

Die drei setzten sich wieder an den Tisch, das Essen war vergessen. Es lag eine andere Stimmung in der Luft, eine besondere Anspannung, die von den Wandlern ausging, wenn sich ihre Aufmerksamkeit auf geschäftliche Angelegenheiten richtete. Es war, als wüsste die ganze

Energie in der Hütte, dass sie jetzt in den Kampfmodus geschaltet hatten und sich ausschließlich auf Strategien und Planungen konzentrierten.

„Es ist Zeit, den Wichser aufzuspüren", meinte Mammon mit leiser Stimme. „Der hinterhältige Mistkerl schlüpft ständig an uns vorbei. Wir müssen ihn aus der Reserve locken."

Dieser Gedanke gefiel Levi ganz und gar nicht. „Wie sollen wir das anstellen?"

Phego legte den Kopf schief, wahrscheinlich wegen des Knurrens in der Stimme seines Bruders, aber er schwieg. Wartete. Mammon hatte wenigstens den Anstand, zu Boden zu schauen. Daraufhin wurde Levi ganz flau im Magen. Es gab nur einen Grund, warum sich seine Brüder so verhalten würden. Es war logisch, was – oder besser gesagt, wen – sie als Köder benutzen sollten, denn jahrelanges strategisches Training und militärische Vorgehensweise sagten ihm genau, was zu tun war. Aber diese Strategie wurde nun durch die Tatsache beeinflusst, dass der besagte logische Köder seine Gefährtin war. Die einzige, die er je haben würde.

Strategie und Logik zum Teufel. „Auf gar keinen Fall."

Mammon seufzte. „Junge, es gibt keine …"

„Ich bin nicht dein verdammter Junge, und ich habe Nein gesagt." Levi sprang auf und stürmte auf den Flur zu, fest entschlossen, diese Scheiße hinter sich zu lassen. „Ruft mich, wenn euch ein besserer Plan eingefallen ist."

„Er wird sie auf immer und ewig jagen." Phegos Worte verunsicherten Levi. „Er wird ihr jede Sekunde des Tages nachstellen, bis entweder er sie hat oder wir ihn haben. Dieser Typ ist kein normaler Stalker und ich vermute, dass er nicht allein vorgeht. Wir glauben, dass er weiß, dass sie eine Gestaltwandlerin ist, und dass er sie auf seine Pläne vorbereitet hat. Er hat ihr das Gefühl gegeben, dass er nett ist, damit er sie manipulieren kann, damit sie tut, was er will. Als wir sie ihm weggenommen haben, haben wir seine Pläne durchkreuzt und jetzt ist er auf Rache aus und will sich zurückholen, was er als sein Eigentum ansieht."

„Aber sie ist nicht sein Eigentum", stellte Levi fest und das Knurren hinter seinen Worten erfüllte die Küche mit einer Warnung, die seine Brüder weder nötig noch verdient hatten.

„Du weißt das, sie weiß das und wir wissen das auch. Aber dieser Typ?" Phego hielt inne und sein Schweigen ließ Levi zusammenzucken. Sein Gesicht war ernst, als er seinen Bruder anstarrte. „Ihm ist das alles scheißegal."

Levi ballte die Fäuste, bereit, auf irgendetwas einzuprügeln. „Er ist ein verdammter Mensch. Ein Kindergärtner. Wie gefährlich kann er schon sein?"

Phego brauchte nicht einmal auf sein Handy zu schauen, um ein paar Punkte aufzuzählen. „Er ist nicht beim Militär, aber er ist ausgebildet in Sachen Überlebensstrategien und Verfolgung. Er hat zwar keine Söldner angeheuert, aber er hat es irgendwie geschafft, andere Menschen zu überzeugen, sich ihm anzuschließen. Er ist wohl ziemlich charismatisch, sonst wäre Amy nicht so sauer über seine Täuschung. Und er ist wie besessen von ihr, wenn die Geruchsspuren, die er hinterlassen hat, stimmen, wovon ich ausgehe."

Mammon brummte zustimmend. „Er wird niemals aufgeben, und er baut kleine Armeen um sich herum auf, um es schwerer zu machen, die wahre Bedrohung zu erkennen. Du hast zwei Möglichkeiten, Levi. Ihn ködern, um ihn herauszulocken und ihn schnell auszuschalten. Oder weiter davonlaufen."

Levi seufzte und biss die Zähne zusammen. Er wusste, dass Phego recht hatte, aber er hasste es, das zuzugeben. Trotzdem war er nicht dumm.

„Ruf Thaus an. Wenn wir das durchziehen, will ich ihn an meiner Seite haben." Dann schluckte er schwer und kniff die Augen zusammen, um die Wahrheit über das, was sie vorhatten, zu verdrängen. „Ich will ihn an Amys Seite haben."

Und dann machte er sich auf den Weg ins Schlafzimmer. Zu seiner Gefährtin.

18

ZWEI DUSCHEN AN EINEM TAG WAREN NICHT UNBEDINGT
üblich für Amy, aber nach zwei Tagen ohne Duschen hatte
sie das Bedürfnis, das nachzuholen. Nachdem sie im Bad
fertig war, hängte sie ihr Handtuch auf und ging ins
Schlafzimmer. Sie suchte sich eines von Levis Hemden,
um darin zu schlafen, etwas Weiches und Bequemes, das
nach ihm riechen würde. Das Bedürfnis, sich mit ihm zu
vereinen, sich wieder körperlich mit ihm zu verbinden,
brannte in ihr. Ihr Körper sehnte sich förmlich nach mehr
von ihrem Gefährten, aber da seine Brüder im selben Haus
wohnten, war sie sich nicht sicher, ob sie ihn so bald
bekommen würde.

Aber Levi war schon im Schlafzimmer, als sie aus dem
dampfenden Badezimmer trat. Auf halbem Weg blieb sie
stehen, unfähig, sich zu bewegen, kaum in der Lage zu
atmen. Allein sein Anblick ließ ihr Herz rasen und ihre
Erregung in die Höhe schnellen. Verdammt, sie wollte ihn.

Sie brauchte ihn regelrecht. Der Paarungstrieb kontrollierte sie auf eine Weise, wie das noch nie der Fall gewesen war.

Amy nahm an, dass er etwas über die Tatsache sagen würde, dass sie nur ein Handtuch trug, oder dass er etwas dagegen unternehmen würde. Sie konnte sich fast vorstellen, wie er ihr das Handtuch vom noch feuchten Körper zog und sie auf das Bett warf. Sie konnte förmlich seine Lippen auf ihrer Brust spüren, während er dem einen oder anderen Wassertropfen nachjagte.

Aber stattdessen stand Levi an der Tür und knurrte leise. Er musterte sie zwar, sah *sie* aber nicht wirklich an. Sie war sich nicht einmal sicher, ob er sie überhaupt wahrnahm. Er warf einen finsteren Blick auf einen unbekannten Gedanken und blickte grimmig an ihr vorbei. Dieser Mann war nicht ihr Levi, nicht der, der ihr süße Dinge zuflüsterte und über seine Fähigkeiten im Bett scherzte. Nein, das war der Soldat Levi, der Mann, den sie in ihrer Küche kennengelernt hatte, der Mann, der sie über seine Schulter geworfen hatte, um sie zu entführen. Derjenige, der ihr Angst eingejagt hatte.

Irgendetwas stimmte hier ganz und gar nicht.

„Levi?" Amy machte mit leiser Stimme einen Schritt nach vorne, aber Levis Knurren trieb sie zurück.

„Noch nicht." Knapp. Harsch. Fordernd. Eindeutig nicht der Mann, den sie abseits des Soldaten kennengelernt hatte. Also wartete sie, frierend und tropfnass in ihrem Handtuch, aber geduldig. Ihr Gefährte brauchte einen Moment, und den würde sie ihm geben. Sie würde ihm tausend Momente schenken, wenn das bedeutete, den Soldaten loszuwerden und den Mann zurückzubekommen, in den sie sich verliebt hatte. Selbst wenn jede Sekunde ihre Sorgen erst verdoppeln und dann verdreifachen würde.

Es dauerte viel länger, als Amy es sich gewünscht hätte, aber schließlich lockerten sich seine steifen Schultern und sein Blick wurde sanfter. Und doch wartete sie und achtete auf mehr. Das deutlichste Zeichen dafür, dass er den Soldaten für den Moment beiseitegeschoben hatte, war, dass er aufhörte zu knurren. Trotzdem wartete sie weiter. Er machte keine Anstalten, sich ihr zu nähern, gab ihr kein Zeichen, dass sie ihm willkommen oder erwünscht war. Also gab sie ihm mehr Zeit, denn sie wusste, dass er noch welche brauchte. Er würde ihr Bescheid geben, sobald er bereit für sie war, da war sie sich sicher. Sie wollte ihn nicht drängen.

Als er schließlich tief einatmete und das Wort ergriff, waren seine Worte leise. Seine Stimme klang fast niedergeschlagen und täuschte über die Stärke hinter seiner Aussage hinweg. „Ich würde nie zulassen, dass dir etwas zustößt."

„Ich weiß", antwortete sie, während ihr die Angst im Nacken saß. Seine Augen blickten sie an, immer noch verärgert, immer noch hart, aber da brannte auch noch etwas Anderes in ihnen. Etwas, das eher an Angst erinnerte.

Levi stieß sich von der Wand ab, schlich sich näher heran und ließ sie nicht aus den Augenwinkeln los. „Dieser Typ ist aalglatt."

Das hörte sich bedrohlich an. „Aha."

„Er hat es geschafft, sich vor dir, deinem Rudel und meinen Brüdern zu verstecken. Er hat sich schon einmal an uns herangeschlichen … so leicht wird er sich nicht vertreiben lassen."

Er sah so grimmig und doch so verängstigt aus. Eine seltsame Mischung, die nicht so recht zusammenpassen wollte. Aber dann fügten sich die Teile zusammen und in ihrem Kopf entstand ein Bild davon, was ihren Gefährten so erbost und besorgt gemacht hatte, dass er kaum sprechen konnte.

Ein Bild, das Amy ehrlich gesagt mehr Angst machte, als sie zugeben wollte. „Ihr wollt mich als Köder benutzen."

„Nein, verdammt, das will ich nicht." Er packte sie an den Hüften, seine Hände waren rau, sein Griff verlangend. Er zog sie gegen sich. Klammerte sich auf eine Weise an sie, die nach Verzweiflung roch. „Mein Gott, Puppe. Das ist das allerletzte, was ich will. Aber meine Brüder halten es für die beste Lösung, und es ist wahrscheinlich die einzige Möglichkeit, den Kerl auf unsere Art zu kriegen. Andernfalls …"

Amy schloss ihre Augen und wartete auf das, was kommen würde. Sie gab sich dem Bedürfnis hin, die Worte zu hören, während Levi seine Stimme nicht finden konnte. „Andernfalls hört er nie auf und wir müssen so lange vor ihm weglaufen, bis er es endlich mal vermasselt."

Levis Stöhnen ging ihr durch Mark und Bein, sie drückte ihn fester an sich und wünschte, es gäbe einen anderen Weg. Aber sie wusste warum, sie verstand den Grund – sie konnten sich kein gemeinsames Leben aufbauen, solange dieser Kerl sie verfolgte.

Amy rief jeden Funken Mut herbei, den sie im Laufe ihres Lebens gesammelt hatte, jedes bisschen Stärke, das sie als Tochter eines Alphas, als Omega eines Rudels und als Schwester von zwölf älteren Brüdern hatte. Sie zog all die Entschlossenheit zusammen, die sie entwickelt hatte, als sie darauf bestanden hatte, ihr Rudel zu verlassen, den Glauben an sich selbst, den sie genährt hatte, als sie ihr eigenes Unternehmen gegründet hatte, und die Stärke, die sie sich erarbeitet hatte, indem sie sich geweigert hatte, aufzugeben, wann immer ihr etwas Angst machte.

Und dann zuckte sie mit den Schultern. „Ich bin also der Köder."

Amy zuckte ein wenig zusammen, als Levi den Blick abwandte und seine Augen vor ihr verbarg, aber nicht früh genug. Das Aufblitzen des Schmerzes in seinem Gesicht, die Wut und die Hilflosigkeit – das brachte sie um. Sie wollte ihn unbedingt trösten. So strich sie ihm mit der Hand über die Wange, bis er ihrem Blick endlich wieder begegnete und sich die grünen Augen, an denen sie so sehr hing, wieder auf sie richteten.

„Ich vertraue dir", flüsterte sie und brachte mit jeder Silbe ihren Glauben zum Ausdruck. Aber manchmal war Vertrauen nicht genug.

„Vielleicht solltest du das nicht."

„Vielleicht solltest du dir selbst ein bisschen mehr vertrauen." Sie schlang beide Arme um seinen Hals und zog ihn herunter, um ihre Stirn an seine zu drücken. Sie brauchte seine Nähe. „Würdest du mir je wehtun, Levi?"

„Niemals." Ein flüsternder Laut, ein Versprechen.

„Würdest du zulassen, dass mir jemand anderes wehtut?"

Sein Knurren war heftig. „Auf gar keinen Fall."

Der Tonfall, die Herausforderung in seiner Stimme,

ließen bestimmte Teile von ihr wieder zum Leben erwachen. Wichtige Teile. Die, um die sie sich seit Tagen nicht gekümmert hatte. Man hatte ihr gesagt, dass Sex Stress abbauen würde, dass man dabei seine Probleme loslassen und sich nur dem Instinkt und dem Gefühl hingeben könnte. Das wollte sie nun am eigenen Leib erfahren.

Sie zog sich aus seinen Armen zurück und drehte ihm den Rücken zu. Während sie zum Bett schlich, sah sie ihn über ihre Schulter an. „Vertraust du mir, Levi?"

„Natürlich."

„Dann vertraue auch dir selbst. Du würdest nie etwas tun, was ich nicht will oder was mich in Gefahr bringen würde." Mit einer schnellen Bewegung aus dem Handgelenk zog sie das Handtuch von ihrem Körper und ließ es zu Boden fallen. Splitterfasernackt, nur mit dem Gefühl, dass seine Augen sie beobachteten, kroch sie über das Bett. Jede ihrer Bewegungen war langsam und sinnlich, sanft wie das Gleiten von Honig auf der Haut.

Levi trat näher, seine Schenkel zwangen ihre Waden, sich zu spreizen, um ihm entgegenzukommen, und seine Hand legte sich auf ihren unteren Rücken. „Ich hasse es, dass du in Gefahr bist."

„Du wirst doch bei mir sein, oder?" Sie blickte auf die Bettdecke hinunter und hielt ganz still für ihn. Sie wollte mehr als nur seine Berührung, aber sie wusste, dass er einen Moment brauchte. Und sie wusste, dass sie das auch brauchte. Sie hatten einander etwas zu sagen. Versprechen abzugeben.

„Jede Sekunde." Er fuhr mit einer Hand ihre Wirbelsäule entlang und drückte ihre Schultern nach unten. Sie folgte dieser sanften Anweisung und wandte ihren Kopf, um ihre Wange auf die Matratze zu legen. Dabei streckte sie ihren Hintern in die Luft. Öffnete sich für ihn.

„Verdammt, du bist so schön." Eine Hand lag noch immer zwischen ihren Schultern, während die andere über ihren Rücken und ihren Hintern glitt, wo er anhielt und ihr einen sanften Klaps verpasste. Amy drückte ihren Kopf gegen die Matratze, damit er sie sehen konnte. Sie ließ zu, dass er sie berührte, während sie zitterte und sich an das Bettzeug klammerte. Sie begehrte ihn auf eine Art und Weise, die fast weh tat.

Aber Levi enttäuschte sie nie. Er ließ seine Finger in sie gleiten und drang langsam in sie ein und wieder heraus. Fast schon neckisch. Das feuchte Geräusch ihres Körpers, der einen Teil von ihm aufnahm, ließ sie vor Verlangen erzittern und ihn knurren. Die Hand auf ihren Schultern wich und landete auf ihrem Oberschenkel, den er mit einem fast schmerzhaften Griff umklammerte. Er zog sie an sich und zog sie an den Bettrand, damit sie genau dort lag, wo er sie haben wollte. Ohne den Takt der Finger in ihr zu unterbrechen.

„Ich werde nicht zulassen, dass dich irgendjemand anderes berührt", flüsterte er, sein Knurren verlieh seinen Worten Tiefe und ließ sie sich vor Verlangen zusammenkrampfen. „Ich *werde* dich beschützen."

„Warum?", fragte sie, eigentlich flehend. Sie kannte den Grund, aber sie musste ihn hören. Außerdem hatte sie das Gefühl, dass er es auch sagen musste.

Unbarmherzig drückte er mit seinem Fingerknöchel auf ihre Klitoris, als er einen weiteren Finger in sie einführte. Sie bebte, konnte nicht stillhalten, versuchte aber so sehr, sich nicht zurückzuziehen. Auch nicht, um sich seiner Hand entgegenzustemmen, obwohl sie das wollte. Am liebsten hätte sie alles getan, um in diesem Moment zu kommen. Er hatte sie völlig in der Hand, sie war komplett aufgelöst. Und sie wollte einfach nur fallen.

Seine Hand verschwand von ihrem Oberschenkel, und das Geräusch, mit dem er seine Jeans öffnete, zerriss die schwere Stille zwischen ihnen. Ein Geräusch, das Amy seufzen und zusammensacken ließ. Bald, nur noch ein paar Sekunden. Aber diese Sekunden waren lang und die Zeit, die Levi brauchte, um sich freizumachen, schien schier endlos. Levi stöhnte genervt auf, als ob er keinen Moment länger warten könnte. Und vielleicht konnte er das auch nicht, denn während seine Jeans immer noch an seinen Oberschenkeln klebte, zog er seine Finger zwischen ihren Beinen hervor und drehte sie auf den Rücken. Er stieg über sie und drückte sie fest an sich. Ihre Hände lagen neben ihrem Kopf, sein schwerer Schwanz stand aufgerichtet und war bereit.

„Warum ich dich beschützen werde? Weil du mir gehörst." Er drückte sich gegen sie und schob nur seine Eichel in sie hinein, bevor er sich zurückzog. „Nur mir."

Das war genau das, was sie hören wollte. „Dir."

Amy keuchte, als er mit einem Stöhnen in sie eindrang, und versuchte, ihre Hände wegzuziehen, damit sie nach ihm greifen, ihn berühren und sich an ihm festhalten konnte. Aber Levi ließ sie nicht los, gab ihr keinen Zentimeter Raum, um sich von der Stelle zu bewegen, an der er sie haben wollte. Amy war ihm völlig ausgeliefert, und das gefiel ihr.

Er war so tief, so prall und hart in ihr. Bei jedem Zurückziehen bettelte sie um mehr, bei jedem Eindringen schrie oder knurrte sie. Nichts war wichtiger als das Gefühl, das er auf sie ausübte, in ihr, die Zustimmung seines Körpers, der den ihren beherrschte. Sie spürte nichts außer ihm. Sie hörte und sah nur seine Laute und sein Gesicht. Jeder Atemzug von ihm gehörte ihr, jede seiner Bewegungen ließ sie mehr wollen. In diesem Moment war er ihre Welt, und sie war seine. Ihre Verbindung war eng, grenzenlos und tief. Genau das, was sie gewollt hatte.

Der Sex war schnell und hart. Eine Art Rückeroberung. Das Gefühl von Levis Kleidung auf ihrer Haut und das Wissen, dass er zu ungeduldig gewesen war, um sie auszuziehen, reichten aus, um sie in Rekordzeit an den Punkt zu bringen, an dem es kein Zurück mehr gab. Die tiefen Stöße, die er ihr verpasste, und die Art, wie er zielstrebig in sie hinein- und wieder herausfuhr, ließen sie noch schneller emporsteigen. Amy kam zuerst, klammerte sich an Levis Shirt und stöhnte seinen Namen, als sich ihr Körper um ihn herum zusammenzog. Er geriet aus dem Takt, als sie sich in ihm wölbte und er sie gegen die Matratze drückte. Er rammte das Kopfteil gegen die Wand, bis er mit einem Stöhnen kam. Bis er fluchte und zischte und vor Genuss über seine Hingabe erbebte.

Levi brach auf ihr zusammen, die beiden schmiegten sich aneinander wie ein unanständiger, verschwitzter Haufen Hundewelpen. Genauso, wie sie beide sich das wünschten.

Amy fuhr ihm einige Minuten lang mit den Fingern

durch die Haare, bevor sie flüsterte: „Geht es dir jetzt besser?"

Er seufzte und rollte sich leicht von ihr weg, um sein Gewicht von ihr zu nehmen und soweit nach unten zu rutschen, dass er seine Stirn an ihre Brust legen konnte. Um ihre Brüste zu liebkosen. Um eine Spur an ihren Brüsten entlang zu lecken.

„Ich hasse es, dass du in Gefahr bist." Er umschloss eine Brustwarze mit seinen Lippen und zog sie nach zwei Zungenbewegungen in seinen Mund.

Sie wölbte sich in seiner Berührung und stöhnte leise, als ein Kribbeln durch ihre Wirbelsäule schoss. „Das werde ich nicht. Du passt doch auf mich auf."

Er seufzte und drängte seine Hüften in ihre, wobei er schon wieder hart wurde. „Ich weiß, aber ich hätte nicht gewollt, dass das hier so ausgeht."

Amy schlang ihre Beine um seine Taille, zog ihn an sich heran und bedeckte sein Gesicht und seine Lippen mit sanften Küssen, bevor sie lächelte. „Ich schnappe mir einfach meine Bratpfanne. Bei dir scheint sie ja zu wirken."

Dann richtete sie sich auf und ließ sich auf seinen Hüften nieder, ritt ihn und schaukelte langsam, während sie ihn wieder in sich aufnahm. Diesmal nach ihren Vorstellungen. Verdammt, er fühlte sich so gut an. Er drang so viel tiefer ein, wie es schien. Levi stieß zu, hob sie hoch und riss sie mit sich. Amy ließ sich nach hinten fallen, legte ihre Hände auf seine Oberschenkel, um sich abzustützen, und stöhnte, als die neue Position sie dazu zwang, alle möglichen neuen Empfindungen zu spüren.

Levi lachte leise und heiser. „Oh, das könnte lustig werden."

Amy sah an ihrem Körper hinunter zu der Stelle, an der sie vereint waren, und beobachtete, wie seine Erektion in ihr verschwand. Scheiße, war das heiß. Diese Stellung ließ ihre Brüste und Hüften offen für Levi und gab ihm Raum, mit den Körperteilen zu spielen, die um seine Aufmerksamkeit buhlten. Und das nutzte er voll aus. Er drückte seinen Daumen gegen ihren Kitzler und rieb ihn mit jeder Bewegung fester, bis er sie zum Zittern brachte. Sie zum Stöhnen brachte. Sie dazu brachte, auf seinem Schwanz auf und ab zu hüpfen, während sie der Erlösung nachjagte, die schon so nah war.

Levi zog an ihren Haarspitzen, zuerst sanft. Der Druck wurde fester, als sie auf ihm ritt. Und verdammt, dieses kleine bisschen Kontrolle, dieses winzige Bisschen Verlangen, war sogar noch heißer, als ihn in sie gleiten zu sehen.

Sie stöhnte und rutschte noch tiefer auf seiner Hand und seinem Schwanz. Kurz davor, zu kommen, konnte sie ohne seine Hilfe kaum noch den Takt halten.

Levi grinste und griff nach ihren Schenkeln, als ob sie die zusätzliche Unterstützung brauchen könnte. Und wie sie ihn kannte, tat sie das auch.

„Ich wollte das nicht tun, aber du lässt mir keine andere Wahl." Seine Stöße wurden stärker und tiefer, und seine Bewegungen ließen sie sich krümmen und stöhnen, während die Lust durch sie hindurchschoss. Die Tiefe und die Geschwindigkeit und der ständige Ansturm auf ihre Klitoris trieben sie schließlich zum Höhepunkt und ließen sie um ihn herum zusammenbrechen. „Und jetzt kommt die Glut."

Und Mann, dieser Kerl konnte so richtig glühen.

19

Der Morgen kam für Levi zu früh. Auch für die Schattenwölfe, wie es schien. Das Frühstück war eine ruhige, fast düstere Angelegenheit. Obwohl er versuchte, Amy davon abzuhalten, indem er ihr anbot, es selbst zu machen, kochte sie wieder für sie. Die Arbeit am Herd schien sie zu beruhigen, also drängte Levi sie nicht. Trotzdem ließ er sie nicht aus den Augen, während er mit Phego und Mammon zusammensaß, und gab sich alle Mühe, seine Gefährtin nicht einfach zu schnappen und wegzulaufen.

Selbst Mammon und Phego waren zurückhaltender als sonst. Mammon starrte angestrengt auf den Tisch und warf ab und zu einen stirnrunzelnden Blick auf Amy. Phego lehnte sich in seinem Sitz zurück und beobachtete eher Levi als Amy. Er zweifelte an ihm, wie es schien. Aber Levi musste sich zurückhalten, musste Befehle befolgen und das tun, was aus strategischer Sicht die richtige Wahl war ... egal, wie sehr er den Plan hasste. Er wollte den Kerl loswerden, damit er und Amy losziehen und ... irgendwas anstellen konnten. Glücklich bis ans Ende ihrer Tage leben? Ein paar Welpen zeugen? Scheiße, daran hatte er noch gar nicht gedacht. Als Bez in Sariel seine Gefährtin gefunden hatte, war er mit ihr auf sein Anwesen in Texas gezogen. Er hatte ihr Stabilität gegeben und sie aus einem Rudel, das sie nicht zu schätzen wusste, in sein Zuhause geholt. Levi hatte keine Bleibe. Er hatte kein eigenes Zuhause. Ihn verfolgte das Fernweh, seit er das erste Mal zum Horizont geblickt hatte, und er hatte eine Gefährtin, die so tief verwurzelt war wie keine andere, die er je gekannt hatte.

Er war völlig am Arsch.

Aber das war wirklich nicht das, worüber er in diesem Moment nachdenken wollte. Thaus war auf dem Weg und Levi wusste, dass die Schattenwölfe, sobald er eintraf, den Plan mit der Lockvogelaktion ausarbeiten und in die Tat umsetzen würden. Er würde Amy als Köder für den Mistkerl einsetzen und ihn damit zur Strecke bringen.

Noch nie war ein Plan so bescheuert gewesen.

„Danke, Miss Amy." Phego lächelte zu Levis Gefährtin hoch, als sie ihm einen Teller mit Eiern und Speck hinstellte. Der Ausdruck auf seinem Gesicht, der Respekt, der sich darin widerspiegelte, beeindruckte Levi zutiefst. Seine Brüder behandelten Amy seit ihrer Verpaarung wie ein Familienmitglied, und das würde er nie vergessen. Auch nicht, wenn sie sie dem Arschloch, das sie verfolgte, auslieferten.

Er hätte wirklich Whiskey in seinen Kaffee tun sollen.

„Ja", antwortete Mammon und deutete mit einem Nicken in Richtung des Tellers, den sie ihm anbot. „Vielen Dank."

„Gern geschehen." Amy setzte sich auf Levis Schoß und kuschelte sich an seine Brust. Er hielt sie fest und atmete ihren Geruch ein. Er wünschte sich, dass die Zeit schneller vergehen oder anhalten würde, dass es endlich vorbei wäre.

„Wann sollte Thaus hier sein?", fragte Levi, griff nach Amys Hüfte und zog sie noch fester an sich. Er war nicht bereit, auch nur einen Zentimeter Platz zwischen ihnen zu lassen.

Mammon warf einen Blick auf die Uhr. „Ich schätze, es kann jederzeit so weit sein."

Amy küsste seinen Hals und strich mit ihren Fingern durch die Haare an seinem Hinterkopf. Ein seltsam beruhigendes Gefühl, das Levi jedoch nur wenig entspannte.

Mit einem Seufzer hörte sie auf zu kratzen und löste sich von ihm. „Ich gehe mich mal waschen."

„Einverstanden." Levi hielt sie jedoch fest und küsste ein letztes Mal ihre Lippen, bevor er ihr erlaubte, seinen Schoß zu verlassen. Er konnte nicht anders; er wollte sie jede Sekunde bei sich haben, bis das hier vorbei war. Er wollte, dass sie sich in seinem nicht vorhandenen Anwesen versteckte, sicher vor den Gefahren, die draußen lauerten.

Er wollte, dass sie jedes seiner Geheimnisse erfuhr.

Die Geschichte seiner Rasse lastete schwer auf seinen Gedanken und das Wissen, dass seine Gefährtin im

Dunkeln tappte, zerrte an seinem Herzen, sodass er seufzte und seine Finger mit ihren verschränkte, um sie zu beruhigen. „Aber ich möchte mit dir reden, bevor wir diesen Plan in Angriff nehmen."

Amy lächelte und küsste ihn auf die Nase, ohne den Tornado zu bemerken, der sich in ihm zusammenbraute, dann rappelte sie sich auf. Auf dem Weg zur Tür fuhr sie mit den Fingern an seinen Schultern entlang, als ob sie es nicht ertragen könnte, sich von ihm zu trennen. Levi verstand dieses Gefühl. Vor allem sein Wolf sah es nicht gerne, wenn sie wegging, er wollte nicht zu weit von ihr weg sein, aber er konnte sie nicht bedrängen. Sie waren alle angespannt und sie brauchte ihre Privatsphäre genauso sehr wie alle anderen. Eine Privatsphäre, die genau neunzig Sekunden dauern würde, bevor er nach ihr sehen würde.

Als Amy das Zimmer verlassen hatte, seufzte Mammon und runzelte die Stirn. „Du musst ihr von uns erzählen."

Levi seufzte. „Ich weiß. Das werde ich auch."

„Vielleicht hat sie noch nie von den alten Legenden gehört." Phego zuckte mit den Schultern und lehnte sich in seinem Stuhl zurück. „Viele Rudel beherzigen diese Geschichten nicht."

„Man darf wohl noch hoffen." Levi blickte an die Decke und versuchte, seine Gedanken in den Griff zu bekommen. Schattenwölfe, Jahrtausende auf der Erde, das ewige Herumziehen, die ständigen Kämpfe. Amy würde über einiges davon nicht gerade erfreut sein. Sie war eine ausgeglichene Wölfin, die ihr Rudel liebte, auch wenn sie ihren eigenen Freiraum brauchte, um sich zu entfalten. Sein Lebensstil stand im völligen Widerspruch dazu.

Mammon klopfte mit der Faust auf den Tisch und betrachtete Levi mit dunklen Augen. Ein Zeichen dafür, dass Levi nicht mögen würde, was aus seinem Mund kam.

„Ich weiß, die Sache mit dem Köder ist …"

„Lass es." Levi knurrte und Mammons Augen weiteten sich. „Du weißt gar nichts."

Aber Mammon hatte noch nie eine Andeutung wahrgenommen. „Nur, weil ich keine Gefährtin habe, heißt das nicht, dass ich nicht …"

„Ich kann ihre Gefühle spüren." Das brachte ihn zum Schweigen. „Wir haben Paarungsbisse ausgetauscht, also kann ich sie spüren. Ich weiß, wo sie ist, und ich spüre einen Schatten von dem, was sie tut. Hast du eine Ahnung, wie es ist, wenn du weißt, dass dein Partner Angst hat, aber ein tapferes Gesicht macht? Wenn man sich da ganz sicher ist? Vor allem, wenn die Angst von etwas herrührt, für das du mitverantwortlich bist?"

Mammon schüttelte nur den Kopf, unfähig, Levis Blick standzuhalten. „Nein, das tue ich nicht."

„Eben." Das Geräusch eines über den Schotter rollenden Autos unterbrach das Gespräch. *Perfektes Timing, Thaus.* Levi seufzte und griff nach seiner Tasse Kaffee. „Wird auch Zeit."

Eine Autotür knallte zu und das Geräusch von Schritten auf dem Schotter drang durch die Küche. Die Schattenwölfe blieben still und mürrisch auf ihren Plätzen sitzen, wahrscheinlich waren sie alle ein bisschen zu gestresst von dieser Situation. Und was ihre Manieren anging, war es unnötig, einen Bruder zu begrüßen. Thaus hielt nicht einmal an der geschlossenen Haustür inne.

Aber als das Geräusch von Schuhen auf den hölzernen

Verandastufen an Levis Ohren drang, schoss sein Wolf in den Vordergrund und die Hölle brach los.

Schuhe … mit weichen Sohlen, wie die, in denen man läuft oder trainiert. Nicht die mit Stollen besetzten Stiefel, die alle Schattenwölfe zu tragen pflegten.

„Amy." Levi stieß das Wort flüsternd aus – ein automatisches Geräusch, bei dem sich sein Atem, die Angst und der Zorn in ihm vermischten. Es entkam ihm ohne Gedanken, ohne Anstrengung. Und dann setzte das Knurren ein.

Levi war sofort auf den Beinen und stürmte in Richtung Haustür, wobei er den Tisch umwarf und die Stühle umstieß, während seine Brüder ihm folgten. Amy stand im Flur, direkt vor der Tür, als ob sie ihr aufmachen wollte. Sie trat noch näher an die Tür heran, als sie sich umdrehte, um zu sehen, was es mit dem ganzen Tumult auf sich hatte. Levis Herz setzte einen Schlag aus, als sich seine Welt verlangsamte. Er würde sie nicht mehr rechtzeitig erreichen, das konnte er nicht. Und das wusste er auch.

Das Glas der Tür zersprang mit einem Knall, der wie eine Schrotflinte klang, nach innen. Stücke von Holz, Glas und Metall flogen in den Raum und trafen Amy. Levis Herz blieb stehen, als der Geruch ihres Blutes in sein Bewusstsein drang. Mit einem Schrei stürzte sie nach hinten, die Augen geschlossen und die Arme erhoben, als wollte sie sich schützen. Um noch mehr Trümmer abzuwehren.

Levi ließ sich auf die Knie fallen und rutschte über den Holzboden, landete fast direkt unter Amy und fing sie auf, bevor sie auf dem harten Boden aufschlug. Er wiegte ihren Körper in seinen Armen. Phego und Mammon schalteten blitzschnell um und stürmten an ihnen vorbei durch die Tür, die sie mit ihren schweren Wölfen aus den Angeln rissen.

Scheißkerl. Das Arschloch hatte sie überrumpelt. Wieder einmal.

Zu dem morgendlichen Getöse gesellten sich weitere Schüsse und zwei weitere Autotüren knallten zu. Der falsche Kindergärtner hatte anscheinend Freunde mitgebracht.

Levi musste da raus, er wollte unbedingt Zähne und Klauen gegen diesen Wichser einsetzen, aber Amy brauchte ihn jetzt- Sie war verletzt. Das Blut seiner Gefährtin war das Einzige, was er wahrnehmen konnte, der einzige Geruch, der in der Luft lag. Das machte ihn und seinen Wolf rasend. Er bereitete sie beide darauf vor, zu jagen. Zu töten. Rache zu üben.

Amy griff nach seinem Arm und atmete schwer. Levi hasste es, sie verletzt zu sehen, aber es blieb ihm nichts Anderes übrig, als sie in den hinteren Teil des Hauses zu ziehen. Eine weitere Handvoll Schüsse wurde abgefeuert und überraschenderweise wimmerte einer seiner Brüder. Levi stürmte auf die offene Tür zu, seine Hände verwandelten sich in Pranken und die Fingerspitzen wurden zu Krallen. Dieser Wichser würde dafür bezahlen … sobald er sich vergewissert hatte, dass Amy in Sicherheit war.

„Geh", rief Amy und drückte seine Schulter. Dann zuckte sie zusammen und griff sich an den Arm, wobei

Blut zwischen ihren Fingern hindurchsickerte. „Es ist nichts weiter. Sie brauchen dich."

Levi warf noch einen Blick zur Tür und zog sie dann ein paar Zentimeter weiter in Richtung Küche. „Du brauchst mich."

„Ich brauche dich, um den Kerl zu töten, damit wir diesem Irrsinn ein Ende setzen können."

Die Schärfe in ihren Augen, die Gewissheit, war das Einzige, was ihn davon überzeugen konnte, dass sie die Wahrheit sagte. Amy hatte Recht – er musste da raus und kämpfen, damit sie die Sache beenden konnten.

Levi hob sie in seine Arme und trug sie die ersten drei Stufen der Treppe hinauf. Auf dem Treppenabsatz setzte er sie ab und schob sie in die Ecke. So war sie von zweieinhalb Seiten eingeklemmt. Es war nicht gerade optimal, aber für den Moment musste es reichen. Er wollte nicht, dass sie zu weit weg war, und er bezweifelte, dass sie das auch wollte.

Als Levi sicher war, dass sie es sich so bequem wie möglich gemacht hatte, eilte er zum Beistelltisch und riss die Schublade auf. Er ließ das SOG SEAL-Messer, das genauso aussah wie sein eigenes, beiseite, da er wusste, dass das nicht ausreichen würde. Aber in der Schublade lag eine kleine Pistole, von der er sich vergewissert hatte, dass sie geladen und bereit war. Nur für den Fall.

Und genau der war nun eingetreten.

„Hier." Er achtete darauf, dass die Waffe entsichert war, bevor er sie seiner besorgten Gefährtin reichte. „Bleib hier an der Treppe. Wenn du uns brauchst, schreie. Wir kommen, egal was passiert. Aber schieß zuerst."

„Schon gut. Ich werde schreien oder schießen. Aber jetzt geh."

Levi küsste sie auf den Kopf. „*Erst* schießen, dann schreien und später Fragen stellen. Selbst wenn du einen von uns triffst, werden wir wieder gesund. Verstanden?"

„Levi", weinte sie, ihre Hände zitterten und ihre Augen füllten sich mit Tränen.

„Lass das." Er wischte ihr über das Gesicht und drückte ihr die Waffe fester in die Hand. „Keiner von uns nimmt es dir übel, wenn du uns triffst. Versprich mir – schieß zuerst."

Sie nickte und sah in diesem Moment so klein und verängstigt aus, dass es ihm einen Stich in der Brust versetzte. Levi beugte sich vor und küsste sie auf die Stirn, wobei er die Augen schloss, damit sie nicht brannten.

„Pass auf dich auf, Puppe."

Er wartete nicht auf eine Antwort, sondern stürmte nach draußen, bevor er völlig den Mut verlor. Sein Herz ließ er zurück.

Zeit, sich an die Arbeit zu machen.

Drei Männer standen in der Einfahrt, hinter dem Auto, mit dem sie gekommen waren. Es waren Menschen, wie es aussah. Einer, den sie als Randall oder Gavin identifiziert hatten, schoss auf das Haus zu, als Levi über die Veranda rannte. Gewehre bereiteten Wandlern normalerweise keine Sorgen, denn sie konnten sich meist schneller heilen, als sie verbluteten, aber diese Typen waren anders. Das konnte er spüren, er wusste es, weil sie Amy und ihn so schnell entdeckt und ausfindig gemacht hatten. Levi würde sie nicht unterschätzen.

Phego saß regungslos in Wolfsgestalt in der hintersten Ecke der Veranda. Mammon lehnte als Mensch an einem Stützbalken der Veranda und hielt sich den Arm. Blutspritzer bedeckten die Veranda mit leuchtend roten Tupfen und unter Mammon bildete sich eine Pfütze. Mehr als der Wandler erwartet hätte. Viel mehr.

Levi duckte sich und eilte zur Seite, dankbar, dass die verdammten Stützpfeiler so stabil waren, aber er wusste, dass er getroffen werden würde, wenn er nicht vorsichtig war.

„Was ist los?"

Mammon knurrte, als ein weiterer Schuss ertönte und ein paar Holme ein wenig zu nah an ihm zerbarsten. „Die Mistkerle haben etwas an oder in den Kugeln. Die Scheiße heilt nicht richtig."

„Scheiße." Levi duckte sich, als eine Kugel das Geländer direkt über seinem Kopf zersplittern ließ. „Wir müssen sie entwaffnen."

Phego wandelte sich zum Menschen und hockte sich hinter den Eckpfosten. „Ohne Scheiß. Wie willst du das anstellen, wenn diese Schusswunden nicht heilen?"

Das war die Frage des Tages. „Keine Ahnung, aber wir müssen etwas tun, und zwar schnell."

Bevor Phego antworten konnte, hörten die Schüsse auf und dieser verlogene Mistkerl von einem sogenannten Kindergärtner meldete sich zu Wort.

„Gebt uns die Schlampe, dann lassen wir euch Missgeburten vielleicht am Leben."

Levi brüllte förmlich und sein Knurren ließ die ganze Veranda erbeben.

„Sieh an, sieh an, sieh an … Jemand kennt unser

Geheimnis. Oder zumindest einen Teil davon." Phegos Augen funkelten silbern, der Schattenwolf in ihm meldete sich zu Wort. „Es wird Zeit, einen neuen Plan zu schmieden, denn wir werden ganz sicher nicht das tun, was sie von uns wollen."

20

„SCHEISSE." AMY LIESS DIE WAFFE FALLEN UND umklammerte ihren Arm. Das Blut lief ihr über die Finger und sammelte sich auf dem Boden.

Sie holte tief Luft und überlegte, was sie tun konnte, ohne ihren Gefährten zu gefährden. Sie wusste nicht viel über Erste Hilfe, nicht viel mehr als das, was sie im Fernsehen gezeigt wurde. Als Gestaltwandlerin heilte sie schnell. Sehr schnell. Viel schneller, als die Verletzung ihres Armes im Moment heilte. Sie hatte noch nie so starke Schmerzen verspürt oder so viel eigenes Blut gesehen, was die Anspannung, gegen die sie ankämpfte, auch nicht gerade erleichterte. Der Anblick ihres Gefährten, der um die Ecke und in den Flur rannte, hatte alle Instinkte in ihr zum Leben erweckt und Adrenalin durch ihre Adern fließen lassen. Er hatte ausgesehen, als wäre er bereit gewesen zu töten, als er auf sie zugerast war

… und dann war ihre Welt plötzlich aus den Fugen geraten.

Das Geräusch ihres Blutes, das auf den Holzboden tropfte, reichte aus, um ihre Entscheidung zu treffen. Sie musste aufstehen und Hilfe holen. Levi hatte gesagt, sie solle schreien, aber sie wollte weder ihn noch seine Brüder ablenken. Wenn sie nahe genug an die Tür herankam, konnte sie wahrscheinlich einfach seinen Namen sagen und er würde kommen. Aber zuerst brauchte sie ein Handtuch oder etwas Anderes, das sie um ihren blutigen Arm wickeln konnte. Druck … Im Fernsehen hieß es immer, man solle Druck auf die Wunde ausüben.

Als Amy aufstand, entschied sich der Raum, für sie zu tanzen. Sie klammerte sich an den Pfosten, um das Gleichgewicht zu halten, und wäre beinahe die drei Stufen zum Untergeschoß hinuntergefallen. Sie blieb wie angewurzelt stehen und wartete ab, in der Hoffnung, dass sie sich nicht über ihre eigenen Füße übergeben musste. Das mulmige Gefühl, die Gleichgewichtsstörungen … Was zum Teufel war nur los mit ihr?

Als sich der Raum nicht mehr drehte, biss sie die Zähne zusammen und versuchte, auf etwas Beständiges zuzugehen. Es dauerte nur vier Schritte, bis ihr Kopf zu schwer wurde, um sich aufrecht zu halten. Der Raum drehte sich erneut, als sie gegen die Wand prallte und ihre Gelenke schmerzten, wie sie das noch nie erlebt hatte. Scheiße, sie brauchte Levi, aber sie konnte sich nicht erinnern, was er zu ihr gesagt hatte. Er war draußen und kämpfte für sie, aber war er vorne oder hinten? Wo waren Phego und … der andere? Der mit den guten Manieren und der schlechten Einstellung? Und warum konnte sie sich nicht an seinen Namen erinnern?

Ihr Magen verkrampfte sich wieder, und ihre Hände begannen zu zittern. Vielleicht sollte sie einfach durch die Vordertür gehen. Die war ganz in der Nähe und bereits einen Spalt breit geöffnet. Zum Glück, denn sie war sich ziemlich sicher, dass sie nicht in der Lage sein würde, die Türklinke zu bedienen. Zumindest nicht ohne Hilfe. Sie versuchte, über den Boden zu rutschen und ihren Hintern auf dem Holzboden zu halten, aber jede Bewegung ließ ihre Sicht verschwimmen und ihre Konzentration nachlassen. Vielleicht wäre Krabbeln besser. Krabbeln bedeutete im Grunde, sich hinzulegen und auf einem Boden wie diesem herumzurutschen. Ja, Krabbeln war gut. Dem Boden nahe zu sein, war eine gute Idee.

Fast hätte sie das erste Stück, das sie geschafft hatte, bejubelt. Über das zweite hätte sie fast geweint, aber sie bewegte sich weiter. Sie krabbelte weiter … mehr oder weniger.

Aber als sie die Wand hinunterglitt, um noch ein paar Zentimeter zu gewinnen, landete etwas genau dort, wo sie hinmusste. Ihr war der Weg abgeschnitten und sie hatte nicht genug Kraft, um sich umzudrehen. Gerade wollte sie versuchen, dem braunen Ding auszuweichen, als grobe Hände sie an den Schultern packten und sie in eine sitzende Position brachten. Sie würgte und stöhnte, ihr Kopf drehte sich, um zu sehen, wer sie festhielt. Es war nicht Levi, aber er war … ihr vertraut. Sie kannte seinen Geruch und hatte kein Problem damit, dass er da war. Sie war in Sicherheit.

„Pssst", zischte der Mann leise, als er ihren unverletzten Arm um seinen Hals schlang und ihr auf die Beine half. „Bringen wir dich hier raus, damit wir uns um den Arm kümmern können."

Sie wollte nicken, aber ihr Kopf fühlte sich zu schwer an. Stattdessen lehnte sie ihn an seine Brust und ließ sich von ihm in die Küche führen. Er roch nach Gestaltwandler und etwas anderem. Etwas wie Kaffee. Etwas, das sie an Essen erinnerte. Frühstück, vielleicht. Ein Restaurant oder Diner …

Ihr Diner. Ja, natürlich.

„Was machst du denn hier?", fragte sie, und ihre Worte klangen selbst für ihre eigenen Ohren schwammig und undeutlich. Zeke – der Wandler, der eine Woche lang an ihrem Tresen gesessen hatte, bevor Levi in ihr Leben getreten war, der Rumtreiber, der sie angemacht, mit ihr geplaudert und ihr Essen verspeist hatte – ging mit ihr in die Küche … in Richtung Hintertür.

„Ich bin hier, um dir zu helfen, Armaita."

Amys Kopf war klar genug, um sich gegen die Verwendung dieses Wortes aufzulehnen. Armaita … Rudelname … nicht Rudel. Zeke war kein Rudelmitglied und kein Gefährte. Sie erwartete, dass ihre Wölfin bei diesem Gedanken knurren würde, aber sie wurde mit einer seltsamen, unangenehmen Stille empfangen.

Amy versuchte, sich von dem Wandler loszureißen, aber Zeke hatte sie fest im Griff und sie hatte weder die Kraft noch die Konzentration, sich zu wehren. Sie wusste nicht einmal, ob sie in der Lage sein würde, alleine zu stehen, aber irgendetwas in ihr, etwas Tiefes und

Instinktives, schrie sie an, es zu versuchen. Weiterzukämpfen. Sich zu weigern, aufzugeben.

„Ich denke nicht, dass du hier sein solltest", meinte sie, nicht ganz sicher, warum das Rechteck aus Licht, das nach draußen führte, sie so verunsicherte.

„Oh, da liegst du falsch." Zeke schleppte sie in das kalte, grausame Sonnenlicht eines Wintertages. Sie hatte einen kurzen Moment der Klarheit, in dem Instinkt, Angst und Levis Worte zusammenkamen, um sie vor dem zu warnen, was wahrscheinlich passieren würde, bevor Zeke sie auf seine Schultern hob und über den schneebedeckten Hinterhof rannte. Er trug sie weg von Levi. Weg von ihrer Sicherheit.

„Stopp", flüsterte sie, ihre Kehle war trocken und ihr Bewusstsein schwand zusehends. Selbst ihre Wölfin war verstummt, die Kreatur war nirgends in ihrem Kopf zu finden. Diese Stille und das beunruhigende Gefühl, zum ersten Mal in ihrem Leben allein in ihrem Kopf zu sein, versetzten sie in Panik. Oh Gott, was hatten sie getan? Würde sie ohne ihre Wölfin immer noch mit Levi verpaart sein? Würde er ohne diesen inneren Geist ihre Verbindung spüren?

Würde sie ohne ihre Wölfin überhaupt noch sie selbst sein?

„Wir können nicht aufhören, Armaita. Wir müssen verschwinden, während diese dämlichen Menschen deine Wachhunde ausschalten. Der Mistkerl wollte dich entführen, aber ich habe ihn ganz schön ausgetrickst. Du solltest schon immer mir gehören."

Schrei!

Amy hörte Levis Stimme noch ganz deutlich in ihrem

Kopf. Dieses eine Wort erinnerte sie daran, wie sie seine Aufmerksamkeit bekommen konnte. Er hatte versprochen zu kommen, wenn sie um Hilfe schrie, aber es war zu spät. Sie hatte kaum noch die Kraft, ein Quietschen von sich zu geben, bevor die Schwärze um sie herumwirbelte und sie den Halt verlor, wach zu sein.

21

Nach etwa drei Minuten, in denen er fast ununterbrochen unter Beschuss gestanden hatte, erkannte Levi, dass die Mistkerle nicht darauf aus waren, zu töten.

„Was zum Teufel soll das?" Levi duckte sich hinter einen Schaukelstuhl, als eine weitere Kugel das Geländer neben ihm zerschmetterte. Das Geräusch ließ Mammon zusammenzucken, aber er war nicht bei Bewusstsein genug, um sich aufrecht zu halten. Er begann, am Geländer entlang zu rutschen, als die Schwerkraft die Oberhand gewann. Levi griff nach Mammon und zog ihn wieder in eine sitzende Position. Der Mann war praktisch ohnmächtig, so etwas hatte Levi noch nie gesehen.

Phego knurrte, versteckte sich hinter der Ecke der Veranda und suchte Deckung, als alle paar Sekunden Schüsse ertönten. „Keine Ahnung. Sie kommen nicht näher, aber sie haben uns eingekesselt. Du und ich könnten es wahrscheinlich zurück ins Haus schaffen, ohne getroffen zu werden, aber nicht Mammon. Ihm geht es immer schlechter."

Levi brauchte keine Bestätigung. Sie wussten beide, dass etwas nicht stimmte, wenn ein Wandler, der lediglich eine Fleischwunde hatte, nicht sprechen, sich nicht bewegen und nicht bei Bewusstsein bleiben konnte. Irgendetwas stimmte mit ihrem Freund nicht ... mit dieser ganzen Situation.

Die Männer hatten sich hinter ihrem Wagen verschanzt. Das war verständlich ... ein großes, kugelsicheres Objekt als Deckung benutzen. Das war vernünftig. Aber sie schossen aus allen Rohren und feuerten alle paar Sekunden ohne jedes erkennbare Ziel. Entweder machten sie sich keine Sorgen, dass ihnen die Munition ausgehen könnte, oder sie hatten gar nicht vor, einen Volltreffer zu landen. Aber was dann? Eine Militäreinheit würde angreifen, das Netz enger ziehen und dann die Gegner ausschalten. Das hier war eher ein Angriff um des Angriffs willen.

Phego muss denselben Gedankengang gehabt haben.

„Warum schießen sie so planlos? Als hätten diese Mistkerle einen endlosen Vorrat an Munition oder so." Phego zuckte zusammen, als ein Teil des Stützpfeilers zerbarst. „Und was auch immer sie auf diesen verdammten Kugeln haben, es lässt Mammon hier so gut wie handlungsunfähig werden. Gut, dass deine Amy nicht von einer getroffen wurde, als sie durch die Tür geschossen haben."

Levi gefror das Blut in den Adern und sein Wolf stürmte vor. Amy. Sie hatte aus ihrem Arm geblutet, als er sie im Haus zurückgelassen hatte. Er wusste nicht genau, ob das vom Glas, vom Holz der Tür selbst oder von den Kugeln herrührte, die alles durchschlagen hatten. Sie könnte in Schwierigkeiten sein. Sie könnte halb bewusstlos auf dem Boden liegen, genau wie Mammon. Ein Gedanke, der seinen Wolf in Rage brachte. Er griff tief nach dem Band, das ihn an sie fesselte, nach dem Gefühl, dass sie in der Welt um ihn herum war. Das Gefühl, eine Gefährtin zu haben, war noch so neu, die Verbindung so zerbrechlich, aber er jagte danach. Griff danach.

Doch er konnte es nicht finden. Er konnte sein Gefühl für sie nicht finden. Nirgendwo.

„Scheißdreck!" Levi wirbelte zur Tür, aber die Mistkerle, die sich hinter ihrem Auto versteckt hatten, feuerten auf die Wand vor ihm und schnitten ihm erneut den Weg ab. „Wir müssen zu ihr, müssen an die Waffen kommen. Wir können diese Arschlöcher ausschalten."

Phego knurrte und legte den Kopf schief, um über das Geländer zu schauen. „Ich weiß, aber die Waffen sind drinnen, Junge."

Diese Anrede war der Tropfen, der das Fass zum Überlaufen brachte. Anstatt jedoch auszurasten, lenkte Levi seine ganze Wut und Frustration nach innen. Eine Welle konzentrierter Aufmerksamkeit überspülte Levi und verlangsamte alles um ihn herum. Er betrachtete die Welt wie durch ein Kameraobjektiv, maß Entfernungen und Licht, suchte nach Schatten und entwarf in seinem Kopf einen Plan. Dann öffnete er die Blende und ließ den Hintergrund verschwimmen, bis nur noch die wichtigsten Teile des Bildes zu sehen waren.

„Wir müssen sie überrumpeln." Alles, was Levi im Laufe der Jahrhunderte an militärischem Training absolviert hatte, schoss ihm durch den Kopf, als die Welt ihre normale Geschwindigkeit wiedererlangte. Seine Gefährtin brauchte ihn, seine Brüder brauchten ihn, er stand buchstäblich mit dem Rücken zur Wand … und er durfte nicht versagen. Wenn er und Phego der Feuerkraft dieser Menschen entkommen wollten, mussten sie die Bedrohung beseitigen. Das bedeutete, dass sie die Männer mit den Gewehren ausschalten mussten.

Aber Phego reagierte überhaupt nicht oder ließ seine Zustimmung erkennen. Er starrte nur vor sich hin, als ob seinem Rudelbruder ein zweiter Kopf gewachsen wäre. Etwas, über das Levi nicht weiter nachdenken wollte.

„Ich weiß, es klingt verrückt, aber wir sitzen nun mal in der Falle. Jemand muss das Feuer auf sich ziehen, damit wir an unsere eigenen Vorräte rankommen können."

Mammon, der plötzlich zumindest teilweise wach zu sein schien, stieß sich vom Boden ab. Als der Wandler auf die Knie ging, selbst auf allen Vieren wackelig und schwach, starrten Levi und Phego ihn nur an. Und dann ergriff das Wichser tatsächlich das Wort.

„Lasst mich."

Wenn es etwas gab, womit Levi nicht gerechnet hatte, dann das. „Du kannst ja kaum laufen."

Aber Mammon war hartnäckig wie eh und je. „Sie ist deine Gefährtin, Kleiner. Du würdest für sie sterben, das wissen wir alle, aber Sterben ist im Moment nicht das Beste, um sie zu beschützen. Auf mich haben sie schon mal geschossen. Wenn diese Scheiße, die mein Gehirn vernebelt, tödlich ist, bin ich sowieso erledigt." Er lehnte sich näher heran, sein Atem ging schwer, als er Levi zuflüsterte: „Pass gut auf das Mädchen auf. Sie ist viel zu gut für dich, Junge. Du hast dich verpaart – jetzt musst du sie dir auch verdienen."

Mammon streckte ihm seinen Arm entgegen und sah Levi direkt in die Augen. Er verstand und war auf alles vorbereitet, was passieren würde. Levi nahm das Angebot an und sah ein, dass sein Bruder bereit war, für seine Gefährtin zu sterben. Er sträubte sich nicht und bettelte auch nicht. Er zollte dem Mann den Respekt, den er für eine so selbstlose Tat verdiente.

Dann ergriff Levi Mammons Unterarm und nickte einmal. „Ich halte dir den Rücken frei."

Mammon lachte. „Um meinen Rücken mache ich mir keine Sorgen, aber ich weiß die Mühe zu schätzen."

Bevor er aufstehen konnte, drang das Dröhnen einer mächtigen Maschine durch die Luft. Das Geräusch wurde immer lauter und bösartiger, je näher es kam. Es gab nur eine Maschine, die so einen Lärm machte, und nur ein Schattenwolf war mutig genug, um auf diesem Ungetüm zu reiten.

Levis erleichterter Seufzer war nicht zu überhören. „Da kommt die Kavallerie."

Thaus lenkte seine monströse Harley nahezu ungebremst auf die Schotterpiste, in der einen Hand hielt er eine Knarre, die fast so groß war wie sein Unterarm. Er hielt sie hoch und zielte.

Levi schlich nach vorne, um das Schauspiel zu beobachten, und wartete auf seine Gelegenheit, die Tür zu erreichen. Lange brauchte er dafür nicht. Nur einen kurzen Moment der Unaufmerksamkeit der Menschen. Eine Handvoll Sekunden.

Die drei Menschen bemerkten viel zu spät, dass etwas

hinter ihnen auftauchte. Zwei drehten sich und zielten auf die Bedrohung, aber ihre Schüsse gingen daneben. Nicht, dass ein direkter Treffer geholfen hätte. Thaus schoss, während er weiterfuhr, richtete seine Waffe aus und zielte mit der Präzision eines Scharfschützen. Er hielt nicht einmal inne oder ließ den Arm sinken, als er zum Stehen kam und von seinem Motorrad sprang, um viermal zu schießen, bevor er die Füße auf den Boden setzte.

In dem Moment, in dem sich der erste Mensch herumdrehte und von der Kugel getroffen wurde, war Levi schon auf den Beinen und rannte zur Tür. Er musste seine Brüder bewaffnen und zu Amy gelangen, bevor die beiden anderen Menschen noch mehr Schaden anrichteten.

Seine Schrotflinte lehnte an der Wand neben der Tür, genau dort, wo er sie zurückgelassen hatte. Er schnappte sich die Waffe im Vorbeigehen und drehte sich um, um rückwärts ins Haus zu gelangen, während er schoss. Selbst durch die Tür hindurch hatte er einen hervorragenden Blick auf das Auto und den Kampf draußen – die ganze Szene wurde fast vom Türrahmen eingerahmt. Er beobachtete, wie Thaus den zweiten Menschen abknallte und jubelte stillschweigend für seinen Bruder. Aber der dritte – dieser verdammte Gavin – hatte sich bewegt, hatte sich entschieden, das anzugreifen, was er wahrscheinlich für das leichtere Ziel hielt. Der Mistkerl rannte auf die Veranda und zielte direkt auf Levis Brüder, ohne den Typ in der Tür mit der Schrotflinte an der Schulter zu bemerken. Den Typ mit dem mörderischen Blick. Levi zögerte nicht und überlegte nicht eine Sekunde lang. Er zielte, holte tief Luft und gab einen einzigen Schuss ab.

Gavin zuckte zusammen und stürzte in einer Blutwolke nach hinten, wobei ihm die Waffe aus der Hand glitt und mit einem dumpfen Aufschlag auf den Boden fiel.

Geschafft. Fast.

Levi ließ die Waffe sinken, wirbelte herum und rannte zu dem Treppenabsatz, an dem er Amy vor wenigen Minuten zurückgelassen hatte. Mit jedem Schritt betete er zu seinem Schicksal. Als er an der Wand ankam und sich umsah, war da … nichts. Der Treppenabsatz war leer, das einzige Überbleibsel seiner Gefährtin war eine Blutlache auf dem Holzboden. Zu viel Blut. Der Geruch verdrängte alles andere und machte es ihm unmöglich, sie zu finden. Und das Band zu ihr, der Faden, der sie durch ihre Paarungsbisse verband, war stumm und bewegungslos. Abgeschnitten. Etwas, das ihn noch tiefer in Angst und Schrecken stürzte.

Verfluchtes Versagen.

Sein Herz klopfte, während er durch das Untergeschoß des Hauses rannte. Er durchsuchte jedes Zimmer. Schaute in jeden Schrank. Als er sie nicht finden konnte, ließ er seinen Wolf nach vorne stürmen, in der Hoffnung, dass der sie wenigstens aufspüren konnte. Er gab seine menschliche Seite so schnell an den Wolf ab, dass er sich teilweise wandelte, anstatt ganz Wolf zu werden. Seine Nase verlängerte sich zu einer halben Schnauze und seine Finger wurden zu Krallen. Dichtes, dunkles Fell wuchs entlang seiner Arme und überzog seine Haut, aber er hielt es nicht zurück. Er versuchte nicht einmal, sich zu wehren. Der Wolf brauchte seine Gefährtin, und er brauchte seinen Wolf, um sie zu finden. Dies würde ihre gemeinsame Mission werden.

Der Wolf, der nun nahezu vollständig die Kontrolle übernommen hatte, knurrte und schnüffelte. Er nahm die verschiedenen Gerüche im Raum wahr und versuchte, den Geruch von Schießpulver und Blut zu verdrängen. Plötzlich nahm er etwas Süßes wahr. Da … ihr Duft. Zart und unaufdringlich, aber dennoch vorhanden. Er verfolgte ihn in die Küche und zur Hintertür. Zur *offenstehenden* Hintertür.

Der kalte Wind, der von innen wehte, vertrieb die starken Gerüche, die Amys Duft überdeckt hatten. Sie war vor kurzem hier gewesen, das war sicher. Aber es gab noch einen anderen Geruch, der sich mit ihrem vermischte. Der Geruch eines männlichen Wandlers. Ein Geruch, der eine Erinnerung auslöste, die aber nicht lange genug anhielt, um sie festzuhalten. Aber das spielte keine Rolle. Wer auch immer bei ihr war, war ein toter Mann. Levi wollte seine Gefährtin wiederhaben. Basta.

Phego holte Levi gerade ein, als er auf die hintere Veranda hinaustrat. „Mammon geht es schlecht, aber ich glaube, er verbrennt gerade, was auch immer sich in seinem Blut befindet. Er braucht nur etwas Zeit, um sich zu erholen."

„Wir haben aber keine Zeit."

Phego stellte sich vor ihn und warf ihm einen scharfen Blick zu. „Was meinst du? Wo ist deine Gefährtin?"

Levi antwortete nicht sofort, er erwies seinem Bruder nicht einmal den Respekt, ihm in die Augen zu sehen. Er konnte seine Gefährtin zwar nicht durch ihr Band spüren, aber er hatte andere Möglichkeiten, sie zu finden. Er konnte seine Gefährtin im Wind riechen, er konnte die Fußspuren desjenigen, der sie hatte, im Schnee sehen. Die

Spuren einer Person ... rein, dann raus. Jemand hat sie nicht einfach mitgenommen, sondern gegen ihren Willen fortgetragen.

Levi deutete mit seinem Kinn auf die Fußabdrücke. „Der da hat sie."

Thaus eilte auf die Veranda, sein Gewehr im Anschlag, während er die Umgebung absuchte. „Die Omega? Wer hat sie entführt?"

Levi zuckte mit den Schultern und stellte seine Schrotflinte an die Wand. Lässig, wahrscheinlich wirkt er fast ruhig, obwohl das das Letzte war, was er fühlte. In seinem Inneren krallte sich sein Wolf fest, bereit, sich auf den Scheißkerl zu stürzen, der es wagte, Hand an seine Amy zu legen. Aber Levi ließ sich Zeit, denn er wusste, dass es nun soweit war. Er stand kurz davor, gegen einen anderen Wandler in den Krieg zu ziehen, den er immer noch nicht identifizieren konnte und von dem er wusste, dass er einige Trümpfe im Ärmel hatte ... Zum Beispiel die Fähigkeit, eine Gruppe von Menschen dazu zu bringen, als lebendige Zielscheibe herzuhalten. Schlau, aber nicht schlau genug.

„Ich weiß nicht, wer. Ist mir aber auch egal. Jemand hat meine Gefährtin entführt." Levi starrte seine beiden Schattenwolfbrüder an und trieb seinen Wolf vorwärts, denn er wusste, dass sie das wirbelnde Silber in seinen Augen sehen würden, bevor seine Verwandlung über ihn kam. „Wer auch immer er ist, wer auch immer es gewagt hat, sie anzufassen? Der Kerl stirbt jetzt."

Levi verwandelte sich direkt auf der Veranda und in seiner riesigen Wolfsgestalt rannte er in den Wald, sobald seine Pfoten den Boden berührten. Er empfand nichts mehr als seinen Instinkt und seinen Zorn. Levi hätte Unterstützung von seinen Brüdern erwartet, besonders von Phego, aber es war Thaus, der ihm durch den Schnee folgte. Die letzten Fäden von Levis menschlichem Verstand waren dankbar dafür. Phego konnte Mammon bei der Heilung helfen. Thaus war eine Bestie von einem Mann und ein Berserker von einem Wolf, viel aggressiver als fast jeder, den Levi kannte.

Derjenige, der es gewagt hatte, eine der ihren anzufassen, musste damit rechnen, ernsthaft zu Schaden zu kommen.

22

EIN HEFTIGER STOß GEGEN IHREN BRUSTKORB RISS AMY AUS der Finsternis des Schlafes. Sie suchte nach Licht, nach Verstand und Vernunft, aber ihr Gehirn blieb vernebelt und benommen. Doch selbst durch den Nebel hindurch spürte sie, dass etwas nicht stimmte. Das Schlafzimmer war zu kalt, die Wärme ihres Gefährten, der sie umhüllte, fehlte. Und in ihrem Kopf herrschte eine Schwere, die ganz bestimmt nicht da sein sollte. Stand sie ... auf dem Kopf?

Falsch, falsch, irgendetwas stimmte hier garantiert nicht.

Aber da legte der Schlaf seine eisigen Finger wieder um ihren Verstand und führte sie zurück in die Dunkelheit, und sie ergab sich seinem Ruf.

Sekunden später, vielleicht auch Stunden, wachte Amy mit einem Ruck auf. Immer noch benommen, ihre Gedanken viel zu langsam, immer noch höllisch kalt. Aber dieses Mal kämpfte sie gegen den Schlaf an. Sie wehrte sich heftig. Atmete tief ein. Diese eisige Luft, die nur von draußen kommen konnte, brannte in ihrer Nase und ihren Lungen, und sie versuchte, einen klaren Kopf zu bekommen. Wach zu bleiben. Um herauszufinden, was an ihrer Situation so verkehrt war.

Und die war zweifellos sehr, sehr verkehrt.

Auf dem Kopf stehend, draußen, schaukelnd mit einer Bewegung, die sich wie eine Bewegung von unten anfühlte … alles war so falsch. Der Geruch eines männlichen Wolfgestaltwandlers wehte um sie herum. Sie atmete tiefer ein und suchte nach etwas, woran sie sich festhalten konnte. Was sie erkennen konnte. Aber der Geruch stammte nicht von ihrem Gefährten, eine Tatsache, die den Nebel in ihrem Kopf fast sofort auflöste. Bilder, Gedankenblitze, durchschnitten im Schnelldurchlauf den letzten Rest des Schleiers. Hütte … Frühstück … Schüsse … Blut … *Zeke*.

Ihr Herz machte einen Sprung, aber sie versuchte nicht zu fliehen. Sie bewegte sich nicht einmal. Der Wichser hatte sie über seine Schulter geworfen wie einen Sack Kartoffeln, und ihr Kopf baumelte halb auf seinem Rücken, während er durch ein Waldstück rannte. Er hatte sogar seine Hand auf ihrem Rücken, als ob er sie festhalten wollte. Und das jagte ihr eine Gänsehaut über den Rücken.

Der unbändige Wunsch, so lange zu kämpfen, bis er sie losließ, war groß, aber auch das Bedürfnis zu wissen, wo sie war und was hier vor sich ging. Außerdem sollte sie einen klaren Kopf behalten, bevor sie sich in Sicherheit brachte oder losschlug. Das Betäubungsmittel, das man ihr verabreicht hatte, ließ langsam nach, aber es war noch nicht ganz verschwunden. Ihr Körper tat immer noch weh, und ihr Gehirn arbeitete nicht so schnell, wie sie sich das gewünscht hätte. Aber sie war am Leben und wach. Sie war zwar über die Schulter eines Mannes geworfen worden, der sie zu einem unbekannten Ziel schleppte, aber sie war noch nicht tot. Und dafür konnte sie dankbar sein.

Als ihre Sinne wiedererwachten und ihr Gehirn immer klarer wurde, konnte sie sich nur noch auf eine Sache konzentrieren. Ihren Gefährten. Ihre Wölfin, die immer noch auf unnatürliche Weise fast stumm, aber zumindest wieder anwesend war, wurde ein wenig munterer, als sie nach ihrem Paarungsband tastete. Levi war da, ihre Verbindung zu ihm war immer noch stark und ungebrochen. Allerdings war sie schwach. Durch die Drogen oder die Entfernung getrübt. Er war nicht in der Nähe, aber er entfernte sich auch nicht weiter, obwohl Zeke immer noch durch den Wald rannte. Das verriet ihr, dass er ihnen folgte. Wahrscheinlich war er ihr auf den Fersen, ein Gedanke, der die Unruhe in ihrem Inneren deutlich linderte. Levi würde sie holen kommen; er würde ihr helfen, von Zeke wegzukommen.

Amy war sich ziemlich sicher, dass sie in einem *fairen* Kampf gegen den Gestaltswandler gewinnen könnte, aber Zeke hatte bewiesen, dass er nicht fair kämpfte. Die Drogen, die ihre Wahrnehmung vernebelten, wären auch nicht gerade hilfreich. Wenn sie nur eine Möglichkeit finden könnte, Zeke aufzuhalten und Levi die Gelegenheit zu geben, sie einzuholen, damit sie Rückendeckung hatte. Dann könnte sie es wagen. Und das würde sie auch tun. Keine Schwester von zwölf älteren Brüdern wuchs auf, ohne zu wissen, wie man sich wehrt, und sei es nur, weil sie die älteren Jungs bei ihren eigenen kindlichen Kämpfen beobachtet hatte.

Amy wartete, klammerte sich mit ganzem Herzen an den dünnen Faden, der sie mit ihrem Gefährten verband, und wurde immer aufgeregter, je stärker er wurde. Levi kam immer näher. Jeden Moment konnte sie ihre Flucht beginnen. Sobald sich ihr eine Gelegenheit bot.

Und dann passierte es. Das Schicksal spielte Amy in die Hände und stellte ihr einen steilen Hügel in den Weg. Oder besser gesagt, in Zekes Weg. Er strauchelte, als er die Steigung erreichte, seine Schritte wurden langsamer und er geriet aus dem Takt. Ihr Gegner war aus dem Gleichgewicht geraten, es ging bergauf, und ihr Gefährte war ihnen auf den Fersen. Es war an der Zeit, das, was sie in der Familie Bell gelernt hatte, in die Tat umzusetzen.

Amy schlug hart und schnell an mehreren Stellen zu. Sie biss ihm in den Arm, schlug ihm in die Nieren und rammte ihm gleichzeitig die Knie in die Brust, sodass Zeke keine Gelegenheit zum Gegenschlag hatte. Der Mistkerl grunzte und ging in die Knie, genau wie sie es erwartet hatte. Dann warf sie ihr Körpergewicht auf eine Seite und ließ sich von seiner Schulter fallen. Eine erfolgreiche Flucht, wenn auch keine besonders schöne. Sie schlug zu hart auf dem Boden auf und rollte in einer unelegant wirkenden Drehung durch den Schnee. Das war vielleicht nicht ganz nach Plan verlaufen, aber zumindest trug Zeke sie nicht mehr. Das bedeutete, dass es höchste Zeit war, dem Wichser in den Arsch zu treten.

Aber es dauerte länger als geplant, bis sie auf die Knie kam, und als sie sich wieder aufgerappelt hatte, war ihr schwindlig und schwummrig. Also gut – Planänderung. So sehr es sie auch nervte, drehte sie ihrem Entführer den Rücken zu und stolperte den Hügel hinunter. Levi war ihr auf jeden Fall dicht auf den Fersen und ihre Reaktionszeit war noch nicht vollständig wiederhergestellt, was bedeutete, dass es am klügsten war, Zeke nicht in einen Kampf zu verwickeln. Sie musste nicht davonlaufen, wirklich nicht. Na gut, sie musste. Aber nur wegen der Drogen. Ohne sie würde sie den Mistkerl über den Waldboden schleifen. Wenn sie Abel zu Fall bringen könnte – und das hatte sie schon ein oder zwei Mal geschafft –, könnte sie auch Zeke vermöbeln. Nur ... nicht jetzt.

Lauf zu Levi, lauf einfach zu Levi.

„Verdammt noch mal, Armaita."

Ihre Füße rutschten auf dem harten Boden aus und ihr Kopf schwirrte bei jedem Schritt, aber sie setzte weiter einen Fuß vor den anderen. Sie folgte dem dünnen Faden, von dem sie nur ahnen konnte, dass Levi an dessen Ende sein würde.

Schon an ihren besseren Tagen war sie keine besonders schnelle Läuferin, und heute war offensichtlich kein guter Tag. Sie schaffte es kaum bis zum Fuß des Hügels, als Zeke ihr in den Rücken krachte. Sie kippte nach vorne und rutschte in den Schnee, ihr Gesicht brannte, weil sich das Eis in ihre Wange bohrte. Mit seinem Gewicht auf ihr und seinen Armen, die sie umschlossen, hatte Zeke Amy in Sekundenschnelle fest im Griff. Aber das hielt sie nicht davon ab zu kämpfen.

Treten, beißen, schreien, schlagen – als Kind musste sie mit zwölf Brüdern ringen, was sie schnell gelernt hatte. Sie konnte sich schneller aus einem Würgegriff befreien als die meisten anderen Gestaltwandler, sie konnte Männer, die dreimal so groß waren wie sie, zur Not auch umhauen, aber Zeke war fest entschlossen, sie in Schach zu halten. Durch seinen schieren Willen und den benebelten Geist, der ihre Reflexe verlangsamte, verlor sie den Kampf und zwar schnell.

Aber sie war noch nicht fertig.

Zeke wälzte sie auf den Rücken und versuchte, sie mit seinem Gewicht festzuhalten. Amy trat fester zu und stemmte sich mit ihren Hüften dagegen, um ihn abzuwerfen. Sie wehrte sich dagegen, sich einfach hinzulegen und alles von ihm hinzunehmen.

„Verdammt noch mal, Armaita. Ich will dir doch nur helfen."

Sie knurrte und trat erneut zu, wobei sie ihn mit ihrem Knie genau zwischen die Beine traf. Er stöhnte auf und krümmte sich, was ihr die ideale Gelegenheit gab, ihn von sich zu stoßen. Ein Punkt für die Wölfin.

„Du hast nicht die Erlaubnis, mich so zu nennen, und ich brauche deine Art von Hilfe nicht." Zitternd rappelte sie sich auf. Es war so kalt und ihre Kleidung war klatschnass vom Herumrollen im Schnee. Sie wusste nicht, wie lange sie es in ihrer menschlichen Gestalt aushalten würde, aber sie war sich nicht sicher, ob sie sich mit einem so unscharfen Verstand überhaupt wandeln konnte. Ihre Wölfin war immer noch seltsam schweigsam – eine Tatsache, die sie weiterhin in ihrer menschlichen Form festhielt – und so konzentrierte sie sich auf Levi und rannte dorthin, wo sie ihn vermutete.

Sie war gerade mal sieben Schritte weit gekommen, als ein riesiger Wolf, von dem sie wusste, dass es Levi sein musste, vor ihr durch die Baumreihen stürmte. Erleichtert atmete sie auf und versuchte, schneller zu laufen. Sie versuchte, näher an ihn heranzukommen. Sich durch den Schnee in Richtung der Sicherheit ihres Gefährten durchzuschlagen. Acht Schritte, neun. Sie bewegte sich immer schneller. Gewann an Boden.

Doch bei ihrem elften Schritt löste sich ein Schuss.

23

AMY.

Levi atmete fast auf, als er im Zickzack um eine Baumgruppe herumlief. Sie war da – am Leben und auf ihren eigenen Füßen, auch wenn sie etwas wackelig aussah. Irgendwie war sie dem spindeldürren Wandler entkommen, der hinter ihr auf dem Eis herumkroch. Und dann kam ihr Entführer auf die Beine und Levis Sicht wurde rot.

Der Wandler.

Der Nomade.

Der Typ aus der Bar an jenem Abend außerhalb von Hope Ridge.

Das Diner in der Stadt? Der reinste Himmel.

Mann, das beste Essen, das ich je probiert habe.

Zekes Worte spukten ihm im Kopf herum, begleitet von dem Wissen, dass der Wandler seine Gefährtin für eine Art Entführung mit Hilfe einer Gehirnwäsche vorbereitet hatte. Das Timing konnte allerdings kein Zufall sein. Zeke, Gavin und die beiden anderen Menschen, die er nicht kannte, waren alle zusammengekommen. Hinter diesem Plan steckte eine Absicht.

Strategie.

Mein Gott, was hatte Zeke geplant, und wie hatte er die Menschen bloß dazu gebracht, ihm zu folgen?

Levi knurrte leiser und beschleunigte das Tempo, weil er unbedingt an Amys Seite sein wollte. Die Frau hatte zwölf Brüder – es konnte nicht sein, dass sie nicht wusste, wie man kämpfte, aber das bedeutete nicht, dass er ihr nicht seine eigene Art von Hilfe anbieten konnte. Und mit Hilfe meinte er, den Gegner in Stücke zu reißen und auf seinen Überresten herumzutrampeln. Denn das war genau sein Plan.

Thaus rannte vor ihm her und visierte Zeke an, während Levi direkt auf Amy zusteuerte. Levi war jedoch nur auf seine Gefährtin fixiert, weshalb er die Gefahr wahrscheinlich nicht kommen sah. Er bemerkte nicht, dass Zeke sich aufrichtete und etwas Glänzendes aus seinem Hosenbund zog. Er wusste nicht, dass eine Waffe auf seine Gefährtin gerichtet war, bis es zu spät war.

In dem Moment, als der Schuss fiel, stürzte sich Thaus auf Zeke, aber Levi konnte seinen Blick nicht von Amy losreißen. Ihre Augen weiteten sich bei dem Geräusch, und ihr Körper zuckte und fiel fast in Zeitlupe nach vorne. Levi rannte die letzten paar Schritte und rutschte dann ohne nachzudenken auf seinen nackten Knien durch den Schnee, um sie aufzufangen, bevor sie auf den Boden fiel. Ihr Blick begegnete ihm für einen kurzen Moment, bevor sie wieder ihre Augen schloss. Blass und mit kalter Haut lag sie in seinen Armen, ein gefallener Engel in einem Meer aus blutbespritztem Schnee.

„Amy." Levis Stimme war ein Gebet an jeden Gott, der jemals angebetet worden war, eine geflüsterte Bittschrift, die an das Universum gerichtet war. Unter der Last seiner Verzweiflung stand die Welt still, und es kehrte Ruhe ein. Er schlang seinen nackten Körper um den ihren und drückte sie schützend an sich, noch nicht einmal bereit, um zu sehen, ob sie noch atmete.

Aber Amy war nicht so geduldig.

„Levi, lass mich los." Amy drückte auf seine Schultern, hustete und strampelte, um sich zu befreien. „Es wird alles gut. Das ist schon irgendwie eigenartig, aber es wird schon wieder abklingen. Beruhige dich einfach."

Levi fauchte sie fast an, weil sie vor ihm zurückwich, und griff nach ihrem Handgelenk, um sie in letzter Sekunde festzuhalten. „Was?"

„Es lässt schon nach. Die Kugeln haben etwas an sich, das alles unscharf macht, aber das geht schon vorbei."

Kugeln. Seine Gefährtin war angeschossen worden.

„Gut. Halt einfach still." Levi sprang auf und stürzte sich auf sie, wobei er mit seinen Händen über ihren Körper fuhr, um zu sehen, wo sie getroffen worden war. Seltsamerweise schien sie das Gleiche zu tun.

„Komm mir ja nicht in die Quere!", zischte sie und schob seine Hände beiseite.

„Ich versuche herauszufinden, wo du angeschossen wurdest."

Da weiteten sich ihre Augen und ihre Hände erstarrten. „Diesmal hat es nicht mich getroffen, sondern dich."

Das Knirschen eines Tritts auf dem harten Schnee ließ sie beide herumwirbeln. Zeke richtete eine Handfeuerwaffe auf sie. Aber das war nicht das Einzige, was Levis Aufmerksamkeit erregte. Ein paar Schritte entfernt lag Thaus im Schnee, still und regungslos, das Blut hatte den weißen Boden unter ihm rot gefärbt.

Scheiße, Zeke muss Thaus getroffen haben, als der Schattenwolf vor ihn gesprungen war. Aber wie …

„Sie gehört mir." Zeke hielt einen schwer in Mitleidenschaft gezogenen Arm an die Brust gepresst, die Krallenspuren reichten bis zum Knochen, und die Waffe zitterte in seiner anderen Hand. „Ich habe für sie gearbeitet, ich habe die menschlichen Dämonenjäger auf ihr Rudel angesetzt, damit ich an sie rankomme, ich habe sogar geduldet, dass dieser verlogene Lehrer sich an sie heranschleicht, obwohl sie doch mir gehört. Und auch du kannst sie nicht haben; ich werde nicht zulassen, dass du mir Armaita wegnimmst."

Levi schob Amy sanft hinter sich und stand auf, ohne Zeke aus den Augen zu lassen. Er blickte gebannt auf die Hand, die die Waffe hielt. „Ihr Name ist Amy und sie ist meine Gefährtin."

Zekes Gesicht lief rot an und ein leises Knurren ertönte aus seiner Brust. „Ich habe sie zuerst entdeckt."

„Aber so läuft das nicht." Levi hielt eine Hand auf Amys Handgelenk, während er näher an Zeke heranrückte. Er wollte, dass sie weglief, zurück zur Hütte, wo Phego sie beschützen konnte, aber er wusste, dass sie das nicht tun würde. Er wusste auch, dass Zeke auf sie schießen würde, wenn sie das versuchte. Aber daraus würde nichts werden. Er wusste nicht, ob die Drogen eine verstärkende Wirkung hatten oder ob Zeke gut genug war, um ihr in den Kopf zu schießen.

Levi war jedenfalls nicht bereit, ein Risiko einzugehen.

Zeke warf über Levis Schulter einen Blick auf Amy, mit einer Art glühendem Leuchten in seinen Augen. Es war der Blick eines Mannes, der besessen ist. „Sie gehört mir. Ich will sie."

„Nochmal, so läuft das hier nicht. Im Gegenteil." Levi rückte noch näher, sein Herz raste, sein Adrenalinspiegel schoss in die Höhe. „Und außerdem will sie dich sowieso nicht."

„Aber sie gehört mir." Zeke ließ seine Schultern sinken. Ob diese Bewegung eine Reaktion auf Traurigkeit, Niederlage, Wut oder Entsetzen war, war Levi scheißegal. Diese Geste war seine Chance. Es waren nur ein paar Zentimeter, die man kaum merkte, aber es war genau der richtige Winkel, um den Lauf der Waffe mehr auf den Boden zu richten als auf ihn oder Amy.

Perfektes Timing … Levi hatte die Schnauze voll von dem Scheiß. „Nein, Zeke. Sie gehört verdammt noch mal mir."

Mitten in seinen Worten wurde Levi zum Wolf, stieß sich vom Boden ab und stürmte vorwärts, noch bevor die Verwandlung vollzogen war. Er wusste, dass das eine dreiste Aktion war, aber es war die einzige Gelegenheit, die er bekommen würde. Er musste Zeke entwaffnen, und zwar sofort.

Zum Glück waren Geschwindigkeit und Überraschung auf seiner Seite. Zeke hatte kaum Gelegenheit zu knurren, bevor Levi zuschlug. Die Wucht von Levis Kopf, der direkt die Brust des kleineren Mannes traf, riss Zeke zu Boden.

Doch Levi ließ nicht locker. Er umklammerte das Handgelenk des Wandlers, biss sich durch das Fleisch, brach ihm die Knochen und sorgte dafür, dass die Waffe zu Boden fiel, bevor er seinen Angriff fortsetzte. Zekes schmerzhafte Schreie durchbrachen die Stille des winterlichen Waldes, aber das war Levi egal. Er knurrte lauter, biss fester zu und griff seinen Feind mit einem einzigen Ziel an.

Um Amy zu beschützen.

Das hier – und damit auch Zekes Leben – endete genau hier im Wald. Dafür würde Levi sorgen.

24

AMY KNIETE MIT HÄNGENDEM KOPF IM SCHNEE, UND IHRE Tränen gefroren an ihren Wangen. Die Geräusche des Kampfes zwischen Levi und Zeke kamen ihr wie aus einem Alptraum vor, aber sie lief nicht weg. Das konnte sie nicht. Der Wolf, der mit Levi losgerannt war, um ihr zu helfen, steckte in Schwierigkeiten. Es musste einer aus Levis Rudel sein, vielleicht sogar einer von denen, die sie kennengelernt hatte. Für die sie gekocht hatte.

Einer seiner Brüder.

Wenn einer ihrer Brüder im Schnee verblutet wäre, würde sie auch wollen, dass ihm jemand half. Sie würde darum betteln. Anstatt sich also in Sicherheit zu bringen, näherte sie sich dem verletzten Wolf. Näherte sich dem Kampf.

Blut befleckte den Boden in einem schaurigen Tupfenmuster. Der weiße Schnee hatte sich durch das Scharren der Pfoten in ein ekelerregendes Rosa verwandelt, aber überall waren noch große rote Flecken zu sehen. Diese Flecken wurden immer größer und zahlreicher, da Levi seine Beute wie ein Kauspielzeug behandelte. Zekes dunkler Wolf blutete fürchterlich, was ein gutes Zeichen für ihren Gefährten war.

Und Levi …

In seiner Wolfsgestalt war er riesig. Riesig und auf eine Weise gefleckt, wie sie das noch nie gesehen hatte. Genau wie sein gefallener Bruder. Beide waren muskulös, durchtrainiert und offensichtlich kampferprobt, mit einer ruppigen Ausstrahlung, die auf Gewalt hindeutete. Levi und dieser Mann waren Beschützer, ganz sicher. Vielleicht sogar Soldaten. Aber der eine war gefallen.

Amy kroch direkt an die Seite des Wolfes und überwand die Angst, die er ihr einflößte. Er hatte einen Schuss in die Schulter abbekommen; eine Verletzung, von der sie wusste, dass sie nur schwer zu heilen sein würde, wegen der vielen beweglichen Teile, die den Bewegungsablauf steuerten. Verletzungen bei Gestaltwandlern heilten gut und schnell, aber das bedeutete nicht, dass sie immer genau so heilten, wie sie sollten. Sie konnte immer noch die Schreie ihres Bruders Caleb hören, als er sich wegen einer Knieverletzung ein drittes Mal das Bein brechen lassen musste. An diesem Abend hatten alle dreizehn Männer in ihrer Familie feuchte Augen bekommen, auch wenn sie das nie zugegeben hätten. Aber wenn Caleb mit einem solchen Schmerz umgehen konnte und sich davon erholte – er hinkte kaum noch –, dann wurde auch dieses riesige Biest damit fertig. Sie musste ihm nur helfen.

Der Wolf auf dem Boden knurrte, als sie sich ihm

näherte. Das Geräusch war gedämpft und schwach, ganz und gar nicht das, was sie von einem Tier seiner Größe erwartet hätte. Ein sicheres Zeichen dafür, dass er benommen war und Schmerzen hatte. Dennoch baute das Knurren auf einer instinktiven Angst auf, die nur schwer zu bekämpfen war.

„Ich tue dir nichts." Sie kroch näher und behielt seine Vorderbeine im Auge. Die Waffen an den Enden waren eine absurde Variante von Wolfskrallen – lang und verdickt, offensichtlich scharf und dazu geeignet, jemanden mit einem einzigen Hieb aufzuschlitzen. Er sah zu schwach aus, um anzugreifen – zumindest hoffte sie das –, aber er knurrte immer lauter und schärfer, je näher sie kam. Das Geräusch war nicht mehr nur unheimlich, sondern geradezu beängstigend, da es sich zu den Geräuschen des Kampfes ihres Gefährten hinter ihr gesellte. Außerdem half ihm das in keinster Weise. Warum knurrte er sie an, wo er sich doch eigentlich ausruhen sollte, damit er schneller gesundwerden konnte? Ein dickköpfiger Idiot. Amy hatte in ihrem Leben schon mit ein paar von dieser Sorte zu tun gehabt. Mit etwa zwölf oder so.

Deshalb wusste sie auch genau, wie sie ihn behandeln musste, egal wie groß und furchteinflößend er auch sein mochte.

„Entweder knurrst du weiter und büßt die Energie ein, die du zum Heilen brauchst, oder du bist so clever und hältst die Klappe. Mir ist das egal. Ich kümmere mich so oder so um dich."

Der Wolf verstummte, aber seine Augen – diese ungewöhnlichen, silberschmelzenden Augen – blieben wachsam und auf der Hut. Sie hatte das Gefühl, dass es sich nicht um Phego oder Mammon handelte, aber sie konnte auch nicht genau sagen, woher sie das wusste. Vielleicht lag es an der Art, wie das Tier sich weigerte, ihr zu vertrauen. Oder vielleicht war es der leere Blick. Levis Brüder waren lebhaft und umgänglich, auf eine gewisse Weise furchterregend, aber freundlich zu ihr. Dieser hier … war nichts von alledem. Er war die reine Aggression, und selbst in seinem Zustand lag dieser Kampfeswille förmlich in der Luft. Wie eine Warnung oder eine Drohung. Er gewährte ihr ein kleines Zugeständnis, aber das war's. Sie würde nicht einen Millimeter mehr bekommen.

Und doch brauchte sie mehr von ihm, wenn sie ihm helfen wollte, zu überleben.

Ohne zu zögern, zog sie ihr nasses T-Shirt aus und rollte es zusammen. Dieses Kleidungsstück war zwar nicht gerade die beste Wahl, aber es war das einzige, das sie besaß. Sie legte den durchnässten Stoff auf die Stelle, an der der Wolf am meisten blutete. Danach drückte sie fest zu, um den Blutfluss zu verlangsamen.

Sein schmerzvolles Wimmern ging direkt in ein Knurren über, das ihr die Haare im Nacken zu Berge stehen ließ.

„Tut mir leid, aber ich muss die Blutung stoppen." Sie zuckte mit den Schultern und versuchte, nicht daran zu denken, wie kalt der Wind war, der über ihre feuchte Haut strich, und war dankbar, dass sein Blick nicht von ihrem Gesicht gewichen war. Wenigstens starrte er nicht auf ihren BH. Das wäre ihr unangenehm, worüber sie sich jedoch keine Gedanken machen musste, wo sie sich einem

Wolf gegenübersah, der sie wahrscheinlich mit einem einzigen Hieb in zwei Hälften teilen konnte. „Das Shirt ist wahrscheinlich kalt, aber es ist das Einzige, was ich im Moment habe. Sobald Levi mit Zeke fertig ist, bringen wir dich zurück zur Hütte und besorgen richtige Hilfsmittel."

Sobald Levi fertig war. Das heißt, sobald Levi den anderen -Gestaltwandler getötet hatte. Amy schluckte das ungute Gefühl in ihrem Magen hinunter. Sie hatte sich nie für gewalttätig gehalten und konnte sich auch nicht vorstellen, dass ihr der Tod eines anderen Wandlers einmal so gleichgültig sein würde. Aber Zeke hatte zu viele Grenzen überschritten. Er hatte gelogen, sie manipuliert, ihr nachgestellt und sie angegriffen.

Amys Familie, eigentlich ihr ganzes Rudel, war geradeheraus und unverblümt. Man wusste von Anfang an, woran man bei ihnen war. Zeke war da anders. Er hatte sie ausgetrickst, und diese Hinterlist hätte sie den Gefährten kosten können, den sie gerade erst kennengelernt hatte. Es hätte auch ihr ganzes Rudel in Gefahr bringen können, da er mit Menschen gemeinsame Sache gemacht hatte. Der Wandler verdiente die gerechte Strafe, die Levi ihm zuteilwerden ließ.

Ein scharfes Wimmern riss sie aus ihren Gedanken. Sie zuckte zusammen, riss sich von ihrem Patienten los und flüsterte ein leises „Entschuldigung".

Aber der Wolf unter ihr bewegte sich nicht, machte sich nicht einmal die Mühe, sie anzusehen. Er starrte an ihrer Hüfte vorbei und beobachtete etwas hinter ihr.

Levi.

Der Wald war fast verstummt, die Geräusche des Kampfes waren verhallt, nicht einmal der Hauch einer

Totenglocke rauschte durch die Bäume. Etwas, das sie bis zu diesem Moment nicht bemerkt hatte.

Amy schloss die Augen und holte tief Luft, um die Verbindung zu ihrem Gefährten zu suchen. Er war da, seine Seele tief in ihr verborgen. Seine Wut war in den Schwingungen deutlich zu spüren. Er war da, und er war stinksauer. Aber er fühlte sich auch ein wenig … siegreich.

Ihr Herz schlug ihr bis zum Hals und verstärkte das, was sie bereits von ihrer Bindung wusste, und dann seufzte sie.

Das Wimmern war nicht von Levi, sondern von Zeke gekommen. Der kleinere Gestaltwandler war völlig überwältigt, sein Körper war zusammengesunken und unter dem ihres Gefährten eingeklemmt. Levi hatte seine Zähne in Zekes Hals, sein Fell sträubte sich entlang der Wirbelsäule und seine Krallen steckten in den Rippen des anderen Wolfs. Bald würde Zeke erledigt sein. Die langen, klaffenden Wunden entlang seines Rumpfes und die rote Lache unter seinem Kopf und seinen Schultern bewiesen das. Einen solchen Blutverlust würde ein Wandler nicht überleben.

Levi, in seiner ganzen muskulösen, marmorierten Pracht, kämpfte nicht einmal mehr. Stattdessen wartete er und lauschte geduldig auf den letzten Schlag eines Herzens. Ein Soldat, der seine Mission zu Ende bringen wollte.

Der Wolf unter ihren Händen versuchte, sich zu bewegen, also wandte sie sich ihm zu und drückte fester gegen das Shirt. Sie war zu erleichtert, um das Lächeln in ihrer Stimme zu verbergen. „Halt still. In den Kugeln war etwas, das deine Heilung verlangsamt hat. Du blutest mehr, wenn du dich bewegst."

Seine Augen trafen ihre – hell wie geschmolzenes Metall. Silberne Augen, dunkle Flecken auf den Flanken, groß und muskulös und selbst für ihre eigenen Verwandten furchterregend. Diese Männer waren keine normalen Rudelwölfe. Sie hatten etwas Besonderes an sich, etwas, das anders war.

„Was seid ihr?"

Das Knirschen von Schritten im Schnee lenkte ihre Aufmerksamkeit zurück auf den Kampf. Oder was von dem Kampf übrig war. Zeke lag still im Schnee und bewegte sich nicht, eine Blutlache unter ihm sagte Amy alles, was sie wissen musste. Levi hatte Erfolg gehabt. Ihr Gefährte in seiner Wolfsgestalt erhob sich an der Seite des gefallenen Mannes, schnüffelte und untersuchte ihn, als wolle er sich vergewissern, dass die Gefahr beseitigt war. Um sich davon zu überzeugen, dass sie wieder in Sicherheit war.

Amy wandte sich wieder seinem gefallenen Bruder zu, denn sie wusste, dass ihr Gefährte nicht aufhören würde, bis er sicher war, dass die Gefahr vorüber war. Stattdessen setzte sie sich zu dem Wolf, übte Druck auf seine Verletzungen aus und beobachtete, wie sich sein Brustkorb bei jedem Atemzug hob und senkte.

Schließlich legten sich Levis warme Arme um sie und wirkten wie Balsam auf ihre ängstliche Seele. Sie schmiegte sich in seine Umarmung, weil sie mehr von ihm an sich spüren wollte. Sie entspannte sich sogar, als der Wolf unter ihr sie mit seinen gefährlichen Augen beobachtete.

„Geht es ihm gut?"

Amy lächelte auf den Wolf hinunter. „Es wird ihm gut gehen, sobald die Wirkung der Drogen nachlässt. Die Verletzung an der Schulter ist unschön, aber nicht lebensbedrohlich. Noch ein paar Minuten Ruhe und dann können wir sehen, wie wir ihn wiederaufrichten können, schätze ich."

„Einverstanden. Ein paar Minuten sind nicht schlecht, denn obwohl wir zurückgehen und nach den anderen sehen müssen, solltest du erfahren, was er ist. Was … wir beide sind." Levi küsste ihren Hals und zog sie fest an sich. „Schattenwölfe. Die größten, wildesten und ältesten der Wolfgestaltwandler. Eine etwas andere Rasse, die bei euch schon lange als ausgestorben galt." Er holte tief Luft, ein leichtes Knurren grollte durch ihn und vibrierte gegen ihren Rücken. „Meine Brüder und ich sind die letzten von ihnen. Es gibt nur noch sieben männliche Schattenwölfe auf der Welt, aber das dürfen wir niemandem verraten. Unsere Sicherheit hängt davon ab, dass wir unser Geheimnis bewahren."

Der Wolf starrte sie an, als würde er ihre Reaktion abschätzen. Amy drückte ihr Shirt mit den Händen auf seine Verletzung und behielt seine Augen im Blick.

„Ich habe noch nie von einem Schattenwolf gehört."

„Wir versuchen, nicht zu sehr in Erscheinung zu treten."

Amy schaute über ihre Schulter zu ihrem hübschen Gefährten, fasziniert von seiner Geschichte und doch so verdammt dankbar, dass er noch lebte. „Wie konntet ihr euch so lange verstecken?"

„Wir verstecken uns nicht wirklich. Die meisten Rudel

haben die Legenden vergessen oder gehen davon aus, dass die Erzählungen darüber, dass wir ausgestorben sind, richtig sind, sodass sie niemals damit rechnen, einem Schattenwolf zu begegnen. Sie machen sich keine Gedanken über unser Aussehen, wenn wir uns vor ihnen verwandeln. Wir haben auch eine Gruppe von Männern unter uns – gewöhnliche Gestaltwandler – die bei einer Mission einspringen können, wenn unsere wahre Identität geheim gehalten werden muss."

„Hm." Schattenwölfe. Und sie war mit einem verpaart. Sie trug das Blut eines anderen in sich. Wie seltsam ihre Welt doch geworden war. Und doch gab es einiges zu tun. Tatsachen, mit denen sie fertig werden musste. Zunächst ging es um den Wolf vor ihr und seine Verletzungen. Amy zog das Shirt von seiner Schulterwunde weg, um sie zu untersuchen, und war zufrieden, als das Blut nicht mehr ungehindert floss. „Wir können versuchen, ihn aufzurichten, schätze ich."

Levi hatte wohl eine heftigere Reaktion von ihr erwartet. „Moment mal … Nur 'hm'?"

Der Wolf zog eine Augenbraue hoch, als wolle er sie herausfordern. Er wartete auf eine Antwort. Amy biss sich auf die Lippe und gestand sich ihre Gefühle ein. Nein, nicht nur „hm", aber ihr war kalt, sie war durchnässt und sie hatte das Blut von jemandem, der ihrem Gefährten wichtig war, an sich. Von all dem, was sie hätte ausrasten lassen können, stand die Tatsache, dass ihr Gefährte eine nahezu geheimnisvolle Unterart eines Gestaltwandlers war, nicht einmal annähernd an der Spitze ihrer Liste.

Mit einer hochgezogenen Augenbraue, die einer der dummen Sprüche ihrer Brüder würdig war, antwortete

Amy: „Ich hätte mir zwar gewünscht, dass du mir das früher gesagt hättest, aber es ist ja nicht so, dass die Tatsache, dass du ein Schattenwolf bist, irgendetwas an unserem Schicksal ändern würde."

Ihre Worte klangen laut ausgesprochen noch wahrer, als sie es in ihrem Kopf waren. Sie klangen richtig. Dann lehnte sie sich an Levis Schulter und neigte ihren Kopf für einen Kuss. „Du bist immer noch mein Gefährte, du bist nur viel cooler, das ist alles."

Levi schmunzelte, kam aber ihrer Bitte nach und küsste sie sanft, bevor er sich mit einem Seufzer zurückzog. „Wir glauben, dass die Omegas auch die letzten Weibchen der Linie der Schattenwölfe sind. Wir sind groß und stark – ihr Omegas habt die Kraft, ein Rudel zusammenzuhalten."

„Ich Glückskind."

„Das Glück ist ganz auf meiner Seite." Und wieder küsste er sie, diesmal länger, sodass sie beinahe vergaß, wie kalt ihr war. Beinahe. Schließlich löste er sich jedoch von ihr und schloss sie fester in seine Arme. „Wie geht es meinem Bruder hier?"

„Ich bin mir nicht ganz sicher ... er ist ziemlich still." Amy zitterte und biss die Zähne zusammen, damit sie nicht klapperten. „Er wird es schwer haben, bis seine Schulter verheilt ist. Vielleicht müssen wir eine Art Schlitten bauen, um ihn zurückzubringen."

„Das bezweifle ich." Levi beugte sich vor und lehnte sich regelrecht um sie herum. „Thaus, das ist meine Gefährtin Armaita, obwohl sie Amy lieber mag. Amy, das ist Thaus. Er ist einer meiner Schattenwolfbrüder und der zweitfieseste Wichser, den ich je getroffen habe. Wenn du ihm eine Minute Zeit gibst, kann er uns wahrscheinlich zur Hütte zurücktragen."

„Der zweitfieseste? Das klingt ja unheimlich." Amy fröstelte, die Kälte drang ihr förmlich in die Knochen. „Und länger als eine Minute halte ich es hier draußen nicht aus."

Levi strich mit seinen Händen über ihre Arme. „Mein Gott, du bist ja eiskalt. Warum verwandelst du dich nicht, Puppe?"

„Aber, dein Bruder …"

„Mach dir keine Gedanken über Thaus. Nimm einfach deine Wolfsform an und halte dich warm."

Der Gedanke an ihre Wolfsform, an das dichte Fell, das ihr schwächeres menschliches Ich verhüllen würde, war verlockend für sie. Aber trotzdem … „Bist du sicher?"

„Ganz sicher." Dann beugte er sich näher zu ihr und flüsterte ihr ins Ohr: „Ich würde nur zu gerne deine Wolfsgestalt sehen. Ich wette, du hast einen tollen Schwanz."

Amy konnte sich ein Lachen nicht verkneifen. „Du bist ja so pervers."

„Nur für dich." Er biss ihr in die Schulter und entlockte ihr ein Knurren, das selbst sie überraschte. Da schnaufte der Wolf auf dem Boden, was sich wie ein Schnauben anhörte und Amys Aufmerksamkeit erneut auf ihn zog.

Levi seufzte. „Halt die Klappe, alter Mann."

„In Ordnung, ihr beiden. Ich verwandle mich, bevor ich noch Körperteile an diese Kälte verliere."

Levi lehnte sich auf seinen Handflächen zurück und betrachtete sie, splitterfasernackt. Er fühlte sich wohl in seiner Haut. Er sah so verdammt gut aus, so umwerfend in seiner Männlichkeit. Amy hätte sich am liebsten rittlings auf ihn gesetzt und ihm noch einen tiefen Kuss verpasst, ihren Körper an seinem gerieben und jeden einzelnen Zentimeter von ihm abgetastet, um sicherzugehen, dass es ihm nach dem Kampf gut ging. Aber der Wind peitschte über die Lichtung, stach ihr in die Augen und ließ ihre Haut brennen. Später würde sie mit ihrem nackten Gefährten allein sein können. Im Moment musste sie aufpassen, dass sie nicht an Unterkühlung starb.

Also wich Amy zurück und ließ ihre nasse Kleidung auf den Boden fallen. Mit ihren vier Pfoten auf dem Schnee schüttelte sie sich von der Nasenspitze bis zum Ende ihres Schwanzes. Es fühlte sich gut an, in ihrer Wolfsgestalt zu sein; es fühlte sich richtig an. Und es war so viel wärmer.

„Ich hatte Recht." Levi grinste und zwinkerte ihr zu. „Du hast einen tollen Schwanz."

Amy schnaubte lachend und hüpfte durch den Schnee. Schließlich konnte sie dem Mann ruhig eine kleine Show bieten. Sie rieb sich an Levis Rücken, als er über ihre Streiche lachte, und kuschelte sich an seinen Hals, in der Hoffnung, etwas Wärme abzugeben.

Thaus schnaufte erneut, bevor er sich aufsetzte. Er war nicht gerade das, was sie als standfest bezeichnet hätte, aber er konnte sich immerhin gerade halten. Ein deutlicher Fortschritt. Levi hatte seinen Arm ausgestreckt, um seinen Freund aufzufangen, falls nötig. Amy eilte zu Thaus' anderer Seite und stützte ihn mit ihrem Körper. Sie drückte sich an ihn, ohne Rücksicht auf seine natürliche ablehnende Haltung zu nehmen.

Thaus zog sich nicht von ihr zurück, aber er schien auch nicht zu wollen, dass sie ihn berührte. Er gab einen

Laut von sich, der fast wie ein Winseln klang, bevor er knurrte. Laut.

„Gib's doch zu, Mann", meinte Levi, als er sich aufrichtete. „Sie ist doch umwerfend. Sie wird sogar dich für sich gewinnen. Heute Morgen hat sie Mammon dazu gebracht, *Danke* und *Ma'am* zu sagen."

Thaus beäugte sie. Er war so viel größer als sie, so viel kräftiger. Sie würde niemals gegen ihn bestehen können, also ließ sie ihre Zunge aus dem Mund hängen und schenkte ihm ein hündisches Grinsen. Er konnte furchterregend sein und sie konnte albern sein. Sollte er doch versuchen, weiterhin so mürrisch zu sein, sie würde schon seine gute Laune aufspüren. Falls er überhaupt eine hatte.

Was sie bezweifelte.

Mit einem Röcheln erhob sich Thaus auf alle vier Füße. Beim ersten Schritt wackelte er, beim zweiten fiel er fast hin, aber die restlichen Schritte schienen ihm leicht zu fallen. Trotzdem blieb Amy an seiner Seite. Levi verwandelte sich und folgte ihnen ein Stück hinterher, um den Wald im Auge zu behalten. Er bewachte die schwächeren Wölfe. Das war etwas, wofür sie ihn schätzte und respektierte. Amy glaubte nicht, dass sie oder Thaus einen weiteren Angriff verkraften würden.

Fast eine Stunde später, als die drei endlich wieder in der Hütte ankamen, fanden sie Mammon wach im Wohnzimmer. Er war immer noch blass, aber er war nicht tot. Das war eine gute Nachricht, denn Amy und Thaus waren von denselben Drogenkugeln getroffen worden.

Phego war nirgends zu finden, aber Amy musste sich um Größeres kümmern. Das heißt, um Thaus. Der hatte sich im Flur vom Wolf zum Menschen gewandelt und stolperte zur Couch. Er flog im hohen Bogen, drehte sich in der Luft und landete auf seinem Rücken. Eine beeindruckende Leistung, aber nicht so beeindruckend wie sein Körperbau. Er war völlig nackt, wie sie vermutet hatte. Das war normal. Die zahlreichen Muskeln, die seinen Körper bedeckten, waren es allerdings nicht, und auch nicht die Größe seines ... Dings.

„Zieh dir was über, verdammt noch mal!" Levi warf eine Decke über Thaus' Schoß und starrte ihn an. Amy, immer noch in ihrer Wolfsgestalt, duckte sich hinter ihn und drückte sich gegen seine Waden. Sie musste ihn ganz nah bei sich spüren. Sie brauchte dringend etwas Zeit allein mit ihm, um sich von all dem zu erholen. Selbst auf vier Füßen fühlte sie sich wackeliger als sonst. Ihr Absturz nach dem Adrenalinstoß würde geradezu sagenhaft ausfallen.

Thaus, in seiner ganzen nackten Pracht, hob einfach einen Arm und streckte einen Finger aus. Einen Mittelfinger.

„Noch ein verfluchter verpaarter Schattenwolf", knurrte Thaus. Amy blickte zu Levi auf, der ihr zuzwinkerte. Jawohl. Verpaart. Das bedeutete, dass er wahrscheinlich spürte, wie angespannt sie war. Er wusste es. Und sie hatte keinen Zweifel daran, dass er ihr helfen würde, das durchzustehen.

Mit einem Schnauben an ihren Gefährten trabte sie ins Schlafzimmer, um sich zu verwandeln und etwas zum Anziehen zu finden. Sie hatte das Gefühl, dass es Levi nicht gefallen würde, wenn sie nackt vor den anderen

Männern herumlief, auch wenn das bei Wandlern so üblich war.

Ihr nackter Gefährte folgte ihr ein paar Minuten später und schmiegte sich sofort an ihren Rücken, als er das Zimmer betrat. Er umschloss sie mit seinem Körper und umarmte sie mit seinen starken Armen.

„Es tut mir so leid, dass Zeke dich angefasst hat." Levis Stimme war dunkel und düster, voll von Gefühlen, die sie nur erahnen konnte. Trotz ihrer Verbindung wusste sie, dass er ihr nur die oberflächlichsten seiner Empfindungen zugänglich machte. Der Mann erzitterte an ihr und knurrte leise, während seine Hände sie erkundeten. Während er sich vergewisserte, dass es ihr gut ging.

Dieser Mann war am Ende, und das wusste sie … spürte sie. Er brauchte ihre Hilfe, um nicht auseinanderzufallen.

„Mir geht es gut." Sie wandte sich um, griff mit ihren Händen in sein Haar und zog ihn zu sich herunter. „Wir kommen alle wieder auf die Beine."

Levi schüttelte den Kopf und kniff die Augen zusammen. „Ich hätte …"

„Hör auf." Sie zwang sich, ihn nicht anfunkeln, als seine Augen aufsprangen und sein Blick auf den ihren fiel. „Es gibt kein *hätte, sollte* oder *würde*. Du hast getan, was du in dem Moment für richtig gehalten hast."

Er seufzte und zog sie näher an sich heran, wobei er sie fast schmerzhaft an sich drückte. „Ich hätte dich verlieren können."

Der Schmerz und die Angst in seiner Stimme brachen ihr fast das Herz. „Aber das hast du nicht. Ich bin ja bei dir.

Und diese ganze Sache ... ist vorbei. Die bösen Jungs sind alle weg."

Levis Schultern versteiften sich. „Na ja, nicht *alle*."

Amy lehnte sich zurück und hob abwartend die Augenbrauen.

Levi zuckte mit den Schultern. „Phego befragt gerade einen der Menschen. Wir müssen wissen, was Zeke vorhatte und wer davon wusste. Wir müssen sicherstellen, dass niemand sonst nach dir sucht."

Phego ... beschäftigt. Thaus ... erholt sich auf der Couch. „Was ist mit Mammon?"

Levi legte den Kopf schief und sah fragend zu ihr hinunter. „Der ist oben und ist völlig weggetreten."

Amy brummte und ließ ihre Hände an seinem Hals und über seine Schultern hinuntergleiten. „Wir haben also noch etwas Zeit?"

Sein Knurren wurde stärker und sein Körper reagierte auf ihre Berührung. „Ja, die haben wir. Wahrscheinlich ein paar Stunden. Phego liebt seinen Job." Er beugte sich vor und knabberte an ihrem Nacken, seine Hände griffen nach ihren Hüften und zogen sie an sich heran, wo er bereits einen Ständer für sie hatte. „Wir sollten wahrscheinlich reden. Vielleicht ein paar Pläne für unsere Zukunft machen."

Aber seine Hände umfassten ihre Hüften und sein harter Schwanz schmiegte sich an ihren Bauch. „Ich würde lieber etwas Anderes tun, als zu reden."

Levi knurrte ganz leise und aufreizend. Bedürftig. „Hast du etwas Bestimmtes im Sinn?"

Amy zuckte mit den Schultern. „Nun, ich bin nackt ..."

Levi grinste, ein arrogantes Lächeln. Und dann war

Amy in der Luft. Sie landete mit einem Ruck auf der Matratze und lachte, als ihr Gefährte auf sie gekrabbelt kam.

„Was machen wir hier eigentlich?" Sie griff nach ihm und zog ihn zu sich heran, um sein Gewicht zu spüren. Er schmiegte sich an ihren Hals und biss fest in die Muskeln, bevor er sich einen Weg zu ihrem Ohr leckte.

„Vögeln."

Amy zitterte und stöhnte und schlang ihre Beine um seine Hüften. Sie war bereit, sich auf die schönste Art und Weise wieder mit ihrem Gefährten zu vereinen. „Klingt nach einem ausgezeichneten Plan."

EPILOG

Levi folgte Amy die Treppe hinauf und blieb dicht bei ihr, aber nicht zu dicht. Er liebte es, zu sehen, wie sich ihr Hintern bewegte, auch wenn er den nur wegen seiner Wolfssicht sehen konnte. Nachts in den Bergen war das kein Spaß.

„Bist du dir da sicher?" Sie sah so verunsichert aus, dass es fast schon komisch war.

„Ich bin mir sicher." Levi stupste sie in Richtung Tür. Es war beinahe einen ganzen Tag her, dass er sie in seinen Armen gehalten hatte. Die Fahrt zurück nach Hope Ridge hatte wegen eines Schneesturms länger gedauert als erwartet, und ihre ständige Erregung hatte ihn während der ganzen Fahrt in Wallung gebracht. Er brauchte sie allein, nackt und unter ihm, in weniger als drei bis fünf Sekunden, sonst würde er in die Luft gehen.

Und trotzdem zögerte sie noch. „Aber du bist es

gewohnt, allein zu sein. Du weißt doch gar nicht, wie das Leben hier so läuft. Wir reden eine Menge …"

„Ich weiß. Das hast du mir schon gesagt. Trotzdem bin ich dabei." Noch ein Stupser und ein Knurren, um seinen Standpunkt klarzumachen. So sehr er ihre Stimme auch liebte, sie musste endlich aufhören zu reden und sich bewegen. Er wollte sie nicht im Dunkeln auf der Veranda nackt ausziehen, mitten in einem verfluchten Schneesturm, der sich gerade anbahnte.

Der Wind frischte auf und wirbelte den Schnee um sie herum auf, was ihm Recht gab. Levi konzentrierte sich auf Amys Hand, oder besser gesagt, auf die Schlüssel, die sie in der Hand hielt. Wenn sie nur den richtigen nehmen und ihn ins Schloss stecken würde, könnte es losgehen. Das war alles, was er brauchte – eine unverschlossene Tür. Ansonsten würde er sie aufbrechen. Genau wie die Hintertür, die er in der Nacht, als er sie kennengelernt hatte, aufgebrochen hatte. In der Nacht, in der sich sein Leben zum Besseren gewendet hatte.

„Ich möchte nicht, dass es in unserer Beziehung nur um mich geht." Sie seufzte, ohne zu bemerken, wie nahe er daran war, seine Beherrschung zu verlieren.

„Ich schon."

Dieser kleine Blick war bezaubernd. Und scharf. Im Ernst, die Kleine sollte nicht länger zögern und die beiden endlich zu sich ins Haus lassen. Sobald sie drinnen waren, würde er sie nach allen Regeln der Kunst durchvögeln, hoffentlich ein paar Tage lang. Er wusste, dass sie zurück zum Diner und zur Arbeit musste, aber er wollte so selbstsüchtig wie möglich mit ihrer Zeit umgehen. Wenn sie wieder zur Arbeit ging, würde er sie natürlich begleiten, bis der nächste Auftrag anstand. Es musste doch irgendetwas geben, womit er ihr in diesem Diner helfen konnte. Außerdem befand sich der Eisenwarenladen gleich auf der anderen Straßenseite. Der Baumarkt, in dem sie den Schlüssel nachmachen konnten, mit dem sie in das Haus kommen würden. Wenn er einen Schlüssel gehabt hätte, wären sie schon längst drin. Nackt. Sie läge auf dem Bauch und würde sich unter ihm winden, während er …

Amy schüttelte den Kopf, ihr Duft erhob sich über den kalten Geruch des Schnees, der in der Luft lag. „Du hast ja keine Ahnung …“

Und damit war es um ihn geschehen.

„Armaita.“ Levi drückte sie an die Tür und rieb seinen harten Schwanz an ihrer Hüfte, um ihr zu zeigen, was sie erwartete.

„Ja.“ Ihre Augen waren groß, ihre Stimme sanft. Gehaucht. Er konnte sich ihrer Aufmerksamkeit sicher sein.

Das Heulen eines Wolfes in den Bergen über ihnen unterbrach das stetige Rauschen des Windes, der um sie herum peitschte. Zu dem ersten Heulen gesellten sich weitere, sodass eine Geräuschkulisse entstand, die man nur selten außerhalb der wildesten Gegenden der Welt hört. Amy zog sich zurück und drehte ihren Kopf zu den Bergen. Ein Lächeln zierte ihr hübsches Gesicht.

„Sie heißen uns zu Hause willkommen.“

„Gut.“ Levi leckte ihr den Hals und ließ sich vom Gesang seiner Wolfsbrüder beruhigen. „Solange sie ein paar Stunden lang nicht hier runterkommen.“

Amy seufzte und versuchte, genervt zu klingen, aber die Art und Weise, wie ihre Hüften alle paar Sekunden gegen seine wippten, strafte ihr übertriebenes Atmen Lügen. „Irgendwann werden sie uns unterbrechen."

„Noch nicht."

„Bald."

„Amy, hör auf." Levi beugte sich vor, küsste ihre Nase und blickte in ihre wunderschönen Augen, als er seine ehrliche Meinung kundtat.

„Ich weiß, dass du zwölf Brüder, ein Rudel und einen Laden hier hast. Ich weiß, dass dies hier dein Zuhause ist und nicht ein Ort, den ich mit dir zusammen ausgesucht habe, und dass dieses Leben eine gewisse Beständigkeit mit sich bringt, die ich bis heute vermieden habe. Ich weiß, dass die Entscheidung, hierher zu ziehen, in diese kleine Stadt in den Bergen von North Carolina, bedeutet, dass ich das ganze Theater einer Großfamilie und eines Lebens inmitten von Menschen vor meiner Haustür habe. Glaub mir, *ich weiß das*." Levi knurrte und griff nach ihrer Hand. Nach der mit den Schlüsseln. Der, die eine wichtige Aufgabe zu erfüllen hatte, wenn sie in die Gänge kommen wollten. „Ich weiß nur nicht, warum wir immer noch darüber reden, wenn wir schon längst nackt durch diese Tür gehen könnten."

Er schüttelte ihre Hand und ließ die Schlüssel klappern. Sie blinzelte, löste ihr Handgelenk aus seinem Griff und ließ ihren Arm sinken. Sie muss es wohl tatsächlich geschafft haben, den Schlüssel in das Schloss zu stecken, denn mit einer Drehung ihres Arms öffnete sich die Tür. Die beiden stolperten hinein, während er immer noch versuchte, sich an ihr festzuhalten. Doch sie wich mit einem Blick zurück, der von allerlei köstlichen Dingen kündete, die noch kommen würden. Und dieser Blick gefiel ihm sehr.

„Wohin willst du?", fragte Levi, wobei er darauf achtete, dass seine Stimme tief und grollend klang. Er pirschte sich an sie heran.

„In die Küche. Ich dachte, du bist vielleicht hungrig." Das neckische Grinsen, das sie aufsetzte, hatte er noch nie gesehen. Und es gefiel ihm. Genau wie seinem pochenden Schwanz.

Levi öffnete seine Jeans, zog ihn heraus und streichelte ihn vom Ansatz bis zur Spitze, während er seinen Blick auf sie richtete. „Oh, ich bin hungrig, ja."

Amys Augen wanderten nach unten und sie streckte ihre Zunge heraus, um ihre pralle Unterlippe zu befeuchten. „Willst du, dass ich … koche?" Sie legte den Kopf schief und schürzte ihre Lippen. Sie wusste, was sie ihm mit dieser Pause antun würde. Wusste genau, wie ihre Sticheleien auf ihn wirkten.

„Ich will dich unbedingt", erwiderte er und knurrte lauter, während er mit seinem Daumen über seine Eichel streifte. „Aber nicht zum Kochen."

Levi stürzte sich knurrend auf sie und zog sie am Arm näher zu sich, während er sich selbst streichelte. Er genoss es, dass sie nicht aufhören konnte, seine Hand anzustarren. „Ich will, dass du diese Klamotten ausziehst. Dann will ich dich auf das Bett werfen. Und dann will ich meine Zunge für mindestens eine Woche in dir haben."

„Eine Woche, hm? Ohne eine gute Mahlzeit, die dir Kraft gibt, könnte das zu einem Problem werden."

„Oh, ich werde schon was essen." Levi leckte über ihren Hals und zupfte an ihrem Ohrläppchen. „Ich werde so lange essen, bis du nicht mehr aufhören kannst zu schreien."

Sie kicherte, packte ihn an den Schultern und zog ihn mit sich, als sie rückwärts in Richtung Schlafzimmer lief. „Du bist so dreckig."

„Das gefällt dir doch."

„Ja, verdammt, das tut es."

STUNDEN SPÄTER STOLPERTE LEVI AUS DEM BETT, UM SIE ZU finden. Das würde bestimmt nicht schwer sein – der Geruch von Speck, der aus der Küche kam, war ein untrügliches Zeichen.

„Ich würde sagen, dass ich mich mehr anstrengen muss, um dich so richtig fertig zu machen, aber ich bin am Verhungern und das riecht fantastisch."

Amy drehte sich um und lächelte, was ihn fast umgehauen hätte. Sie war so verdammt schön, wie sie da am Herd stand und eines seiner T-Shirts trug – die Baumwolle schmiegte sich an ihre Kurven und bedeckte kaum ihren Hintern. Sie hatte ein Küchentuch über einer Schulter und eine Zange in der Hand. Eine verdammt attraktive Köchin, umgeben von dem Geruch von Speck. Ein wahrgewordener feuchter Traum. Sein häuslicher feuchter Traum.

„Ich dachte mir, nach dieser Vorstellung wäre ein Frühstück angebracht."

Levi konnte keine Sekunde mehr widerstehen. Er schmiegte sich von hinten an sie, kuschelte sich in ihren Nacken und fuhr mit seiner Hand unter ihr Shirt, um ihren Hintern zu streicheln, während er sie an sich zog. „Ich werde also für guten Sex mit Speck belohnt? Damit kann ich leben."

Sie knuffte ihn auf die Brust und scheuchte ihn zum Tisch, wo er die nächsten zehn Minuten damit verbrachte, sie zu beobachten, wie sie in ihrem Element war. Ein wunderschöner und verführerischer Anblick, von dem er hoffte, dass er ihn von nun an täglich erleben würde.

„Kommt Thaus wieder in Ordnung?", fragte Amy, als sie das Essen an den Tisch brachte.

Levi küsste ihre Hand zum Dank, bevor er sich ein Stück Speck schnappte. „Phego sagte, dass seine Schulter ziemlich kaputt ist, aber ein Gestaltwandlerarzt sorgt dafür, dass sie so gut wie möglich heilt. Ich mache mir keine allzu großen Sorgen – er ist zäh. Er kommt schon wieder auf die Beine."

Amy nahm einen Bissen von ihren Pfannkuchen und kaute schweigend, während sie mit leerem Blick auf den Tisch starrte. Ihre Gedanken waren ganz woanders, so viel war klar. Das merkte auch Levi. Also wartete er ab und gab ihr die Gelegenheit, ihre Gedanken zu sammeln, während er seinen Speck und seine Pfannkuchen verschlang.

Er brauchte nicht lange zu warten.

„Ich kann nicht glauben, dass Zeke Menschen davon überzeugt hat, dass es uns wirklich gibt. Warum hätte er das tun sollen?"

Levi legte seine Gabel ab, als sich sein Magen verkrampfte. Zeke hat den Menschen nicht nur einfach erzählt, dass es Gestaltwandler wirklich gab. Er hat sie davon überzeugt, dass Gestaltwandler allesamt Dämonen aus der Hölle waren und vernichtet werden mussten. Und das alles nur, um Amy in seine Finger zu bekommen. Zeke hatte geplant, die Menschen ihr gesamtes Rudel ausrotten zu lassen und sie allein und hilflos zurückzulassen, damit er sie retten konnte. Aber nachdem Abel die Fährte aufgenommen und herausgefunden hatte, dass Menschen im Wald waren, hatte er seine Pläne durchkreuzt. Wenn Levi daran dachte, was alles hätte schiefgehen können, wenn Abel die Geruchsspur nicht bemerkt hätte, wenn das Rudel nicht um Hilfe gerufen hätte, wenn er den Auftrag nicht angenommen hätte und nicht nach Norden gekommen wäre …

„Was ist denn los?"

Levi blickte auf und begegnete Amys besorgtem Blick. Er wollte nicht, dass sie sich Sorgen machte, schon gar nicht in diesem Moment. Sie hatten leckeres Essen vor sich, heißen Sex hinter sich und noch mehr tollen Sex vor sich. Jetzt war nicht die Zeit, um sich Sorgen zu machen, sondern um zu feiern.

Er schüttelte den Kopf, ließ die Dinge, die hätten sein können, hinter sich und konzentrierte sich auf das Hier und Jetzt. Denn er hatte den Hilferuf erhalten, war für den Einsatz nach Norden gekommen, war der Spur gefolgt und hatte seine Gefährtin gefunden. Er hatte die Gefahr für sie aus dem Weg geräumt, und Phego hatte sich um den letzten Menschen gekümmert, der das Geheimnis ihres Rudels kannte.

„Es ist alles in Ordnung."

Amy warf ihm einen Blick zu, der verriet, dass sie ihm nicht glaubte.

Daraufhin zuckte er erneut mit den Schultern und lächelte. „Es ist alles in Ordnung, Puppe."

So war es zwar nicht ganz. Nicht wirklich. Aber er würde nicht von Amys Seite weichen, bis er sicher war, dass sie in Sicherheit war. Sein technisch versierter Schattenwolfbruder Deus war bereits auf dem Weg, um ihr kleines Häuschen und ihren Laden mit einem umfangreichen Sicherheitssystem auszustatten. Levi würde ihr später alles darüber erklären müssen, ebenso wie die Tatsache, dass sie ein neues Handy bekommen würde. Eines mit einem Peilsender und einer besonders leistungsstarken Verschlüsselung. Sie war eine Omega und mit einem Schattenwolf verpaart, was sie zu einem Teil seines Rudels machte. Und Schattenwölfe beschützen die ihren.

Nein, es war alles in Ordnung ... und das würde auch so bleiben, sobald ihr Haus und ihr Laden verkabelt waren, die Stadt überwacht wurde und Levi sein kleines Leben mit ihrem großen vereinte. Denn das war sein Plan – in ihre kleine Stadt in den Bergen zu ziehen, einen Unterschlupf für die Schattenwölfe einzurichten und mit seiner Gefährtin glücklich bis ans Ende ihrer Tage zu leben. Oder zumindest bis ans Ende ihrer Tage ...

„Du hast drei Minuten Zeit, um dein Frühstück zu beenden."

Amy sah auf, ihre Gabel schwebte in der Luft und sie zog die Stirn in Falten. „Was geschieht denn in drei Minuten?"

Levi grinste und sagte nichts, sondern schaute auf die Uhr. Amy, die sichtlich verärgert darüber war, dass er nicht antwortete, wandte sich wieder ihrem Frühstück zu und schmollte. Sie blieb aber nicht lange sauer. Nach drei Minuten legte Levi seine Serviette auf seinen Teller und rutschte unter den Tisch. Er hörte, wie ihr Atem stockte, als er ihre Knie mit seinen Schultern spreizte. Spürte, wie sich ihr Puls beschleunigte, als er ihren Hintern an die Stuhlkante zog und ihren Stuhl zurückschob, damit er loslegen konnte.

„Levi." Sie keuchte und zuckte zusammen, als er zwei Finger in sie schob.

Aber er reagierte nicht. Er war zu sehr damit beschäftigt, sie mit seinen Blicken zu verschlingen. Er sehnte sich nach ihr, musste sie schmecken. Also tat er es. Er stürzte sich ohne Vorwarnung oder Vorbereitung auf sie. Er knurrte, als sie stöhnte und nach seinen Haaren griff, während er an ihrem Fleisch saugte.

„Ich sagte doch, ich möchte eine Woche mit meiner Zunge in dir stecken." Zunge … Finger … Schwanz. Alles von ihm. Er wollte sich tagelang in ihr verlieren, wollte sie schweißgebadet und gesättigt zurücklassen. Er wollte ein Leben mit seiner Gefährtin, wo immer sie auch sein mochte, solange sie ihn nur mit sich mitnahm. Er wollte das Glück, das er nie für möglich gehalten hatte, und er wollte es sich unbedingt holen.

Also machte er sich daran, sein erstes Versprechen einzulösen … und dann sein drittes … und sein viertes.

ÜBER DEN AUTOR

Als Geschichtenerzählerin, seit sie sprechen kann, wuchs USA Today-Bestsellerautorin Ellis Leigh inmitten von Familienlegenden über Spuk, Hellseher und Liebe auf, die man sich über Jahrzehnte erzählte. Diese Geschichten hatten nicht immer ein Happy End und inspirierten die Autorin dazu, über das wahre Leben, die wahre Liebe und die damit verbundenen Schwierigkeiten zu schreiben. Von Bauern bis zu Werwölfen, von Ladenangestellten bis zu Hexen - wo es Liebe zu finden gibt, schreibt sie darüber. Ellis lebt in der Gegend von Chicago mit ihrem Mann, ihren Töchtern und einem deutschen Schäferhund, der sich weigert, jemals von ihrer Seite zu weichen.

Ellis schreibt auch erotische Kurzgeschichten mit ihrer besten Freundin Brighton Walsh als London Hale, taucht als Kristin Harte in die zeitgenössische Welt ein oder wandelt mit ihrem unverkennbaren Stil als Millie Thorne im Bereich der Krimis.